言葉人形

ジェフリー・フォード短篇傑作選

CREATION
AND OTHER STORIES
BY JEFFREY FORD

ジェフリー・フォード
谷垣暁美 編訳

東京創元社

言葉人形　目次

言葉人形

ジェフリー・フォード短篇傑作選

創造

私が天地創造について教わったのは、ミセス・グリムからで、場所はわが家と同じ並びにある彼女の家の地下室だった。灯《あか》りは、玉突き台の上に下がったステンドグラスの照明器具だけで、部屋は薄暗かった。隅にバーカウンターがあり、その奥の壁にネオンサインが掛かっていた。RHEINGOLD《ラインゴールド》という文字の下に宙づりにされたビール缶から、金色のビールがピルスナーグラスにつがれているデザインだった。とめどなくそそがれているのに、グラスからビールがあふれでるようすはない。そのビールは液状の光であり、まばゆい泡がくり返し盛り上がっていた。

「誰があなたをおつくりになりましたか?」ミセス・グリムは、地獄の苦しみや、天使が散らばっている天国の雲がパステルカラーで描かれた本を見ながら、問いかけたものだった。ミセス・グリムは、魔女の鼻と、つながって一本に見える眉と、陶器のようにつややかな肌——皺《しわ》もひびのようで、そこから割れそうに思われた——の持ち主だった。ほほえんでいるつもりのときも、単にしかめっ面ではないというだけのことだった。それでも、彼女は、私たちのために、ハロウィーンにはりんご飴を、クリスマスには東方の博士たちをかたどったマシュマロ菓子をつくってくれた。私はしばしば、ミセス・グリムはどうして神さまのことをこんなによく知っているのだろうと考え、頭の周りに円光《ハロー》があり、法衣《カソック》を着た聖人たちが、夜、彼女の地下室で、玉突きをしたり、ビールを飲んだりしているさまを思い描いた。

私たちは、自分の教理問答書のページをめくって正しい答えを探した。だが、いつも、ほかの誰かが答えるまえに、エイミー・ラッシュが答えを言ってしまうのだった。「神さまがわたしをおつくりになりました」と。

するとリチャード・アントネリが立ち上がって、跳ね回り、口でおならの音をまねる。ミセス・グリムは首をふり、神さまが見ていらっしゃるわよ、と彼に言う。私は跳ね回ったことも、生意気な口をきいたこともなかった。それにはふたつの理由があって、そのどちらも神さまとは関係がなかった。ひとつは、父に厳しくしつけられていたこと。父は自分の靴を「十号サイズ《サイズ・テン》」と呼んでいて、悪さをしたら、これで尻をひっぱたくぞ、とよく言っていた。そしてもうひとつの理由は、カウンターの向こうのネオンサインを見つめるのに忙しかったことだ。ビールがついにあふれでる瞬間を今か今かと待っていたのだ。

その熱心な観察から私の注意がそらされたのは、ミセス・グリムがアダムとエバがつくられたことについて話したときだけだった。神は世界をつくったあと、アダムとエバもつくった。それは、神がありあまるほど、たくさんの愛をもっていて、それを向ける先が足りなかったからだ。神は粘土《ねばつち》からアダムをつくり、命を吹きこんだ。そしてアダムが生き始めると、神は彼を眠らせ、彼からあばら骨を一本奪って、エバをつくった。アダムとエバの創造の物語の絵は、裸のカップルが焔《ほのお》に焼かれ、黒蛇たちに咬まれ、角《つの》とコウモリの翼をもつピンクの悪魔に三叉槍《みつまたやり》でつつかれている挿絵に次ぐ、私のお気に入りだった。その絵では、ゆるやかに垂れる長い服を着て、顎鬚《あごひげ》を伸ばした神が、粘土の男の上にかがみこみ、青みがかった灰色の命を吹きこんでいた。

その命の息吹《いぶき》は、秋の大風さながらに私の想像力の世界を吹き抜けた。秋の大風がパステルカラーの葉っぱを吹き散らすように、その息吹はありとあらゆる種類の問いをばらまいて私の視界を遮り、美しいビールの流れを束の間見えにくくした。土の味が、アダムが最初に味わったものだったろうか？　神の顎鬚が自分の顎をかすめる感触が、アダムが感じた最初のものだったろうか？　アダムは眠りの中で、神にあばら骨を盗まれるのを夢に見ただろうか？　そのあばら骨は、アダムの体から離れるとき、ボキッと折れたのだろうか？　アダムはエバのことをどう思っていただろうか？　そして、結婚できる相手が彼女しかいないことをどう思っていたのだろう？　でも、エイミー・ラッシュよりはましだよね、と私は思った。

アダムがつくられたことについてどう思うか、あとで私は父に尋ねた。父は私が宗教にかんする質問をしたときにいつも示す反応をした。「あのな」と父は言った。「それは話としてはよくできてる。だが、死んだら誰だって、蛆虫《うじむし》のエサになるんだ」あるとき、体調不良の母に頼まれて、父が私を教会に連れていったことがあった。父は司祭とまともに向かい合う最前列の席にすわった。ほかの人たちが片膝をつく敬虔《けいけん》なお辞儀をしたり、立って歌ったりしている間、父はその場にすわったまま、腕組みをして、脚を組んだ姿勢で前をにらみつけていた。小さなベルが鳴らされ、人々が悔い改める印に、てんでに胸を打ち叩くと、父は声をあげて笑った。

教理問答書で、神や地獄や十戒についていろいろ習ったあとも、私にとって父の言うことに無頓着《むとんちゃく》でいるのは難しかった。父はふたつの仕事をかけもちしていて、筋骨隆々だった。あるとき、近所で飼われていた、ポニーほどの大きさのドーベルマンがどういうわけかひどく興奮して、うちの前の通りをプードルを連れて散歩していた女の子に襲いかかった。父は野球のバットをもって外に飛び出すと、片腕で女の子を抱き上げ、自分の喉笛を狙って食いつこうとする犬をめった打ちにして殺した。私はそれを目の当《ま》たりにした。父はその間じゅう、口の隅に煙草をくわえたままで、泣いている女の子を抱きしめて慰める段になって初めて、口から煙草をとって踏み消したのだった。

「蛆虫のエサ」私は心の中でつぶやき、その言葉のもたらす考えを、装備一式のはいった茶色い紙袋と一緒に携《たずさ》えて、金網フェンスにあいた穴を通り抜け、校庭の後ろに広がる森にはいった。この森は奥が深くて、何キロ歩いても木々が枝を広げる下から出たり、人の家の裏庭を見かけたりすることはない。リチャード・アントネリはこの森の中で、空気銃でリスを撃っていた。ボビー・レニンとその取り巻きたちは夜、この森を訪れ、焚火を囲んでビールを飲んだ。私はこの森の中を探検して、あるときは雨でぐしょぐしょになった『プレイボーイ』誌を、またあるときはキツネの死骸を見つけた。森の木々の間を流れる小川で金が採れるとか、広い地面が落ちこんで谷間の底になっている場所があって、そこに鹿たちが死ににいくとか、子どもたちは噂していた。ブライトウォーターズ＊で巡回サーカス団から逃げ出した猿がこの森の樹上に棲《す》んでいるというのも、何年も言い伝えられていたことだ。

ときは夏の盛り。トンボが羽音をたて、リスが枝から枝へと飛び移り、何に驚いたのか雀《すずめ》が一斉に飛び立つ。頭上の緑の葉っぱの合間から日の光が射し、松葉に覆われた地面に時の推移と共に移動する日だまりをつくる。そういう日だまりのひとつで、私は創造を実行した。粘土はなかったので、古い丸太を胴体にした。腕は、指のような五本の小枝の出た長い枝で、胴体から突き出るような位置に置いた。脚は二本の大きなカバの若木だ。よくしなって、走ったり、跳ねたりするのに十分な弾力性がある。私はこの二本の脚を、丸太の下端に対して角度をつけて置いた。

オークの木からはがれ落ちた大きな樹皮片が頭だった。その表面に、赤い茸《きのこ》の目、サルノコシカケの耳、乾燥したマメの莢《さや》の鼻をのせた。口は、ポケットナイフで樹皮に穴をあけただけだ。頭にシダの髪をつける前に、カーブしている樹皮の下に、命を授ける手助けをしてくれそうなもの——はかなげな綿毛になったタンポポ、猩々紅冠鳥《カーディナル》の風切《かざき》り羽根、透き通った水晶のかけら、二十五セントの方位磁石——をすべりこませた。シダはかっこいい髪型を形づくり、先っちょがチクチクする穂になっている草は立派な顎鬚になった。私は彼に狩りのための武器を与えた。ちょうど私の背丈と同じぐらいの先の尖った長い棒だ。

こうして私の人間の体ができあがった。私は立ち上がって彼を見下ろした。なかなか見ばえがいい。今にも動きだしそうだ。私は茶色の紙袋のところに行き、教理問答書を取り出した。それから彼の右耳のそばに膝をついて、ミセス・グリムが訊いたことがある質問を全部、囁《ささや》き声で言った。「地獄とは何ですか?」という質問をしたとき、彼の左目が顔から転げ落ちたので、拾って戻さねばならなかった。私は最後の質問のあと、あばら骨を盗《と》りはしないよ、と急いで約束した。

本を袋に戻すと、きれいに洗ったベビーフードの空瓶に蓋をしたものを取り出した。もとは妹の大好物のバニラ・プディングがはいっていたが、今は息で満たされている。私は父に、この中に息を吹きこんでくれるように頼んだのだ。父は何も訊かず、競馬新聞から目を離さないまま、煙草の煙を吸いこみ、青みがかった灰色をした長いひと筋の息を、瓶の中に吹きこんだ。私は素早く蓋をしめ、ありがとうと言った。「父さんから何ももらってない、なんて言うなよ。そんないいものをやったんだからな」と父が冗談を言っているのを尻目に、自分の部屋に走っていき、裸電球の下でそれを見た。瓶の中で命が渦巻き、やがて見えなくなった。

私は私の人間の口元に瓶をもっていった。そして、これ以上近づけられないぐらい近づけたところで、蓋を回して外し、注意深く、原子一個も余さず、息をそそぎこんだ。

目に見える変化は起こらなかったので、私は長い時間、そのままの体勢で瓶をもち、彼に吞みこませた。瓶を引っこめたとき、木々の葉をさやさやと鳴らして微風が通るのが聞こえた。そして私はそ

＊　ニューヨーク州南東部ロングアイランドの南海岸沿いに位置する集落。

の微風を首筋に感じた。立ち上がって、周囲を見回した。誰かに見られているという気がしてならなかった。怖くなってきた。さっきと同じ微風がまた吹いてきて、私はぞっとした。その中にほんとうに微《かす》かな囁きが聞こえたからだ。私は瓶を取り落とし、走って家に帰った。

その晩、灯りを消してベッドに横たわり、傍らにすわっている母が私のクルーカットの頭をなでながら、優しい声で「ほんとうのことがわかるまで」を歌ってくれていたとき、私は茶色の紙袋に入れた教理問答書を、あの人間の体のそばに置きっぱなしにしてきたことを思い出した。私は母が立ち去ってくれるように、すぐに眠りに落ちたふりをした。もしも母がとどまっていたら、なでている頭のてっぺんを通して、いずれ私の罪悪感を感じとっていただろう。部屋のドアが閉まると、私はしきりに寝返りをうち、眠れないまま、あの人間が暗い森の中にひとりで横たわっているのを想像した。私は神に約束した。朝になったら、あそこに行って、本を拾い、自分がつくったものをばらばらにします、と。未明に鳥が鳴き始める頃、ようやく眠りに落ち、夢を見た。夢の中で、私はミセス・グリムの地下室で、聖人たちと一緒にいた。額の真ん中に薔薇《ばら》の棘《とげ》が突き出ている美しい女の聖人が私に言った。「あなたの人間の名前はキャヴァノーよ」

「えっ、それ、町でデリカテッセンをやってる人の名前だよ」

「あそこのヘッドチーズは最高だ」赤ん坊羊を脇に抱えた聖人が言った。

もうひとりの大柄で顎鬚を生やした聖人が、玉突きのキューの先を使って円光《ハロー》を立てた。彼は私のほうにかがみこんで尋ねた。「神はなぜ、きみをおつくりになった?」

私は反射的に教理問答書に手を伸ばそうとして、はっとした。森に忘れてきたのだった。

「おいおい」と彼は言った。「一番簡単な部類の問題だぞ」

私は一生懸命、答えを思い出そうとしながら、時間稼ぎに、バーカウンターのほうを見やった。ちようどそのとき、ネオンサインのグラスからビールがあふれでて、床にこぼれた。

翌日、私の人間、キャヴァノーは姿を消していた。彼の名残《なごり》と思われるものは何ひとつ残っていなかった。赤い羽根も透き通った石のかけらも見当たらなかった。誰かがやってきて、悪意をもって彼をばらばらにしたというのではなかった。私はその一帯を探し回った。キャヴァノーが立ち上がって、槍を握り、私の教理問答書のはいった茶色の紙袋を携えて、森の奥に向かって歩いていったのに、間違いなかった。

彼に命を与えた場所に立っていると、脳裏にさまざまな彼の姿が渦巻いた。カバの若木の脚で大股にゆっくりと歩いていく姿。小枝の指で茨の藪《やぶ》をかきわけ、垂れさがる枝の葉っぱをはねのける姿。風で後ろになでつけられるシダの髪。あの赤い茸の目を通して、彼は自分の初めての一日を見つめているはずだ。私は彼をつくってしまったことに怯《おび》えながら、彼も自分が生きていることに、それと同じくらい怯えているのだろうかと考えた。それとも彼は、父の息のおかげで、「いずれは蛆虫のエサになる」的なタフな勇気を得ているだろうか。いずれにせよ、今となっては、彼をばらばらにすることはできない——汝《なんじ》、殺すなかれ、だ。私は重い責任を感じて、キャヴァノーを探しにいった。

キャヴァノーがしそうなことだと思って、小川に沿って歩き、どんどん森の奥にはいっていった。彼を見つけたときに、穴をあけただけの彼の口が問いかけるような形をなしたら、自分は何と言ったらいいのだろうか、と考えた。どうして彼をつくったのかは自分にもよくわかっていなかったが、死についての父の考え——地下でゆっくりと進行する腐敗、宇宙が終わっても目覚めない、夢も見ない冷たい眠り——と関係があった。私は以前、キツネの死骸を見つけた場所を通りがかり、そこで、キャヴァノーの足跡を見つけた。大股に歩くカバの若木の脚が湿った地面に穿《うが》った穴。私は立ち止まってあたりを見回し、木々の間や草木の絡まり合った藪の合間からその先を見通した。一枚の葉が音もなく落ちた以外には、何の動きも感じとれなかった。

アントネリ兄弟がリスの生皮を干したり、サッサフラス茶を煎じたりするのに使っている祠《ほこら》のような差し掛け小屋を通り過ぎて、なおも歩いた。池の周りを回り、落雷で樹皮が螺旋《らせん》状に剝がされた木の脇を通り過ぎ、これまで見たことのない領域にはいっていった。キャヴァノーは常に私のすぐ前にいるようだったが、姿は見えなかった。ヘビの穴のような彼の足跡に、折れた小枝、そして、微風にのって微かに、しかし常に聞こえるあの囁き。それが彼の後ろに続いていて、私を引きつけ、夕方まで、そして森に少しずつ夜の闇が降りるまで、歩かせた。やがて私の頭に、うちのことが浮かんだ。母が夕食をつくっていて、妹は台所の床に敷いたブランケットの上で遊んでいるだろう。電蓄からはジ・インク・スポッツの歌が流れているだろう。私は通ってきた道を駆け戻った。逃げていく途中で、大きな叫び声が聞こえた。鳥でも動物でも人間でもなく、オークの古木から大枝が裂けて離れるような叫びだった。

その夏の残りの日々は、なるべく森を避けて過ごした。バスケットボールがあったし、近所の子ども全員が参加し、誰の家の裏庭だろうとおかまいなしに駆け回る撃ち合いごっこがあった。駄菓子屋に漫画本を買いにいったりもした。テレビの『恐怖劇場《チラー・シアター》』では夜遅くホラー映画をやっていた。私は教理問答書をなくしたことで、悪魔に突き刺されるみたいに厳しく責められた上に、代わりの本の代金に回すため、四週間、小遣いがもらえないことになった。ミセス・グリムは、あなたが大切な本をなくしたことを神さまは知っていらっしゃると私に言った。そして私のために新しい本を手に入れるには二、三週間かかるとのことだった。私はミセス・グリムが封筒の宛先に「天国」と書いているところを想像した。新しい本を待つ間、エイミー・ラッシュに本を見せてもらわなくてはならなかった。エイミーは私によりかかるようにして、音読されている語をいちいち指でさした。そして、私が際限なくそそがれるビールに気を取られているのを、ミセス・グリムに見つかって質問されるときには、エイミーが唇を動かさずに答えを囁いて助けてくれた。だが、何があろうと、キャヴァノーを完全に忘れることはできなかった。自分に責任があるという気持ちは日毎《ひごと》に薄れていくだろうと思っていたのに、それは逆に雑草のように育っていく一方だった。

七月の末のある暑い午後、私はうちの裏庭の隅の、レンギョウの藪がつくる東屋《あずまや》のような秘密の隠れ場所にすわって『ニック・フューリー』の漫画本の最新号を読んでいた。ちょっとの間、目を休ませようと、まぶたを閉じたとき、キャヴァノーのごつごつした樹皮の顔が見えた。生きている証《あかし》に、胴体にも手足にもびっしり葉っぱが芽吹いていた。首があるべきところに、実の房がついた野生のブルーベリーの小枝をネックレスのようにかけていて、シダの髪も伸び、いっそう濃い緑色になっていた。誓って言うが、ただの白昼夢なんかじゃなかった。私は自分がまさにリアルタイムで彼を見ているのだと気づいていた。そのとき、彼が何をしているのか、彼がどこにいるのかが、まざまざと心に映った。彼は槍を杖として使っている。それを見て私は、そりゃ、もちろんベジタリアンだよな、と納得した。彼の長くて細い脚がわずかにたわみ、彼の丸太の胴体が左右に揺れている。カーブした樹皮の顔をあおむけ、頭上の枝の間をすり抜けて射す日光の帯を、彼は赤い茸の目で見つめる。光の中に微細な花粉が渦巻いている。リスや鹿が静かに集まってくる。雀が彼のシダの髪をついばむために束の間とまり、すぐに飛び立つ。彼の周りのみんな、森全体が、自分たちの仲間が日射しの美しさを見定めているのを、畏怖《いふ》をこめて見守っていた。どのような肺、どのような声帯がそれを生み出したのかはわからないが、彼は呻《うめ》き声をあげた。それは私がそれ以前に一度、聞いたことがある声だった。父が悪夢に包まれて眠っているのを見ていたときに。

私は毎日一度は、レンギョウの藪の中のあの場所に行き、私の人間がどうしているか確認するようになった。それにはただ、じっとすわっていて眠気がさしてきたら、目を閉じ、意識を飛ばすだけでよかった。私の意識は、角を曲がり、学校を通り過ぎ、木々の梢《こずえ》の上を飛んで、緑濃い森の中のひんやりとした薄暗がりに降りていった。彼が命に驚いているかのように立ち尽くしているのを何度も見たし、彼にとってのエデンの園の、まだよく知らない領域を心細げに歩いているのも、たびたび見た。彼のようすを見るたびに、驚きと怖さの入り混じった何とも言えない気持ちになった。たとえば、八月初めのよく晴れた風の強い日、彼は池のそばにすわり、教理問答書を逆さまに置いて、開いているページの単語をひとつずつ、片方の手の小枝の指でさしていた。もう一方の手は顔をおおい、指の間から赤い茸の目の片方だけが覗《のぞ》いていた。

　レニンとその仲間が夜に来ていた名残の、地面が黒くなり、ビール缶が散らばっている場所を、彼が通りがかったときも、私は見ていた。彼は半ばつぶされた空き缶を拾い上げ、缶の底でぴちゃぴちゃいっている飲み残しを飲んだ。いつもは目立たない口だが、このときはその穴の周りの樹皮が魔法のように広がり、笑みを形づくった。彼が紙巻煙草が半分残っているキャメルの箱とブックマッチを、隠されていた場所から取り出すのを見て、レニン、チョーチョー、マイク・ストーン、ジェイク・ハーウッドのどんちゃん騒ぎを夜の森の闇に紛れて、いつも覗き見していたのだと、私にはわかった。彼は煙草に火をつけた。頭の後ろから煙が渦を巻いて昇った。腐った枝がきしむような声で、彼はおもむろに言った。「こんちくしょう《ファック》」と。

　そうしたさまざまな情景の中で、もっとも印象深かったのは、彼が森のふちの金網フェンスの穴のところまで来たときのものだった。そこで彼は、校庭の奥の遊び場でエイミー・ラッシュがぶらんこを漕いでいるのを目にした。赤いギンガムのワンピースが風をはらんでふくらみ、輝くような髪も盛《さか》んに揺れていた。彼は地震で揺れ動く地面に植えこまれたかのように震え、雀が鳴くような声を発した。そして長い時間、外界への出口にうずくまり、見つめ続けた。それからようやく勇気をふり絞って、校庭に足を踏み出した。彼が森から出たとたんに、エイミーはその存在に気づいたに違いない。顔をあげて、彼が近づいてくるのを見た。エイミーは甲高い悲鳴をあげ、ぶらんこから飛び降りると、遊び場から走って逃れた。キャヴァノーは、その悲鳴に怯えて森に引き返し、稲妻に打たれた木に至るまで走るのをやめなかった。

私の教理問答書がようやく天から届き、夏が終わって、学校が始まった。それでもなお、私は毎日、隠れ場所に行って、短時間だが、彼を見ていた。彼は小川から金貨をすくいとったり、梢の間を縫って飛ぶ何かを地上から目で追ったりしていた。隠れ場所でミセス・グリムのりんご飴を食べていて歯がぐらぐらしたのを覚えているので、ハロウィーン近くの時期だったと思うが、私は自分の秘密の観測場所が、もはや秘密ではないことに気づいた。レンギョウはあの鮮やかな黄色い花をとうの昔に散らし、そのあと繋っていた葉も落としていた。骨組みだけの観測シェルターの中にすわっていると、体に寒さがしみこむのを感じた。「冬が来る」そうつぶやいた私の声が、白い水蒸気の塊《かたまり》をなした。そのとき、キャヴァノーの姿がほんの束の間見えた。体をおおう葉が焔のように赤くなり、シダの髪が茶色くしおれているキャヴァノーが、死んだリスたちの祠を見つけたところだった。切り開かれて、広げられ、壁にかけられている亡骸《なきがら》の毛を、彼が優しくなでているのが見えた。彼はカバの木の脚が折れそうになるのもかまわず、両膝をつき、物悲しい叫びをもらした。その声は私の心に突き刺さり、いつまでもそこにとどまった。

ある夜更けのことだった。あれから二、三週間経っていたが、あの叫びがまだ私の中で木霊《こだま》していて、どうしても眠れずにいた。私は寝静まった家がたてる音の上に、父が副業の仕事先から帰ってきた気配が重なったのを聞きとった。どうして父に話せると思ったのかはわからないが、とにかく誰かに話さずにはいられなかった。自分がしたことをこれ以上、隠し続けるなら、家出するしかないと思った。ベッドから這い出て、足を忍ばせて暗い廊下を歩いた。妹の部屋の前を通るとき、小さな寝息が聞こえた。父は食堂のテーブルで、冷《さ》めきったディナーを食べ、台所からもれてくる光を頼りに新聞を読んでいた。父が顔をあげて私を見ただけで、私は泣きだした。われに返ったときには、父の片腕が私の体を抱いていた。なじみ深い機械油のにおいがした。笑われるかもしれないと思った。どなられるかもしれないと思った。だが、ためらわず、何もかも打ち明けた。父が何をしたかというと、自分の椅子の隣の椅子を引きだしたのだった。私は目をぬぐいながら、腰を下ろした。

「おれたちに何ができるかな？」と父は言った。

「せめて何か言ってやりたい」と私は言った。

「わかった」と父は言った。「今度の土曜日、森に行ってそいつを探してみよう」それから、父は私に、キャヴァノーの見た目を説明させた。そして私が話し終えると、「なかなか頑丈そうなやつじゃないか」と言った。

　私たちは居間に移り、暗闇の中でソファーにすわっていた。父は煙草に火をつけ、自分が子どもだった頃のあの森について話してくれた。森がどんなに広かったか。罠でミンクをつかまえたこと、鷲《わし》を見たこと、そして、兄弟ふたりきりで自然の中で一週間過ごし、自分たちの知恵だけで切り抜けたこと。やがて私はまどろみ始め、夢うつつの状態で、自分のベッドに運ばれた。

　その週が過ぎていき、私は金曜の夜、父が明日の約束を忘れて競馬に行ってしまうことがないようにと願いながらベッドにはいった。だが、翌朝早く、エイミー・ラッシュの夢を見ている最中に、とんとんと肩を叩かれ、父に起こされた。「さっさと支度《したく》しろよ」父はつくることのできる唯一の料理であるベーコン・エッグを焼き、私がコーヒーを飲むことを許してくれた。それから、それぞれコートを着て出かけた。十一月の第二週で、曇っていて寒かった。「身が引き締まるな」角を学校のほうへ曲がりながら、父は言った。あとは、森の中にはいるまで何も言わなかった。

私は旅行ガイドのように、父を案内して、小川や、私が私の人間をつくった場所や、死んだリスの祠をさし示した。それらのひとつひとつに対して、父は「おもしろいな」と言った。そして時折、高いのや低いのや、さまざまな木の名前を教えた。そうする間も、立ち並ぶ幹の合間を、冷たい風に吹かれた落ち葉の波が通っていく。時折、強風が吹くと、葉っぱがシャワーのように私たちの頭上から降りそそぐ。父は健脚で、私たちは朝から歩き始めて昼過ぎには、すでに十五キロぐらい歩いていたと思う。私が夢にも思っていなかったようなところへ、そしてそのはるか先までどんどん足を伸ばした。私たちは巨木が倒れている場所を見つけた。頭の中の考えのように複雑に絡み合った根がむき出しになっていた。そして、また、二エーカーにわたって木がまったくない、なだらかな砂丘が続いているのも見つけた。私はその間じゅう、小枝の折れる音や、鴉《からす》の鳴き声など、どんなささいな音も聞き逃さないよう、耳をすましていた。あの囁きが聞こえないかと思いながら。

やがてだんだん空が暗くなり、もともと寒かったのが、さらに寒くなってきた。

「ちょっと聞いてくれ」と父が言った。「昔、鹿を追っていたときに感じたのと同じような感じがしている。そいつはどこか近くにいる。そいつの裏をかかなきゃいけない」

私はうなずいた。

「おれはここにとどまって待っている」と父は言った。「おまえはこの小道をしばらくの間、先に進め。だが、頼むから静かに行けよ。そいつがおまえを見たら、逃げようとして方向転換するだろう。そうしたら、おれがここで待ち構えていてつかまえる」

その作戦が理にかなっているのかどうか、私にはわからなかった。だが、何かをしなくてはならないのはわかっていた。時間が遅くなり始めていたから。「気をつけてね」と私は言った。「あっちは体が大きくて、槍をもってる」

父はにこっとした。「心配ご無用」そう言って、片足をもちあげ、十号《サイズ・テン》サイズを見せた。

それを見て、私は思わず声をたてて笑った。そして、前を向いて小道を歩き出し、一歩一歩、慎重に進んだ。「十分ぐらいそのまま行け。変わったようすがないか、よく見るんだぞ」私が小道のカーブを回る前に、父が叫んだ。

ひとりになると、ほんとうに、自分のつくった人間に会いたいのかどうか、わからなくなってきた。空が曇っているので、森は暗く、寂しかった。歩きながら、父とキャヴァノーがとっくみあいをしているところを想像し、どちらが勝つかなと考えた。そろそろ止まって駆け戻ってもいいかなと思うぐらい歩いたところで、もうひとつ、カーブを回ってみた。もうちょっとだけ先へ行こう、と考えたのだ。その一方で、冬が来たから、彼はもうばらばらになっているだろう、とも思った。だが、そのとき、前方の景色が変わり、目の高さに木々の梢が見えた。鹿が死ににいく谷を見つけたのだとわかった。

慎重に崖っぷちに近づき、覗きこんだ。木の根や茨《いばら》で覆われている急な土の崖を目でたどっていくと、その下の谷底から木々が伸び、木陰の暗がりに下草が生えているのが見えた。その谷ははるか昔に隕石が衝突してできたような大きな穴だった。私は、谷底にたまった落ち葉の下に隠れているであろう鹿の枝角や骨の宝物のことを考えた。崖っぷちに立ち、谷を見つめていると、森の秘密の命とそれが生きてきた歳月とがほぼ理解できそうな気がした。これは父さんにぜひ見てもらいたい、と思った。だが、動き出す前に、下方で何かが動いている気配を目と耳で感じた。もっとはっきり見ようと目を狭《せば》めて下の暗がりを見つめた。背の高い松の木の幹に半ば隠れている人影が見分けられた。

「キャヴァノー？」私は叫んだ。「きみなのか？」

沈黙の中に、どんぐりが落ちる音が聞こえた。

「そこにいるのかい？」私は尋ねた。

応答があった。半ば声のような、半ば風のような不気味な音。それはとても微かだったが、「なぜ？」と訊いているのだと、はっきり聞きとれた。

「だいじょうぶかい？」と私は言った。

「なぜ？」と同じ問いが返ってきた。

私にはその問いの答えがわからなかった。そして、彼が生まれた日に、教理問答書の問いではなく、答えを読んでやればよかったと思った。私は長い間、そこにたたずんで、じっと見つめていた。やがて、私の周りに雪が降り始めた。

彼の問いがまた聞こえた。声が弱々しくなっていた。私は泣きそうだった。自分のしたことが恥ずかしくてたまらなかった。奇妙なことに、ミセス・グリムの地下室のとめどなくそそがれるビールがふいに頭に浮かんだ。少なくとも、それは私にとっていくらかの助けになった。私は崖っぷちから身を乗り出して、自分が嘘をついているのは、ほぼ確かだと思いながら、叫んだ。「ありあまるほどの愛があったから」と。

すると、聞きとるのもやっとなぐらい微かな、彼の囁きが聞こえた。「ありがとう」

そのあと、枝がぶつかり合いながら地面に落ちるどさりという音が下から聞こえてきた。彼が、つくられる前に戻ったのが私にはわかった。もう一度、目を狭めて見つめた。人影は消えていた。

来た道を引き返すと、父が倒木の幹にすわって煙草を吸っていた。「やあ」父は私が近づいてくるのを見て言った。「何か見つかったか？」

「ううん」と私は言った。「うちに帰ろう」

父は私の目の中に、何かを見たに違いない。というのはこう尋ねたからだ。「ほんとうに、それでいいのか」

「うん、いいんだ」と私は答えた。

帰り道はずっと雪が降りしきっていて、まるで冬の間じゅう降り続けるかのようだった。

今や、私も結婚して二十一年経ち、クルーカットの男の子ふたりの父親だ。先週、子ども時代を過ごした町を訪れた。森も学校も跡形もなく消えて、代わりに新たな住宅地ができ、通りには追い出されたものたちの名前がついている――鴉小路《クロウ・レーン》、鹿通り《ディア・ストリート》、金の小川街道《ゴールド・クリーク・ロード》。父は今も同じ家にひとりで住んでいる。母は何年か前に世を去った。赤ん坊だった妹は、結婚してふたりの息子をもち、ニューヨーク州北部で暮らしている。父は腎臓にできた悪いものがだんだん大きくなっていて、ずいぶん体重が減った。かつてたくましかった腕も萎《しな》び、今では枝のように細い。父が台所のテーブルに競馬新聞を広げてすわっていたとき、私は仕事をやめるよう、説得しようとした。だが、父は首をふって「退屈なのはごめんだ」と言った。

「あとどのくらい工場に通えると思ってる？」と私は尋ねた。

「最後の一秒まで、と行きたいね」と父は答えた。

「体の具合はどう？」と私は訊いた。

「もうじき、蛆虫のエサになる」父は笑いながら言った。

「そんなこと言っているけど、ほんとうのところはどう思ってる？」

父は肩をすくめ、「すべてわかってたことだ。じたばたする必要はない」と言った。「もうだめだと思ったら、棺桶をつくって、その中で眠ろうと思ったこともある。そうすれば、死んだときに、蓋を釘づけして裏庭に埋めてくれるだけで済むからな」

そのあと、ニューヨーク・ジャイアンツ*の試合をテレビで観ていたときのことだ。少々ビールがはいっていた私は、森に行ったときのことを覚えているか、と父に尋ねた。

父は目をつぶって煙草に火をつけた。そうすることが記憶をたどる助けになるかのように。「ああ、そうだな。覚えている気がするよ」と父は言った。

私はそれまで一度も訊いたことがなかった。「あの下の木の間にいたのは、父さんだったの?」

父は煙草の煙を深く吸いこむと、ゆっくりと顔をこちらに向けて、にこりともせず、強い視線で私の目を見た。「いったい何の話をしているのか、さっぱりわからないよ」と父は言い、青みがかった灰色の命の息吹を長々と吐き出した。

＊　NFLに加盟しているプロアメリカンフットボールチームのひとつ。

ファンタジー作家の助手

ファンタジー作家というものはどんな風貌の持ち主だとあなたは想像するだろうか。あなたの心に浮かぶのは、マーリンのような白い顎鬚《あごひげ》を生やした男性が、よくしなる長い指でパソコンのキーボードに魔法の閃光を放っている姿だろうか。それとも豊かなバストをもつふくよかな女性の、部屋中に広がるほど長く伸びた髪が、たくさんの触手を伸ばす魔女の魔法のようにあらゆるものを絡み取っている有り様だろうか。

一年以上もの間わたしを助手として雇っていた、わがファンタジー作家アシュモリアンの風采《ふうさい》はそのいずれとも異なっている。彼がどんな魔法の力をもっているにせよ、それは彼の両眼の後ろに埋もれていた。というのは、彼の風貌はむしろ、ファンタジー以外のジャンルへの連想を誘うものだったからだ。彼はモロー博士のつくった生き物同様、遺伝子操作実験がエスカレートした結果生まれてきたもののように見えた。オオナマケモノのDNAをちょんぎってヒトのDNAとむりやりくっつけ、セロハンテープとホッチキスでとめたら、こんなのができるだろう。腹は巨大で、腕は短く毛深い。バランスをとるための尾を失った埋め合わせとして、尻はとんでもなく幅広くなっている。頭部は肉でできたボチャで、しなめ面が刻みこまれている。そして、窓のようなうつろな目はくまに囲まれている。頭頂に髪がないのは、崩壊したアッシャー家の屋根にこけら板がないのと同様だ。おまけに彼の人格自体が謎であり、あのホームズだって興味をかきたてられるあまり、退屈しのぎのコカインが不要になったであろうほどの難題だ。わたしが彼から「ファンタジー」を感じとった唯一のものは、コンピュータに向かっているときのようすだ。彼は木の十字架に釘を打ちこむようにキーを叩き、鏡に向かって「世界で一番美しいのは誰?」と問いかける邪悪な王妃さながらに、スクリーンを覗きこむ。

わたしは地元紙の求人広告を見てアシュモリアンのところに来たのだった。広告にはこう書いてあった。「文学に興味がなく、アイディアももたない執筆助手を求む」面接でアシュモリアンは、自分が求めているのは、何も考えずに調べ物を行なうだけの人間だ、とわたしに言った。実のところ、わたしは広告に書かれたふたつの条件のいずれも満たしていなかった。けれども大卒資格ももたない十七歳の自分がつける仕事としては、ハンバーガーを売るよりも興味深いだろうと思ったので、嘘をつき、できるだけ頭が空っぽなふりをした。アシュモリアンは質問する間もキーボードを打ち続けていたが、その手をふと止めると、こっちを向いてわたしの全身に目を走らせた。「クリーゲンヴェイルにようこそ」と彼は言った。

この職務に求められている人物像とは反対に、わたしは読書家で思索家だった。小学生の頃でさえ、ほかの子どもたちがボールやバットやホッケー用スティックをもって運動場に出ている間、わたしはそこから遠く離れた校庭の端っこのオークの木の下で本を読んで過ごしたものだ。隣接した森から聞こえるざわめきに耳をすましていれば、わたしを取りこもうと必死になっている社会がその手段として用いる競争のけたたましさも気にならなかった。高校では、その気になれば人気者になっていただろうと思う。長い髪やほっそりした容姿に惹かれてわたしとつきあいたがる男の子たちがいた。だが、わたしが興味をもつ絶頂感《クライマックス》はセルバンテスやディケンズの作品から得られるそれだけだった。デートも何度かしたが、ボーリング場や車の後部座席での何やかやは常に、出来の悪い物語のように思えた。結末がどうなるか、最初のページから予想できてしまうのだ。

成功の度合いが世間一般の多数決をもとに判断されるような家で、ひとりっ子として育ったことを考えると、わたしがそんなふうになったのも仕方がないのかもしれない。わたしの両親はいずれも、学校や仕事や趣味の世界で成果をあげなくてはならないという観念に駆り立てられて生きてきていた。父は衆望を集める企業法務専門弁護士だが、わたしとは話し合いというものを一切しなかった。わたしに話しかけるときには常に両眼を閉じ、左の耳たぶを引張り、わたしがどんな問題をもちかけても、それを粉砕するための由緒正しい戦略を延々と展開するのだった。一方、母は、多忙な公認会計士ではあっても、作家になりたいという望みを常に明言していた。母のお気に入りの作家はナボコフをおいてほかになかった。初めのうち、わたしは両親を喜ばせるために本を読んでいた。そしていつしか、自分が読むのをやめられないのに気づいた。

わたしは偉大な作家の作品、偉大に近い作家の作品、文体論や構造主義批評の本を読み、それからアシュモリアンを読んだ。彼の著書は、彼の仕事場の壁沿いに並ぶ本棚を満たしているばかりか、そこからあふれ出ている。彼は短篇、中篇、長篇の小説を書き、おまけにわずかながら詩ものしていた。そのすべて、彼がコンピュータスクリーン上で電子から生み出したすべての単語が、クリーゲンヴェイルの剣士、グランダーが名をあげるのに役立った。それらの何千ページもの文章は、剣闘士で一杯の闘技場よりもたくさんのチャンバラを含んでいる。

グランダーというそのならず者は、盛り上がった筋肉が鎖の輪のように連なっているムキムキの体と、雷鳴のように蹄《ひづめ》の音を轟《とどろ》かせる野生馬八頭半に匹敵する活力の持ち主で、竜や魔女、エルフに巨人、言葉を話すサル、そして夏の日の草のように刈り取られることだけが存在理由であるような無能で無個性な戦士たちの軍団を殺戮《さつりく》してきた。グランダーはチャンバラをしていないときには、大体、女といちゃついている。イチャイチャしたあと、すぐにチャンバラをすることもしばしばある。常に数の上で圧倒的にまさる敵に囲まれるが、勝つのは彼のほうだ。手綱《たづな》さばきにせよ、飲みっぷりにせよ、彼にかなう者は王国じゅう探してもいないし、グワテン沼地の魅惑的なセイレンたちをグランダーほど深く満足させる者もいない。そして彼ほど完璧にわたしを退屈させ、睡眠発作《ナルコレプシー》寸前まで追い詰める者も、ほかにはいなかった。

わたしが読み慣れているフィクションと比べると、わがファンタジー作家の書くものは冗長で、決まり文句が多い凡作だと思われた。もっとも、グランダーの素行にいろいろ問題があるにしても、彼の剣さばきはアシュモリアンの読者を大いに喜ばせる。わがファンタジー作家はラヴディッシュの海賊王以上に金持ちなのだ。四冊目の小説を書いたあと、グランダーのそれまでの冒険が生み出す利益によって、安楽、かつ贅沢な暮らしをすることもできたはずだ。しかも、ある非常に洞察力に富む記事が指摘したように、妻はとうに去り、子どもたちも訪れることがなかった。そんな状況でも、彼は書き続けた。自分の周りで家が崩れ落ちているというのに、彼は休みなく働き、心肺機能蘇生術《CPR》を施しているかのような緊迫感をもってキーボードを叩く。もっとも、クリーゲンヴェイルでは何も目新しいことは起こらないように思われた。おそかれはやかれ、こってりしたチャンバラが何度も生じるのは確実で、それからグランダーが戦士の知恵を示す決めぜりふを言って一件落着となる。「戦士は闘いへの熱意をもち続けねばならぬ」というそのせりふはわたしのお気に入りだ。

批評家たちはグランダーをべた褒《ぼ》めする。「アシュモリアンが同時代に生きていてくれるのはありがたいことだ」と言った批評家もいる。『クリーゲンヴェイルの幽霊さらい』について著名な書評家ハットン・マイヤーズはこう書いた。「アシュモリアンが、善悪の間で葛藤する世界がはらむさまざまな倫理的可能性を示して読み手の心をかき乱し、切り裂くとき、この離れ技によって、文学とジャンル小説を隔《へだ》てる境界線はおぼろになる」アシュモリアンと同じ作家たちも彼の本に推薦の辞を書き、褒め言葉を競い合う。「私は自分の母親よりもグランダーを愛している」と書いたのは、作家のP・N・スミスだったと思う。

アシュモリアンの執筆活動においてわたしが担っている役割は、彼が自分のファンタジー世界に不整合をもたらすことをしないよう気を配ることだった。業界の催《もよお》しに出て「『グランダー、死を求めて呻《うめ》く』の中でエロ小鬼《ノーム》のストリブル・フラップがデフルトン沼地のカミツキ婆《ばば》を妊娠させたのは、どうやってやったんでしょう？　だって、『穢《けが》れた聖戦』の中で、グランダーがあのむっつりノームの一物《いちもつ》を切り落としていますよね」とファンに問われるのは、アシュモリアンにとって何よりいやなことだったからだ。

アシュモリアンはコンピュータに向かったまま、後ろにいるわたしに大声で指示を与えるのが常だった。「メアリー。〈たてがみのない馬〉が〈霧の国〉へ行ったことがあるかどうか調べてくれ」というふうに。するとわたしは過去の冒険を頭に詰めこむべく本を手にすわっていた戸外用折り畳み椅子《ローンチェア》から立ち上がり、棚のところに行って、彼の求める情報を含んでいそうな巻を探す。〈たてがみのない馬〉は二度、別々の機会に〈霧の国〉を訪れたことがあった。一度はグランダーの間抜けな従兄弟《いとこ》、ブランダーとともに。二度目は名高い骸骨戦士ボーン・アイの騎兵隊の一員として。

わたしがまだ、新米タクシー運転手が慣れない街の地理を学ぶように、クリーゲンヴェイル世界について懸命に学んでいた最初の頃、こういうやり方はかなり非能率的だった。だが、家に本を持ち帰って夜に読んだおかげで、そしてまた、経験を積んだ読書家として体得していた速読技術のおかげで、しばらくすると、この神話的世界を隅から隅まで知り尽くし、イエローフラリオンの最上級の脛《すね》肉は、この王国のどこで手に入れられるか、縮み薬の今の値段がどれくらいか、おそらくアシュモリアン以上に精通するようになった。

長い時間を経てもさっぱりわからない唯一のものは、アシュモリアンその人だった。彼は常にぶっきらぼうに要望を口にし、見つけるのがすごく難しい情報をわたしが探しだしても、ありがとうも言わないし、コンピュータの前の玉座から立ち上がってトイレに行く際に(彼はコーヒーを次々にお代わりするので、その頻度は高い)、わたしのそばを通るのに、顔を見てうなずくことすらしないのだ。毎月の第二と第四の月曜が給料日で、その日には封筒にはいった給料がローンチェアの座面の上でわたしを待っていた。それはほんのお駄賃程度の金額だったが、わたしが賃上げの話をもちかけると、アシュモリアンは「静かに！　クリーゲンヴェイルの均衡が崩れるぞ」と叫ぶのだった。それでもわたしがあんなに長い間、月曜から土曜までアシュモリアンのところに通い続けたのは、この仕事の浮世離れしたところが好きだったからだと思う。

午後、仕事を終えて帰るとき、わたしはよく、アシュモリアンは執筆していないときは何をしているのだろうと考えた。見たところ、彼の家にはテレビがないし、電話してくるのは彼のエージェントだけだ。業界の催しに出るとき以外はほぼ、ファンから身を隠しているし、以前読んだところによると、そういう場に出ても、壇上から下りれば著書にサインもせず、人と言葉をかわそうともしないらしい。

買い物や洗濯など、わたしたちがして当たり前だと思っている日常の雑事を、アシュモリアンがいつするのかは謎だった。彼は何か人間未満のもの、グランダーの偉業を世界に伝えるための道具に過ぎないような感じがした。アシュモリアンが生身の人間であることを示唆する唯一のものは、彼が放つオナラであった。ハンバーガーを売ってたほうがよかったんじゃないかしらとわたしに思わせる、その長く締まりのない破裂音を発すると、彼は必ず、キーボードを叩く手を一瞬止めて、グランダーが闘いの前に叫ぶ有名な言葉、「信ぜざる者に死を！」をつぶやくのだった。

この時期のわたしの両親こそ、まさに「信ぜざる者」であった。わたしの成績がよいにもかかわらず、さっさと進学しなかったのはなぜかと、両親はいぶかった。「男の子とつきあってみたら？」と母はしょっちゅうわたしに言った。「そろそろ、そういう相手がいてもいい頃よね」と母は言葉を重ねた。父は、わたしが人生を浪費していると決めつけた。わたしには本物の仕事、何か将来のためになるような仕事が必要だというのだった。わたしが両親に話せるのは、自分がどう感じているかだけだった。両親が勧めるようなことがいつかは自分に起こるだろうと思ってはいても、まだそのどれに対しても心の準備が整っていないのだった。わがファンタジー作家のために働くことは、ほかの子たちが騒いでいるところから離れて校庭の端っこにひとりですわっているような気持ちになれ、しかも、多少は役に立つことができるという点で理想に近いものだった。

アシュモリアンのところで働き始めて一年半経ったある日のことだった。アシュモリアンは最新作『グランダー、悪《マルフィーザンス》を屠《ほふ》る者』のために、激しくキーボードを叩いていた。わたしは自分のローンチェアで、「驚くべき幻影王国」誌の一九九四年三月号に掲載された「クリーゲンヴェイルの夢の噴水」を斜め読みしていた。キーを叩く音がふいに止まった。その突然の静寂はわたしの注意を引きつけた。アシュモリアンがファイルを入れた引き出しからリボルバーを出し、天井に向けて撃ったとしても、これほど強く注意を引かれることはなかっただろう。目を上げると、アシュモリアンは両手で顔を覆っていた。

「なんてこった」と彼がつぶやくのが聞こえた。

「どうしたんです？」わたしは訊いた。

彼は回転椅子を回した。そして手で顔を覆ったまま、言った。「見ることができないんだ」

わたしはいつもの癖で本棚に向かって移動した。何か調べ物をすることで、事態が改善できるのではないかと、とっさに思ったのだ。だが、次の瞬間、彼の言葉の重大さがわかって、胸がどきどきし始めた。「救急車を呼びましょうか」わたしは一歩、彼のほうに踏み出して尋ねた。

「そうじゃない」とアシュモリアンは言い、顔から両手をのけた。「クリーゲンヴェイルが見えなくなったんだ。グランダーが次に何をするのかわからない。あの世界全体が消え去ってしまった」彼はわたしを見つめた。彼がまともにわたしの目を見るのは初めてだった。その眼差しから、恐怖の深さが感じ取れた。彼の本名はもちろんアシュモリアンではなくて、レナード・フィンチというのだ。以前読んだそのことを、急に思い出した。

「少し休めばよくなるんじゃないでしょうか」とわたしは言った。

彼はうなずいた。椅子にすわって背中を丸めている姿は、ショッピングモールで迷子になった子どものようだった。

「帰りなさい」と彼は言った。

「明日、また来ます」とわたしは言った。

アシュモリアンはわたしの言葉を聞くと具合が悪くなるかのように、こちらに向かって両手をふった。その日の残りの時間に対して給料を払ってもらえるのか訊きたかったが、彼を煩《わずら》わせる勇気はなかった。

両親と住む家までの四ブロックを歩く間、わたしの脳裏にはアシュモリアンを表わす比喩的なイメージが次々に浮かんだ。掘り尽くされた鉱山。空っぽになったビール樽。業者の補充ルートから外されて久しい紙コップ式自動販売機。アシュモリアンはくだらない書き物をしているうちに深みにはまり、その底にある神話的な世界に至ったのだ。しかし、時間がだらだらと過ぎて夜になった頃、わたしの気持ちは変わった。なぜかはわからないが、夕食後、自室にひとりいて、カミュの『シーシュポスの神話』を読みあぐねていたとき、うちひしがれたレナード・フィンチがいまだに顔を両手で覆って仕事場にすわっている姿が、ふいに心に浮かんだ。カミュなんかどうでもよくなって放り出し、母のところに行って、ちょっと自転車に乗ってくると告げた。

わたしはどこに行くにも自転車で行く。みんながわたしのことを健康オタクだと思ってくれればいいと思う。運転免許試験を受けたことがないという恥ずかしい事実に気づかれるよりは。初秋の夜気はひんやりしていて、アシュモリアンがくり返し登場させるクリーゲンヴェイルの月——三日月刀《シミター》のような細い月が出ていた。四ブロックの距離を数分で走り、アシュモリアンの家の私道にはいったとき、私は灯《あか》りがまったくついていないのに気づいた。自転車にまたがったまま、ドアをノックすべきかどうか、長い間決めかねていた。それでもようやく自転車を降り、石段を登っていったのは、いつも、読んでいる物語を先へ先へと読み進めていくようわたしを駆りたてる欲望と同じものに駆りたてられたせいだと思う。要するに結末を知りたかったのだ。

持ち前の好奇心にブレーキをかけながら、わたしはとても静かにノックした。そして何らかの理由で逃げなくてはならなくなった場合に備えて、一歩後ろにさがった。二、三分待った末に立ち去ろうとしたとき、何の前触れもなく家の中に灯りがひとつともった。ドアがゆっくりと後ろに引かれて半開きになり、その陰からアシュモリアンの顔が現れた。

「メアリーじゃないか」彼はなんと笑みを浮かべ、ドアをさらに大きく開いた。「おはいり」

わたしは彼の機嫌がいいことに、少なからずぎょっとした。それまで彼が笑みを浮かべるのを見たことがあるかどうか思い出せなかった。それだけでなく、そのとき、わたしは彼がふだんのようすとまったく違うことに気づいた。毎日、彼がまるで罰を与えるかのようにキーボードを激しく叩いて解放していた、あの抑圧されたエネルギーが、今はもうすっかり消えてしまったようだった。あとに残っているのは、わがファンタジー作家の弱々しいドッペルゲンガーに過ぎなかった。わたしは彼が書いた中篇『海の洞穴の魂食い』を思い出し、家の中にはいるのを一瞬、躊躇《ちゅうちょ》した。

「ちょっと待って」アシュモリアンはそう言うと、わたしを玄関に残して奥に戻った。さっきまで灯りもつけず、真っ暗な中で、アシュモリアンは何をしていたのだろう、とわたしはいぶかった。彼は原稿のはいった箱を両手でもって、すぐに戻ってきた。

「二日間でこれを読んで、三日目に仕事に出てきてくれ。その二日の分も給料を出す」と彼は言った。

わたしはその箱を受け取ったまま、立ち去るべきかどうかわからず、突っ立っていた。彼が話し相手を必要としているように、わたしの目には見えた。だが、それは思い違いだった。ついさっき、わたしを困惑させた、あのうつろな面持ちが、今、目の前で砕け散った。彼の顔に赤みが戻り、彼の眉が吊り上がった。彼は顔を前に突き出し、まさにアシュモリアン的な憤怒《ふんぬ》をあらわにして「帰れ」と言った。

わたしはそそくさと帰った。自転車にまたがる前に、家の中の灯りは再び消えていた。わたしの頭の中では、彼が狂人であることに疑問の余地はなかった。そのことよりも気になったのは、彼が創作における誠実さに執着していることだった。クリーゲンヴェイルに次に何が起こるかが心の目にちゃんと見えてこない限り、彼は執筆を続けられないだろう。心の目に真実として映るものだけを作品に書くなどというやり方は、わがファンタジー作家とは才能のレベルの違う作家たちがやることだと、それまでわたしは思っていたのだが。そんなことを考えながら、わたしはその夜のうちに、『悪《マルフィーザンス》を屠る者』を読み始めた。そして、自分はグランダーが好きなのだと初めてわかった。

アシュモリアンが書く長篇は、一度読んだら、あとはドアストッパーにするぐらいにしか役立たない、分厚いだけの代物だと決まっていた。この『悪を屠る者』も例外ではなかった。だが、ある一点において異なっていた。数多いグランダーの冒険談の中で初めて、この英雄に老いの兆《きざ》しが見られた。最初のほうで、厄介ばかり起こす小人の首を刎《は》ねたあとの一節で、彼はなんと腰が痛いとぼやいた。おまけに、囁《ささや》き森の緑女、美しきヘレティカ・フロリタとともに横たわっている場面で、彼はこの半ば植物である女性と愛を交わす前に、長々とおしゃべりをした。逡巡《しゅんじゅん》と疑念が、コルク抜きの金具に似たニョロニョロ虫のように、チャンバラとイチャイチャからできている完璧な果実だったクリーゲンヴェイルの果肉にトンネルを掘り進めていたのだ。

　こういう変化はこの物語の本質に由来するものかもしれないと、わたしは思った。今回の冒険では、グランダーの敵は彼自身が生み出したものなのだ。ずっと前の『冥界《めいかい》の炎の剣』にははっきり書かれているように、善き神々はグランダーの武勲《ぶくん》を悦《よろこ》び、彼に好意を示していた。グランダーが健《すこ》やかで、人間世界の邪悪な勢力に対して、善き神々の断固たる意志を実現することができるよう、神々は夜ごと、黒椋鳥擬《ブラックバード》のクリーコーを彼のもとに遣わした。グランダーが悪夢を見ると、クリーコーはグランダーからその悪夢を奪い取って、嘴《くちばし》にくわえて飛び、〈星々の岩屋〉にもっていく。そこでは天界の鍛冶屋、マンクが万物の精髄の炉でその悪夢を燃やす。

　今度の小説ではエロ小鬼《ノーム》のストリブル・フラップが、以前の本の中で一物をちょん切られた恨みを晴らそうとする。ノームはある夜、弓を手にクリーゲンヴェイルの宮殿の外で待ち、ブラックバードが嘴いっぱいに悪夢をくわえてグランダーの部屋の窓から出てくると、その心臓に矢を命中させて殺した。鳥はデフルトン沼地に落ち、悪夢が解き放たれた。悪夢は恨みが沈澱した沼底の泥の中で凝集し、ヴァージニア・ウルフの文体さながらにくるくるぐるぐる渦を巻き、ちらちらきらきら光を放ちながら、怪物マルフィーザンスの姿をなした。それは四メートル近い巨人で、形の定まらない波打つ体と、七頭の馬の尻が横に並んでいるのと同じ幅のぼさぼさ頭をもっていた。このおぞましい巨人は農村地域をうろつき始め、至るところで害をなした。グランダーが対決を避けているうちに、そいつがヘレティカ・フロリタを殺し、彼女の緑の心臓を食い散らしたということが彼の耳にはいった。

三日目に、わたしはアシュモリアンの家に行った。彼は仕事場でわたしを待っていた。やや青ざめて弱々しい見た目に戻っていた。ローンチェアが移動して、彼の「作家の座」の隣に置かれているのを見て、わたしは驚いた。アシュモリアンはきょうもわたしの名前を呼んで挨拶し、自分の横にすわるよう手で招いた。

原稿の箱を返すと、彼はわたしに、読んだかねと訊いた。

読みました、とわたしは答えた。

次は、どう思ったかね、と訊くだろうと予期したのは、浅はかだった。彼はそうは尋ねず、こう言った。「見えたかね?　頭の中に、映画のように?　きみはそこにいたか?」

いました、とわたしは答えた。それはほんとうのことだった。その小説は、アシュモリアンのいつもながらのたどたどしい語り口、主語／動詞、主語／動詞が連続するわかりきった文体で書かれていたが、冒険そのものは——最後の闘いが始まろうとしている終わりの場面までずっと——現実以上に生々しいものだった。

「頼むよ」と彼は言った。そして間を置いた。

頼むよ、ですって?　わたしは心の中でつぶやいた。

「本棚の本を調べてクリーゲンヴェイルの過去から私が必要とする逸話を探しだしてくれたのと同じように、あの王国の未来の話を見つけ出してくれないか。そうしてもらうことが、今の私には必要なのだ」

彼が何を頼んでいるのか、わたしにはわかった。だが、それでもわたしは首をふった。

「いや、やってくれ」と彼は言った。「きみがやらなきゃいけない。このサーガをきみほどよく知っている者はほかにはいない。私はこのことのためにきみを選んだんだ。最近の二冊の本を書いている間に、私がクリーゲンヴェイルを見る力は少しずつ弱まってきた。きみを雇ったのは、賢いとわかっていたからだ。夢想家で孤独癖があるのもわかっていた。でなかったら、きみぐらい綺麗な女の子がこんなばかげた仕事に応募するもんかね。いずれ物語がまったく見えなくなる日が来ると、私にはわかっていた」

「この本の結末をわたしに書いてほしいということですか？」わたしは尋ねた。

「書くには及ばない」と彼は答えた。「何が見えるか教えてくれればよい。グランダーがマルフィーザンスとの最後の闘いで何をするか、できるだけ詳しく教えてくれ。どのようにしてそいつを殺すかだけではなく、剣をどのように動かすか、その怪物の酸を含んだげっぷからどのようにして身をかわすか、どんな罵《のの》り言葉をそいつに浴びせるかも」

「どうやって？」わたしは尋ねた。

「目を閉じるんだ」彼は言った。

わたしは目を閉じた。

「ここを見なさい」アシュモリアンは言った。わたしは眉間《みけん》に彼の指が触れるのを感じた。「冒険の世界に戻ってくれ。見るときは少しずつ見るんだ。彼らの見た目はどんなふうか、どんな声でどんな物音を立てているか。ヘレティカの肌の緑色は、厳密に言うとどんな色合いの緑色なのか。物語の中に落ちて、物語の中にいる状態になったら、彼らの行動を追ってくれ。口で言ってくれたら、私がそれを書き留める」

「やってみます」とわたしは言った。最初のうちは物語に近づくのが難しかった。きみが賢いのは最初からわかっていたとか、きみのように綺麗な女の子がこんなばかげた仕事に応募するなんて、とか彼に言われて、そのことで頭がいっぱいだったからだ。

「闘いへの熱意をもち続けねばならぬ」と彼が囁くのが聞こえた。わたしに言っているというよりは、自分自身に言っているようだった。その言葉が、まるでガラスのかけらのように、自意識過剰なわたしの思考に小さな裂けめをつくり、クリーゲンヴェイルからの光がわずかにはいってきた。うんと集中して、わたしは自分の考えにあいたその穴を広げ、やがてなんとか、グランダーのいる世界に這い出た。

物語の始まりが、まるでビデオの早送りのように、わたしの眼前に繰り広げられた。わたしはこの王国の臣民であるかのようで、いるべきすべての場所に居合わせて、重要な瞬間が次々に猛スピードで過ぎ去っていくのを目の当《ま》たりにした。わたしはストリブル・フラップが矢を射るのを見つめ、血しぶきとともにこのノームの首が地面に転がり落ちるのを見た。そしてヘレティカが長い対話の末にグランダーの下帯に手を伸ばすのから目をそらした。やがて、後ろをふり返ったとき、わたしは自分がかの英雄のそばに立っているのに気づいた。風が強く吹き、空はもちろん空色《セルリアン》だった。そしてわたしたちは海を見下ろす崖の近くにいた。

グランダーは愛用の排除の剣《エリミネーター》を左手で握り、右手には、父が死に際に与えてくれた八角形の神慮《プロヴィデ》の楯《ンス》をもっていた。日に焼けた筋骨たくましい体に汗が光る。長く黒い髪は後ろで束ね、ヘレティカの髪であったひと筋の蔓《つる》で結わえている。この蔓が、彼女の体のうち、残っている唯一のものだ。十五メートル先の、まさに崖っぷちにマルフィーザンスが立っていた。そそりたつ巨体のあちこちに、次次に顔が浮かび出て、クリーゲンヴェイルの王への侮辱《ぶじょく》の言葉を叫んだ。この怪物の頭部は、巨大な土塊《つちくれ》が命を得たかのようなものだ。黄色いたてがみが血と内臓にまみれて、べとべとにくっつきあい、もつれあって垂れさがっている。こいつの口は、牝牛をまるごと呑みこめるほど大きく開き、そのたびに、ぎざぎざの歯が幾重《いくえ》にも並んでいるのが丸見えになった。

「おれの胆汁のにおいを嗅げ。おまえ自身の悪夢からできた香水だぞ」マルフィーザンスは吠えるように言い、唇のない口のふちを鯨《くじら》の舌ほども大きい、できものだらけの舌で舐めまわした。

マルフィーザンスは、紫色のミニ太陽のような気体の玉を吐き出した。それはそよ風に乗ってグランダーのほうに向かった。グランダーは楯をもちあげ、酸の息の爆弾を遮《さえぎ》るために構えた。炸裂した有毒物質が、クリーゲンヴェイルの紋章を描いていた塗料を溶かして泡立てるのをわたしは見た。グランダーは呻き声をあげ、両膝をついた。

「今ので鼻毛が焼けたな」彼は地面に膝をついたまま、つぶやいた。それから、わたしの顔をまともに見た。彼がわたしを見てはっとしたのが目の奥のきらめきからわかった。わたしがそこに立っているのが実際に見えているかのようだった。彼はわたしに微笑みかけ、ゆっくりと立ち上がった。

「ちょっと待て、マル」彼は怪物に向かって叫んだ。「彼女が来ている」

英雄がわたしのほうに向かって歩いてくる間に、わたしたちの五十メートル後ろの岩や木立の陰に隠れていたクリーゲンヴェイルのほかの登場人物たちがわらわらと姿を現した。

「誰か飲み物をくれないか」と怪物が叫んだ。「この味を口から追い出したいんだ」

「みんな、休憩だ」グランダーがふり返って言った。

彼は剣を地面に突き刺し、楯を放り出した。

「何が起こっているの？」わたしは尋ねた。

「メアリー、だね？」と彼は言った。

わたしはうなずいた。

「私たちはきみを待っていたんだ」

ほかの人たち――いずれもほかの物語に出てくるのを読んでわたしが知っている人たち――が彼を取り囲んだ。マルフィーザンスは今や私たちの上にかがみこみ、風に吹かれてゆらゆらしていた。

「こんにちは、お嬢ちゃん」怪物はわたしに声をかけた。そして、ストリブル・フラップから、ワインの革袋を受け取ろうと、体の脇からにゅっと腕を伸ばした。

「メアリー」グランダーが口を開いた。「あまり時間がない。私が説明しよう。アシュモリアンが二、三冊前の本を書いていた頃、私たちはヘレティカに頼んで、アシュモリアンに魔法をかけてもらった。彼が私たちの世界にコンタクトできなくなるように。魔法が効くのには時間がかかった。アシュモリアンは強大だからね。いうなれば、彼は『神』だ。私の言う意味をわかってくれるかな。最初のうち私たちは、彼が私たちをあっさりと手放してくれるんじゃないかと思っていた。だが、その後、彼がきみを雇ったことで、私たちには彼の魂胆が読めた」

「何が何でも、今書いている物語を完成させたがっているということ？」わたしは訊いた。

「そのとおりよ」わたしの左で女の声が言った。ふり返ると、ヘレティカ・フロリタの美しい緑色の顔があった。

「あなたはむさぼり食われちゃったのでは？」とわたしは言った。

マルフィーザンスが声をたてて笑った。「みんなで、草と棒やなんかで女の人形をつくったんだ。そしておれは彼女の代わりにそれを食った。どうしておれに、彼女をほんとうに食ったりできようか？」

「おいおい、キャラクターに合わないことを言わないでくれ」とグランダーが言った。集まっている登場人物たちがどっと笑い、ヘレティカは前のめりになって、英雄の腕を小突《こづ》いた。

「どうしてわたしにそんな話を？」とわたしは尋ねた。

グランダーはほかの人たちに手をふって、「ちょっと、ふたりだけで話をさせてくれ」と言った。みんな、数歩さがって、地面にすわりこんだ。数秒後には、ワインや蜂蜜酒の瓶だと思われるものが回っていた。マルフィーザンスは革袋からワインをすすり、子どもたちに自分の背中を滑り台代わりに使わせた。子どもたちのうちの誰かが笑い声をたてるたびに、マルフィーザンスも咳きこみながら笑った。

グランダーはわたしをつれて一同から離れ、崖っぷちのほうに向かった。話してもみんなに声が聞こえないところまで来ると、彼はわたしのほうに向き直って言った。「メアリー。終わらせなくてはならない。もうこれ以上、がまんできないんだ」

「アシュモリアンが来なくなって寂しいから？」

「とんでもない。きみならわかってくれると思っていたんだが。私がきみに言っているのは、私自身がもうこれ以上続けていられないということだ。あとひとつでも命を奪わなくてはならないとしたら、たとえそれが蚊一匹であろうとも、私は気が触れてしまうだろう」

「アシュモリアンに不満があるのね」とわたしは言った。

「仲間のうちには、彼のことをケツの穴野郎《アスホーリアン》と呼んでるやつもいる。私はそんなことを言わないぐらいには、彼に敬意を抱いている。とはいえ、私は最初のページからずっと、彼と一緒にいるんだ。初めのうちは、わくわくするようなことばかりのときもあった。だが今や、クリーゲンヴェイルの生活は退屈な代物になりさがった。ここには目新しいものが何ひとつない。ひとつの冒険が始まるとき、殺しをすることになるのだと、私には常にわかっている。想像してくれ。毎朝、目が覚めるときすでに、きょうも何かを、あるいは誰かを殺さなくてはならないとわかっているような生活を。喧嘩をしたわけでもない男たちを、一個連隊皆殺しにしなくてはならないこともあるんだ」

「でも、クリーゲンヴェイルには殺し以外の側面もあるでしょう？」とわたしは水を向けた。

「私は酒飲みじゃない。アシュモリアンが私に何本もの酒をがぶ飲みさせるたびに、そのあとの五十ページの間、私はひどい吐き気に苦しむ。色事だって同じさ――吐き気がする。この男は普通サイズの乳房なんか見たこともないだろうと、読者に思われているんだろうな。私が望んだのはほんの数分の恋だけだったが、それは英雄にとって、〈ゴーストシティーの三面猫少年〉以上に出会い難《がた》いものなのだ」

「プロットに恋を入れるように、彼に言いましょうか？」と私は尋ねた。

「もう遅すぎるよ。今はただ、ほかのみんなが自由になる手助けがしたいだけだ。私はこれを終わらせたい。そうすればみんなは、私が彼らの世界に現れる前の生活に戻れるだろう」

「わたしもあなたの物語を読み始めたときには、クリーゲンヴェイルについて同じように感じていたわ」とわたしは言った。「でも今は、こんなに生き生きと感じられる物語はほかに読んだことがないと思うぐらいなの」

「アシュモリアンはあるひとつのことを除けば、ペテン師だと言えるだろう。彼には感じる力がある。それは奇跡的なことだ。私がこんなことをしているのは、つい彼に手を貸してやりたくなるからで、ほかのみんなもそうなのさ」

「あなたはわたしに、あなたがマルフィーザンスの犠牲になるようにさせたいの？」

彼は頷いた。彼の目に涙が見えた。「英雄というのはそのためにいるのさ」と彼は言った。

「そんなこと、わたしにできるかしら。きっとアシュモリアンがさせないと思うわ」

「そんなことはない」と彼は言った。「アシュモリアンにはそれを妨げることができない。きみの力が強すぎるからね」

「強すぎる?」わたしは鸚鵡《おうむ》返しに言った。

「頼むよ」と言うグランダーの声が奇妙に変化して、アシュモリアンの声になった。「見えるかい?」とわがファンタジー作家が訊いた。

自分の左側を見ると、彼がすわっていた。キーボードの上に両手を構えて、いつでも打ち始められる態勢だ。自分の右側に目を戻すと、グランダーとマルフィーザンスが崖っぷちで、戦闘のポジションについている。

わたしはグランダーが言った力が身内に湧きおこるのを感じた。「はい」とわたしは言った。「始めます」わたしの中から言葉がそれ自体の力で出てきた。腹の底からまっすぐ昇ってくるわたしの言葉は、生き生きとした描写に彩られ、隠喩《いんゆ》と直喩がちりばめられたものだった。わたしは何のためらいもなく、グランダーと彼自身の思念から生まれた怪物、マルフィーザンスとの闘いを語った。

グランダーの剣、エリミネーターが日の光を浴びてきらめいた。そして転がったり、走ったり、荒い息をついたりがあった。傷口が花開き、血が流れ、骨が砕けた。怪物のアメーバーのような体から切り取られたいくつもの大きなかけらが浦風に吹かれて飛んだ。そして精彩に富む罵りの言葉が発せられた。「おまえなんぞは、マンクの万物の精髄の炉で燃え続けるがいい。シミターの月がおまえの魂を永遠の空に縫いつけるまで」酸の息と鋼《はがね》の刃《やいば》。マルフィーザンスとグランダーは延々と闘い続けた。一方が優勢となるかと思えば他方が優勢となる。

わたしの左側では、アシュモリアンが非常な熱気を帯びて、コンピュータが表示するよりも速いペースで、わたしの言葉をタイプしている。言葉がわたしの口から彼の指に飛び移っているかのようだ。

「信ぜざる者に死を！」はあはあ息を切らしながら、アシュモリアンがつぶやいた。

最後に、回復不可能な深手を負ったグランダーが決死の突進をして、怪物のまがまがしい体の中に自分の体を埋め、もろともに崖っぷちを越えた。

わたしが両者の落下のさまを描写すると、アシュモリアンが叫んだ。「そんなばかな！」その指はまだキーを叩き続けている。

両者の体が何百メートルも下の岩に激突すると、アシュモリアンは呻いた。「ありえない」だが、キーボードの上の動きが遅くなることはなかった。

彼らの体を波が洗い始めると、アシュモリアンは涙を流した。最後のピリオドをタイプすると、彼はわたしに背を向けて、またもや両手で顔を覆った。その最後のピリオドとともに、わたし自身の頭の中で、灯りが消えるようにクリーゲンヴェイルが消えた。わたしはローンチェアを後ろに押して立ち上がった。アシュモリアンの体は波打つように震えていた。悲しみが深すぎてもはや声も出ないようだった。わたしは何も言わずに部屋を去り、その家から去った。そして二度と戻らなかった。

グランダーの死はアシュモリアンにとって大打撃だったろうが、わたしはそれをきっかけに、自分自身の人生について決断する力を得ることができた。それはあの剣士さえも、ふるうことがなかった力だ。次に何をしようかと考えたとき、わたしはレナード・フィンチがわたしの眉間に指を置いて「ここを見なさい」と言ったことを思い出した。次々に迅速に動いて、〈バーガー館《ラマ》〉というハンバーガーショップでアルバイトを始め、地元の大学の授業を受講する手続きをした。自分がわがファンタジー作家に何をしたのか、しばしば考えたが、あれが誰にとっても一番良いことだったのだと自分に言いきかせて納得するのが常だった。

それでも、クリーゲンヴェイルの思い出は、時折わたしの心を吹き抜けた。とりわけ、文学の授業中、教授が論理的に迷子になってしまうときなどに。そんなとき、わたしはグランダーがドアを蹴破ってはいってきて剣をふるってくれるように願った。とはいえ、勉学に戻ったことにはおおむね満足していた。英語の授業をたくさん取ったが、教師になりたくないのはわかっていた。アルバイトの仕事のほうはどうかというと、給料が少ないのに、油でべとつく上に暑かった。特大ボリュームのハンバーガーをカウンターの向こうの食欲旺盛なお客さんに向かって滑らせるとき、わたしはいつも、「信ざる者に死を！」と声には出さずつぶやいた。〈バーガーラマ〉にはグワテン沼地のような恐怖もあったが、自分と同じ年頃のほかの店員たちと親しくなれて楽しかった。

万事順調に進み、両親はわたしの進歩を喜んだ。だが、わたしにしてみれば何か物足りなかった。ある夜、わたしは気がついた。自分が望んでいるのは作家になることだと。そのためなら、あのアシュモリアンの仕事場に戻りたいと思うぐらいだった。あそこは、言葉がありえないものに命を吹きこむ場所だから。わたしはノートを買ってきて、物語を書こうとした。だが、勇気がないせいか、自分の書いたものを見る目が厳しすぎるのか、最初の数行でペンが止まってしまうのだった。「クリーコーが飛んできて、このもどかしさを奪い去ってくれたら、夜もよく眠れるだろうに」とわたしは思った。

次の学期も大学の授業をとり、世間からまっとうだとみなされる生活をうまくこなした。ある日、家にわたしあての宅配便が届いた。母に呼ばれて、眠い目をこすりながら、階下に行った。試験準備のために、夜遅くまでスウィフトの『書物戦争』を読んでいたのだ。母はわたしにその茶色い包みを渡すと、頬に軽くキスして仕事に出かけた。

わたしはクッション封筒を開いて中身を取り出した。新品の分厚いハードカバーの本だった。その本が『悪を屠る者』であることを知って、興奮で背筋がゾクゾクした。袋を放り出して、夢中で本のページをめくり、後ろのほうへ――自分に責任がある部分に向かったのは言うまでもない。終わりから五ページばかりのところに、グランダーが崖っぷちで怪物と対決する場面の記述を見つけた。それを読むのは、わたしにとって決して忘れることのない経験となった。アシュモリアンが一言一句たがえず、わたしの言ったとおりの言葉を用いていたからだ。わたしは活字の上を手でなぜた。活字が消えなかったのを見て、心の中で言った。これを創造したのはわたしだ、と。

わたしは自分の目の前で闘いが起こるのを見た。アシュモリアンのためにその情景を口述した日に、アシュモリアンの仕事場で見たとおりだった。罵り言葉などもそっくりそのまま活字になっていた。しかし、落下したふたつの体を波が海へとさらっていくところまで読むと、その先にまるまるもう一ページの記述があった。

とまどいながら続きを読み、その夜グランダーがクリーゲンヴェイルに戻ったことを知った。びっしょり濡れ、髪にナマコをつけ、海草を首に巻きつけた姿で、グランダーは彼の死を悼《いた》む人々の集まる部屋に足を踏み入れる。人々は歓喜し、酒の瓶が回される。そして彼はマルフィーザンスの弾力性に富む体のおかげで、墜落の衝撃から守られたのだと語る。もう少しで溺《おぼ》れ死ぬところだったが、潮流に抗《あらが》い、海岸線に沿って五キロばかり離れたところに泳ぎ着いたのだ。こうしてこの長篇は最高に盛り上がったところで終わり、さらなる飲み会とチャンバラとイチャイチャが予告される。

「何なのよ、これ?」わたしは声に出して言った。二、三分後、クッション封筒をもう一度検《あらた》めたわたしは、その答えを見つけた。自分の言葉が印刷されているのを見るのを急ぐあまりに、わたしあてのアシュモリアンの手紙がはいっているのを見逃していたのだ。

メアリーへ

申し訳ないが、きみの結末を少し変えなくてはならなかった。グランダーを死なせたら得られなくなる将来の印税がどのくらいになるか考えてほしい。私はまだ、彼を死なせるわけにはいかない。誰もがファンタジーを必要としているのだし。グランダーがきみによろしくと言っている。そして、私がきみのために創ったフィクションの中で自分が果たした役割について詫びたいそうだ。私は初めてきみに会った日から、きみの頭がいいこと、本が大好きで考えることが大好きだということがわかっていた。先生たちは、きみが面接に来る前に学校に電話を入れるようなことをしなくても、それはわかったはずだ。校庭の端っこのきみの居場所のことを教えてくれた。私はその場所を知っている。きみが行くべき場所はほかにもたくさんある。ときには、破壊行為が創造行為になる。私はきみが旅を始めるのに、そういうことを必要としていると感じた。思いこみの激しい、見ることのできないファンタジー作家としての私は、これまで私がつくりあげたなかで最高のキャラクターだったと思う。自分がなる必要のある人物になる方法を教えてくれるのでなかったら、フィクションのまやかしにどんな効用があるだろう？　グランダーは言う。「勇気をもて。生の最後の一滴まで絞りだせ。そして名誉とともに生きよ」単純だが、この複雑な世界にいて時々思い出すには、悪くないメッセージだ。私がこんなことをしたのは、きみはいずれ作家になる可能性のある人だが、少々助けを必要としているとわかっていたからだ。お役に立てて嬉しい。

アシュモリアン

最初、わたしは混乱した。だが、手紙を読み直し、信じる者のように高らかに笑った。その日は結局、スウィフトについての試験は受けず、その代わりに台所に行って、ポット一杯のコーヒーをつくった。それから自分の部屋に戻り、鍵をかけたドアの反対側から父と母が呼びかけるのも無視して、二日がかりでこの物語を書いた。

〈熱帯〉の一夜

私が生まれて初めて行ったバーは〈熱帯〉だった。その店はウェストアイスリップ*のヒグビー・レーン沿いの食料品店と銀行の間にあった——そして、今もそこにある。私が五つ、六つの頃、私の父は日曜の午後にその店でニューヨーク・ジャイアンツの試合を見るのを習慣にしていた。私も父にくっついてよく行ったものだった。男たちがカウンターで飲みながらしゃべり、テレビ画面のY・A・ティトルに野次を飛ばしている間、私は玉突き台の玉を転がしたり、奥のブース席で塗り絵をしたりしていた。ジュークボックスではボビー・ダーリンの「ビヨンド・ザ・シー」ばかりかかっているようだった。私は雲をさまざまなものの形に見立てるように、葉巻や紙巻き煙草の煙がうずまく中に形を探した。バーテンダーは手の中で固ゆで卵を消し、私の耳からそれをひっぱり出して、私にくれた。ときには、カウンターにすわった父が私を膝に乗せ、サクランボのはいったジンジャーエールをご馳走してくれることもあった。固ゆで卵もジンジャーエールも大歓迎ではあったが、私はそれが目当てで〈熱帯〉に行っていたわけではない。グラスにビールの泡がもりあがる、まばゆいネオンサインにも心惹かれたし、口汚い言葉はかっこいい音楽のように聞こえたが、私を〈熱帯〉に引き寄せたものはそれらでもなく、幅十メートル近くもある楽園の光景だった。

＊　ニューヨーク州南東部ロングアイランドの南海岸沿いに位置する集落。

それは店の入り口からトイレの入り口まで、南側の壁に沿って伸びているひと繋《つな》がりの壁画で、熱帯の浜辺が描かれていた。実のなったヤシの木。静かな海に向かって下《くだ》り斜面をなす白い砂浜。その砂浜を目でたどると、その先には、のどかに波が打ち寄せている。空はコマドリの卵の青で、海は六つの異なる色合いの青緑《アクアマリン》だ。砂浜のあちこちにさまざまなポーズをとって永遠に静止しているのは島の女たちで、腰蓑《こしみの》と髪につけた花を除いては裸だ。女たちのすべすべした褐色の肌、乳房、微笑みは心を強く惹きつける。絵の中央、沖の水平線上に大洋航路船が描かれていて、真ん中の煙突が吐き出す煙はにじんだ筋になっている。船と海岸の間に小さなボートが浮かび、男がひとり、オールで漕いでいる。

私はその絵に心を奪われ、いつまでもじっとすわって見ていられた。すみずみまで注意深く観察するうちに、ヤシの木の葉の曲がり具合や、女たちの髪のそよぎ方、腰蓑の乱れ方から、そよ風がどちらの方向からどのくらいの速さで吹いているかわかるようになり、自分の顔にその風が感じられる気がした。冷たく澄んだ水と島の光の温かみが、私を夢心地に誘った。私は浜辺の小蟹《こがに》や貝殻やヒトデに目をとめた。ヤシの葉の扇《おうぎ》の陰から覗き見している猿にも気づいた。だが、もっとも好奇心をそそるのは、店の奥の暗がりの、楽園の絵がトイレのドアで終わるわずか手前に描かれている手だった。その手は何かの植物の幅広い葉を脇に寄せている。あたかも手の主は私自身で、ジャングルの端に立ってボートの男を盗み見ているかのようだった。

やがて時がたち、生活上の問題がこんがらかってくると、父は日曜に〈熱帯〉に行かなくなった。家族を養うことに追われてジャイアンツに寄せる熱意が薄らいだのだ。そしてほんの二、三年前に母が他界するまで、父は週に六日、働いていた。私自身がバー通いをし始めた頃には、〈熱帯〉は年寄りの好む店だとみなされていたので、私は一度も行かなかった。しかし、時が移り、季節が巡っても、あの壁画の思い出はずっと心に残っていた。人生のさまざまな時期に、自分の生活が多忙を極めると、あの静かな美しさが心に浮かんで、楽園に暮らすことを夢想したものだった。

二か月ばかり前、私はウェストアイスリップの父の元に帰省した。父は私が育った家に住み続けているが、今ではひとり暮らしだ。夕食後、父と私は居間でくつろぎ、昔話や、私がこの前来たときから町のどこが変わったかという話をした。リクライニングチェアに身をゆだねてしゃべっていた父は、やがて居眠りを始めた。その父を前にして、私は父の人生について考えた。父は完全に満足しているように思われたが、私の頭からは、長い年月にわたる労苦の人生が、がらんとした家の中で、知り合いのまったくいない町で幕を閉じようとしているという思いが離れなかった。そのような予想に心が重くなったので、気分を変えるために散歩に出ることにした。平日の夜の十時十五分。町は静まり返っていた。私はヒグビー・レーンまで行き、モントークに向かうほうに折れた。〈熱帯〉の前を通りがかったとき、ドアが開いているのに気づいた。しかも、窓には、あの懐かしいネオンサインが輝いていて、ビールの泡がもりあがっていた。まさかと耳を疑ったが、ジュークボックスの穏やかな調べはボビー・ダーリンの歌だった。窓越しに、季節に関係なくカウンターの奥の鏡を縁取ってともっているクリスマス電球が見えた。私はほんの気まぐれから、中にはいって、一杯飲んでいくことにした。私が最後に来てからの数十年の間に、壁画が塗りつぶされていないようにと願った。

客はひとりだけだった。カウンターにすわっているその男は、あまりに皺《しわ》だらけなので、皮膚の袋がカツラをかぶって、靴やズボンやカーディガンをまとっているように見えた。男は目を閉じたまま、バーテンダーの言葉に耳を傾け、時折、うなずいていた。客を見下ろしているバーテンダーはふくれ上がった大男で、着ているTシャツの裾は太鼓腹の一番出っ張ったところをどうにか隠しているだけだった。彼は煙草を吸いながら、囁《ささや》くような低い声でしゃべっていた。私がはいっていくと、視線を上げて手をふり、何が欲しいか尋ねた。私はＶＯ＊の水割りを注文した。その飲み物を私の前のコースターに置くと、バーテンダーは「最近、バスケットボールはやってるかい？」と言ってにやにやした。私自身も健康的な体型にはほど遠いので、私は声をあげて笑った。彼の言葉を、よれよれになって〈熱帯〉に打ち寄せられた漂流者である私たち三人についての冗談だと受け取ったのだ。代金を払ったあと、私はほかのふたりに背中を向ける無礼を犯すことなく、南側の壁をじっくり見られるテーブルを選んだ。

ほっとしたことに、壁画は相変わらずそこにあり、ほぼ無傷な状態だった。長年の間に色は褪《あ》せ、煙草のやにでくすんでいたが、私は今一度、楽園を目にすることができた。島の女たちのひとりの顔に口髭《くちひげ》がかかれているのを見て、その不埒《ふらち》な所業に、一瞬心が沈んだ。だが、それを除けば、ただそこにすわっただけで、過去がよみがえった。ヤシの木の間を通るそよ風、美しい海、遠い船、海岸にたどりつこうと今も懸命に漕いでいる哀れな男。すべてが記憶通りで嬉しかった。町はこの壁画を歴史遺産か何かに指定すべきだという考えが私の頭に浮かんだ。私の夢想が破られたのは、老人客がカウンターの丸椅子を後ろに押して下り、前屈みのまま、ドアのほうに歩いていったときだった。私は彼の歩く姿を見つめた。彼の目はどんよりしていた。手が空中でぶるぶる震えていた。「じゃあな、ボビー」どなるようにそう言うと、老人は外に出た。

ボビー。私は心の中でつぶやいて、バーテンダーを見やった。彼はちょうどカウンターを拭いているところだった。バーテンダーは私を見返し、ほほえんだ。だが、私は急いで目をそらし、再び、壁画に集中した。二、三秒後、彼をもう一度盗み見た。この男、知り合いだぞ、という考えが兆《きざ》し始めたのだ。確かに昔知っていた誰かなのだが、時間が彼の見かけを変えていた。私はまた意識を楽園に戻した。そしてほどなく、楽園の日射しと海のそよ風の中で思い出した。

ボビー・レニンは、私の母が「不良」と呼ぶ存在だった。学年が私より二年上で、人生経験についていえば何光年も私の先を行っていた。六年生になるまでには、セックスも酒も警察につかまることも経験していたに違いない。高校の頃には、体が大きくなったものの、いつもだらしなく太っていた。腹が出ていて、二の腕が太かった。そしてぎらぎらした目は、この男は簡単に人を殺すだろうし、殺しても何ら良心の呵責《かしやく》を覚えないに違いないという確信を人に与えた。髪は長く、ぐしゃぐしゃで洗ったことがなかった。夏でも黒革ジャンパーを着て、その下にはビールのしみのついた白いTシャツ、そして、車のドアに穴をあけることもできる、爪先に鉄芯のはいった分厚い黒ブーツで、足元を固めていた。

放課後、彼が橋のそばで喧嘩をするのを見かけたことが何度もあった。相手は大抵フットボールチームの選手で、いずれも彼よりも大柄で筋骨隆々だった。そもそも彼は殴るのがうまくはなかった。やたらに大きく腕を振ってパンチを入れる——その一点張りだった。目から血を流していたり、腹に蹴りをいれられたりしても、彼はひるまず執拗に立ち向かい、相手が意識を失って地面に倒れるまでやめなかった。得意とする喉へのパンチで、学校のチームのクォーターバックを入院させたこともある。毎日のように誰かと闘い、ときには教師や校長にまで、拳《こぶし》をふりあげた。

レニンには取り巻きがいた。黒革ジャンパーのはみ出し者が三人。彼らはリーダーと同じくらいワルだが、彼とは違って脳味噌が欠けていた。レニンは残酷なユーモアのセンスとある種のずる賢さの持ち主だったが、その取り巻きは、血の巡りの悪い薄のろばかりで、レニンの力と導きがなければ、途方に暮れるしかないのだった。いつもレニンのそばにいるのはチョーチョーというやつで、この男

＊　カナディアンウィスキーの銘柄。シーグラムズVO。

はブルックリンで過ごした子ども時代に、兄と対立関係にある不良たちに吊るされた過去があった。死に至る前に、姉が発見してロープを切ったのだという。それからずっと、彼の首には肉がこすれたあとがネックレスのようなアザになって残っており、彼は十字架のついた鎖をつけて、それを隠そうとしていた。しばらくの間、脳に酸素がいかなかったせいで、彼の頭はおかしくなった。そしてかすれた囁き声で話すので、彼が何を言っているのか、レニン以外にはわからないのが常だった。

第二の子分はマイク・ウルフ。この男のお気に入りの暇つぶしは、祖父の小屋でペンキはがし液の蒸気を嗅ぐことだった。ウルフという名にふさわしく、実際に狼《おおかみ》めいた顔つきをしていた。そして鉛筆のように細い口髭と尖《とが》り気味の耳が、私にオイルカンハリー*を思い出させた。それから、ジョニー・マーズがいた。痩せて引き締まった体つきをしていて、マッチをこすりつけたら火がつきそうな、ざらざらした甲高い笑い声をよくたてる男で、思いこみの激しいたちだった。ある夜、彼は父親の二十二口径銃で、高校の校舎の壁面に並んだ窓のすべてに、弾を撃ちこんだ。教師に馬鹿にされたと思いこんだのがその理由だった。

私は縮み上がるほどレニンとその仲間が怖かった。だが、幸運なことに、レニンは私を好いていた。私とレニンとの繋がりは、彼がまだ子どもで少年フットボールチームでプレイしていた頃にさかのぼる。彼がまっしぐらに非行の道を突っ走る前の話だ。その頃でさえ、彼は問題児だったが、タックル**として能力を発揮し、懸命にプレイしていた。彼の問題は指図にろくすっぽ従わないばかりか、コーチたちに向かって「ほっといてくれ《ファック・アウト》」などと言うことだった。その当時は「ファック」という言葉を口にするのは重大なことで、そのために、彼を監督する立場の大人たちにとって、彼の印象は悪くなった。

レニンが七年生***だったある日、ヒグビー・レーンを走る車に石を投げ、側面の窓ガラスを割った。

警官たちが道路脇で彼をつかまえた。そのとき私の父が、たまたま車で通りかかり、事情を見てとって車をとめた。父はフットボールの少年リーグの試合で、よく審判を務めていた関係で「ボビー」を知っていた。警官はレニンの名を記録に残すと父に言った。だが、父はどうにかして警官たちを説得し、彼を無罪放免してもらうことに成功した。父は被害にあった車のドライバーに窓の修理代を払い、それから車でレニンを家まで送った。

どういう理由だったにせよ――もしかしたら、レニンが自分自身の父親を知らなかったためかもしれないが――この出来事は長くレニンの心に残った。彼はその日、私の父から与えられた忠告に従うことはできず、不良への道を歩み続けたが、父の親切へのお返しとして、私を庇《かば》うことを自分の役割と心得るようになった。私がそのことに気づいた最初は、自転車に乗って小学校の構内を横切り、公園のバスケットボールコートに向かおうとしていたときのことだった。そこへ行くには、不良たちがよく、体育館の高いレンガの壁を使ってウォールハンドボール****をしている場所を通らないといけなかった。彼らがそこにいないと、私はいつもほっとした。だが、その日、彼らはそこにいた。

マイク・ウルフが目を血走らせ、名前のように歯をむき出してわめきながら駆け寄ると、私の自転

* アニメ作品のシリーズ『マイティーマウス』に登場する悪役の猫。
** アメリカンフットボールのポジション。
*** 七年生は中学（ジュニア・ハイあるいはミドルスクール）の生徒だが、学年は通常、小学校からの通年で数えられる。
**** アメリカ式ハンドボール。ボールを壁にぶつけて、跳ね返ったのを相手に打たせ、打ち合いを続けるゲーム。

車のハンドルをつかんだ。私は何も言わなかった。震え上がっていて口がきけなかったのだ。そこへ下っ端《したっぱ》の不良のジョージ・ミスーラと悪臭野郎《スティンキー》スタインマラーが私をいたぶるのに加わろうと、ゆっくりとした足取りでやってきた。まさにそのとき、レニンがビールの大瓶を手にもってどこからともなく現れ、ドスの利いた声で言った。「そいつに構うな！」三人は後ずさりした。そしてレニンは「こっちへ来いよ、フォード」と言った。彼はビールを飲むかと私に訊いたが、私はいらないと言った。それから彼は、よかったら、少しゆっくりしていきな、と言った。

びくびくしていると見られたくなかったし、恩知らずだとも思われたくなかった。それで私はしばらくそこに留まり、縁石にすわって、ウォールハンドボールを眺めた。ジョニー・マーズが、注射器の中に射精して、それを自分に注射し、それから嫁さんとセックスしたら、天才の赤ん坊が生まれるんだと、もっともらしく語っていた。やがて私が自転車に乗って去るときに、レニンは「親父さんによろしくな」と言った。そして私がかなり先に進んでから、彼は大声で私の背中に叫んだ。「めっちゃ《ファッキン》いい夏《グッド》を過ごせよ」

レニンが私を庇う気になってくれているおかげで、兄と私は暗くなってから校庭を横切ることもできた。ほかの者なら、そんなことをすれば、ボコボコにされる羽目になっただろう。ある夜、私たちは自転車に乗っていて、レニンとその仲間に出くわした。ミナーヴァ通りと小学校の敷地との間にある森のそばだった。レニンはベルトに銀色のピストルをさしていた。彼はブライトウォーターズのやつが現れるのを待っているのだと、私たちに告げた。決闘をすることになっている、というのだ。「おれの名誉がかかっている」と彼は言い、それから、手にしていたビールを飲み干すと、汚水桝《ます》のコンクリート蓋に瓶を叩きつけ、げっぷをした。やがて一台の車がミナーヴァ通りにとまり、ライトを二度点滅させた。レニンは私たちにもう帰ったほうがいい、と言った。兄と私がうちのある方向へ角を曲がろうとしたときに、遠くで銃声がした。

私が厄介な状況に陥っていると、レニンが姿を現し、救い出してくれることがときどきあった。たとえば、あるパーティーで麻薬の取引に巻きこまれかけたとき、暗がりから彼が現れて、私の横面《よこつら》を張り、うちに帰れと言った。一方、レニンの悪い噂を耳にすることも多かった。レニンと仲間はしょっちゅう警察の厄介になっていた——ナイフの喧嘩や、盗んだ車での暴走、家宅侵入。私が高校を卒業する前に、彼らのいずれもが、期間の差はあれ、セントラルアイスリップの少年院にはいっていたことを、私は知っている。結局、私が高校を終え、親の家を離れて大学に進学したことを契機に、レニンの消息を知る手立てはなくなった。

今、私は〈熱帯〉にいて、楽園と過去についての白昼夢からわれに返ったところだ。彼がVOの瓶とアイスペールとタンブラーを携《たずさ》えて、私のテーブルのそばにいる。誰かが彼をガソリンスタンドに連れて行って、空気入れホースを口につっこんだみたいに、はちきれそうな体でのっそりと立っている。

「おれのこと、覚えてないかな?」と彼が尋ねた。

「やっぱり、そうか」私は笑みを浮かべて、「ボビー・レニンだね」と握手の手を差し出した。

レニンは瓶とアイスペールをテーブルに置くと、おもむろに手を差し出し、私の手を握った。彼の握り方には、かつての活力を思わせるものは何もなかった。

「こんなところで何をしている?」と彼は尋ねた。

「壁画を見ようとはいってきたんだ」私は答えた。

彼は笑みを浮かべ、何もかもわかっているかのように物憂《ものう》げにうなずいた。「親父さんのところに帰省中か?」

「ああ、一泊だけだけど」

「二、三週間前、親父さんをスーパーで見かけた」とボビーは言った。「声をかけたが、あちらはうなずいて、にっこりしただけだった。おれのこと、覚えていないんだろうな」

「どうだろうね」と私は言った。「この頃は、私に対してもだいたいそんな風だ」

レニンは声をたてて笑い、それから、私の兄と妹たちのことを尋ねた。母が亡くなったことを告げると、彼は自分の母親も大分前に死んだと言った。レニンは煙草に火をつけ、隣のテーブルに手を伸ばして灰皿を取った。「ふだんは何をしているんだい?」

大学で教えていて、同時に物書きでもあると私は言った。それから、チョーチョーやそのほかの昔の仲間と今でも会っているかと彼に尋ねた。彼は煙を長く吐きだし、首をふった。「いや」と答えたときのようすは少し寂しげに見えた。しばらくは、どちらも黙っていた。私は話すべきことを何も思いつかなかった。

「物書きと言ったね? どういうものを書いているんだい?」と向こうが言った。

「短篇や長篇——つまり、小説だ」と私は言った。

彼の目がきらっと光った。彼は空になった私のタンブラーに酒を注ぎ、自分のタンブラーにも注いだ。「あんたにうってつけの話がある」と彼は言った。「さっき、チョーチョーたちのことを訊いたろ? あいつら絡みですごい話があるんだ」

「聞かせてほしいな」と私は言った。

「すべてはずっと以前に起こったことだ——あんたがこの町を離れたあと。だが、ハウイーがピザ屋を売る前。散髪屋のフィルの息子が競馬場で殺された頃だ」

「ああ、その事件については、母から聞いたのを覚えている」と私は言った。

「結局、おれたちのうちの誰も――おれも、チョーチョーも、ウルフも、火星人《マーシャン》も*――高校を卒業しなかった。おれたちは皆、町をうろついて年じゅう同じような悪さをくり返し、くり返すたびに深みにはまっていった。おれたちは皆、酒を飲み、ドラッグをやって、大きな仕事にも手を出し始めていた。一度は、スーパーに押し入って紙巻煙草を二、三百ドル分、盗んだし、ときどき車を盗んでは、マーズの親戚がやっている解体屋に売りつけた。たまには捕まって、二、三か月、いろんなところの収容施設に収監された。

決して犯罪で食っていけるような玄人《くろうと》じゃなかったから、時折は、まっとうな仕事につかなきゃならなかった。言うまでもなく、どれもこれもつまらん仕事だったさ。ある晩、おれがここでビールを飲んでいると、高校時代に見知っていた男がやってきた。あんたの兄貴ならそいつのことを覚えているかもしれない。とにかくそいつはバーテンダーと話を始めた。ライアンという爺さんを覚えているかい？」

「ああ」と私はうなずいた。「私に生まれて初めてのカクテルをつくってくれた人だ――シャーリー・テンプル**をね」

レニンは声をたてて笑い、話を続けた。「そいつはこの町に戻ってきたんだ。エンジニアリングの学位をとって大学を卒業し、グラマン社でおいしい職を得て、結婚も決まってて、入江のほうに大きな家を買ったばかりだというんだ。おれはそれを横で聞いてて、くそっと思った。おれだって、そういうことの一部でも手に入れようとしてもよかったんだと。だが、それはもう実現不可能なことだっ

* ジョニー・マーズのこと。彼の姓、マーズは火星を意味する語と同音、同綴。
** 名子役の名にちなんだノンアルコールのミックスドリンク。

た。実のところ、おれはこの壁画を見ながら考えていた。おれはこの絵のボートの男と同じで、いい暮らしから永遠に締め出されているんだと。言い換えると、法を犯《おか》して粋がっているような暮らしは同じことのくり返しで、じきに、おもしろくもなんともないものになっちまうということが、おれにも見え始めていたのさ。

　泣き言を言ってるんじゃない。公平な目で見てくれ。おれや仲間たちは、生きていくための助けがろくに得られなかったんだ。破綻《はたん》した家庭、アルコール依存症の親。周りに合わせられない気質の問題もあったしな。おれたちは、はなから条件が悪かった。人を怖がらせて一目《いちもく》置いてもらうのでなければ、人に軽んじられるに決まっていた。ほかの者がみんな光のほうに向かっているのに、おれたちはいつまでも暗がりにうずくまり、生きるために食うのが精いっぱいだった。おれだって、そりゃあ、海の近くのよい住宅地に住みたかったよ。家と妻と子どもをもち、長い静かな夜にテレビを見たり、休日を楽しんだりしたかった。おれたちが世間の人たちとは違っていることを、おれの仲間はわかっていなかったと思う。運命に邪魔されなかったら、やつらは今でも高校生をカツアゲしているだろうね。

　ふつうのやり方で人並みの暮らしを手に入れるのは無理だとわかっていたから、おれたちが世間で生きていくのに必要な現金を得るには、でっかい盗み——本物の大仕事をやるしかない、とおれは思い定めた。その大仕事が済んだら、仲間と手を切り、前に進めるだろう。そこで、長い時間を費やして、どういう種類の荒稼ぎをやるか考えたが、何も思い浮かばなかった。長年、せこい盗みばかりしてきたので、そういう頭から抜け出すことができなかったのさ。だが、ある晩、そこのテーブルを囲んで飲んでいて、みすぼらしい身なりで酔っぱらっているウルフが、白目をむいてあることを口にしたとき、おれは、ボートが数十センチ岸に近づいたのを感じた。

ウルフのブロックに、年寄りが越してきたという。何だったたっけ、ミナーヴァ通りのそばの……アリス・ロードかな？　とにかく、目が見えなくて車椅子に乗っている年寄りが越してきたんだ。高校にいたウィリー・ハートを覚えているか？　プラスチックの義手のやつだ。そいつの妹のマリアは、ウルフがときどき自分のじいちゃんの小屋でペンキはがし液を嗅ぐ合間にセックスしてる相手なんだが、その目の見えない年寄りに雇われて世話に通っていた。家の中を掃除したり、車椅子での散歩に連れ出したりしていたんだ。

マリアがウルフに話したところでは、その年寄りはものすごい変人で、英語がわかるんだが、いつもほかの言語で独り言を言っている。マリアはそれがスペイン語だと思っていた。とはいうものの、あんたがマリアのことを覚えているかどうかはしらないが、あれは賢いほうじゃなかったから、年寄りがしゃべっていたのが中国語だったとしても区別できなかっただろう。とにかく、マリアは、年寄りは頭が少々ぼけているに違いないと言っていた。チェスセットを持ち出しては自分を相手に勝負しているから、と。マリアは一度、年寄りに、今は勝っているのか、負けているのかと尋ねたことがあった。相手はこう答えたそうだ。『負けてるよ、いつも。いつも負けている』

だが、ほんとうにマリアの興味を引いたのは、チェスの駒だった。怪物をかたどった美しい金《きん》の駒だとマリアは言った。年寄りはゲームをしている最中に邪魔されるのを嫌がったが、それが本物の金なのかどうか、マリアは訊かずにいられなかった。年寄りは答えて言った。『ああ、純金だよ。このチェスセットは非常に貴重なもので、何十万ドルもの値打ちがある。とても古いもので、製作年代は十六世紀にさかのぼる』マリアの話のうちでもっとも魅力的なのは、年寄りがそれを戸棚の引き出しにしまっているということだった――鍵のかからない引き出しだ。

そういうわけで、おれたちの前には、何十万ドルもの値打ちの金を、錠前もないところにしまっている車椅子に乗った目の見えない年寄りがいた。もちろん、おれはそれを盗む計画を立てた。ウルフには、午後の何時にその年寄り——ミスター・デズニアを散歩に連れ出すのか、マリアから聞きださせた。どういう男か見てみようと思ったんだ。彼らが家の外に出ている間に、仕事をすることも考えた。だが、真っ昼間のそのあたりでは、きっと誰かに姿を見られるだろうと思った。二日後、マリアが彼の車椅子を押して通りを行くときに、おれたちはゆっくりとそばを車で通った。

車椅子の年寄りは背中が丸く、殻をとったピーナッツのような禿《は》げ頭をしていた。痩せ細ってよぼよぼしているように見えた。手は小刻みに震えていた。濃いサングラスをしているのは、見えない目を人に見られたくないからだろう。着ているものは、白いカラーをつけていないのを別にすれば、司祭が着るようなぴっちりした黒服だ。『あれがおれたちのものになる金をもっているやつだ』おれは車がふたりの脇を通り過ぎてから言った。『車椅子に乗った年寄りとはな』とマーズが言った。『今すぐにでもホイホイと渡してくれるんじゃないか』おれたちは長くは待たず、翌日の晩、さっそく決行することにした。

警察にはおれたちの指紋がある。だから、食料品店に行って、ポリエチレンの手袋を万引きした。硬貨だって拾い上げられるぐらい薄いのをな。おれたちはマリアに、誰にも何も言わず、その晩、裏口のドアを施錠しないでいてくれたら、分け前をやると言った。マリアは承知した。ウルフに惚れていたんだと思う。ウルフに惚れるなんて、マリアの頭の具合もわかるってもんだが。おれは仲間にきつく言った。仕事中、絶対にお互いの名を口にするなと。おれの考えた段取りは、次の通りだった。年寄りの家に行く、電話線を切る、年寄りにさるぐつわをかます、金を盗む。簡単至極だ。誰もけがをしない。

決行の夜が来た。おれたちはその夜の早い時間をここ、〈熱帯〉で過ごし、ジャック・ダニエルをストレートで何杯も飲んで勢いをつけた。真夜中になった頃、マーズのポンティアックで出発した。おれたちは一ブロック先の通りに車をとめ、家畜の囲いのような高さ三メートルの柵を乗り越えて、デズニアの裏庭に下りた。皆、少々酒が回っていたので、乗り越えるのは骨だった。懐中電灯はもってきていなかった。相手は盲目なので部屋の照明のスイッチを入れればいいと思っていたからだ。だが、金の駒を運ぶための枕カバーはもってきたし、マリアが錠を外しておかなかった場合に備えて、バールも用意していた。

マリアは約束通り、裏口のドアの錠を外しておいてくれた。おれたちはいつものように、まずチョーチョーを送り出した。それからひとりずつ、キッチンにはいった。そこの照明は消えていて、家の中は静まり返っていた。聞こえていたのは、壁の時計が秒を刻む音だけだった。隣の居間には灯《あか》りがひとつ、あかあかとついていた。居間を覗き見ると、デズニアが車椅子にすわっていた。脚と腹を大きな毛布で覆い、サングラスをしている。やつの体はこちらを向いていた。目が見えたら、おれをまっすぐに見つめているはずだと思うと、少々神経にこたえた。デズニアの左手に例の戸棚があった。

『行くぞ』とおれは囁き声で言った。

おれが言葉を発したとたんに、デズニアが叫んだ。『そこにいるのは誰だ？　マリアか？』チョーチョーがさるぐつわ用の粘着テープの切れ端をもって、デズニアの背後に回った。マーズがデズニアに言った。「安心しな。けがはさせねえよ」おれは戸棚の前にしゃがみこんで、引き出しをあけた。二つ目の引き出しの中にチェス盤と駒があった。箱にも袋にもしまわず、チェス盤上に駒を配置したものをその引き出しに入れているのが奇妙な感じがした。駒をひとつ残らず取って、枕カバーに入れるのに一秒しか、かからなかった。チェス盤のほうは捨てておいた。

ちょうどおれが『ずらかろう』とみんなに声をかけようとしたとき、デズニアが手を伸ばして口からテープをはがした。おさえつけようとかがみこんだチョーチョーの顎の下に、デズニアは拳を突き上げた。チョーチョーは手足を大の字に伸ばしてのけぞり、部屋の隅のフロアランプを倒して、あお向けに横たわった。

デズニアはもう一方の手でウルフに何かを投げつけた。それは目にもとまらぬほどの速さで空中を突っ切った。次の瞬間、ウルフは側頭部に手をあてていた。そしてそこから尖った金属が突き出し、血がどくどくとわき出て顔を流れていた。ウルフはどさっと倒れた。おれとマーズはショックのあまり、身じろぎもできなかった。デズニアが毛布をはねのけ、ばかばかしく大きな剣を抜いたのはそのときだった。でたらめを言ってるわけじゃない。その剣はまるで映画に出てくるやつみたいだったんだ。それからやつは車椅子を飛び出した。マーズはようやく、引き上げなくてはと気づいたようだが、すでに遅すぎた。年寄りは前方に跳んでかがみこむと剣をふり回し、マーズの脚を信じられないようなやり方で切り裂いた。血がそこいらじゅうに降り注ぎ、片脚の膝の少し上のところでほぼ切り離された下の部分が、一片の腱《けん》だけでつながってぶらさがっていた。マーズは床に倒れ、泣き妖精《バンシー》のように泣きわめき続けた。

だが、デズニアはそれで満足したわけではなかった。マーズを斬ったのに続いて、やつはダンサーみたいに旋回し、再び剣をふり回した。幸いおれはバールをもっていて、それを構えるのが何とか間に合った。おかげで、ふりおろされた剣先をそらすことができたが、それでも胸の左側を斬られた。おれは何も考えなかったが、反射的にバールをふって、やつの足をすくった。やつが倒れて、おれが目を上げると、チョーチョーが開いた窓から這い出るのが見えた。おれはバールを捨て、枕カバーをつかんで窓へと走り、チョーチョーに続いて、頭から先に外に飛び出した。

なんとまあ、おれがまだ立ち上がらないでいるうちに、デズニアが禿げ頭を窓から突き出し、おれたちのあとを追って飛び降りようとしていた。チョーチョーとおれは裏庭の隅の、入り口に灯りのついた小屋があるあたりに走った。だが、あの忌々《いまいま》しい三メートルの柵がある。まず思ったのは、柵を飛び越えるということだった。だが、そんなことは無理だ。デズニアはすでにおれたちのすぐ後ろに迫っていた。今にもおれたちの尻に斬りつけそうだ。おれたちは柵を背にして、反撃の構えを取った。

やつは剣を携え、ゆっくりと歩いておれたちのところに来た。小屋の入り口の灯りで、やつがサングラスを失っているのがわかった。どうやってあんな風に剣をふり回すことができたのだろうと、おれはいぶかった。というのは、やつは目が見えないのではなくて、そもそも目をもっていなかったからだ。目はなかった。顔にふたつ、皺に囲まれた穴があるだけだった。

デズニアが一メートル足らずのところまで近づいたとき、チョーチョーが身を守るために首から下げた十字架を掲げた。吸血鬼映画でするみたいに。爺さんはほとんど声をたてずに笑った。それから剣先をゆっくりと上げて、チョーチョーの頸《くび》にあてると、手首をひねって浅く傷をつけた。その傷から血が流れだすと同時に、デズニアは剣を捨て、体の向きを変えた。そして、がくがくした脚で、おれたちから二歩遠ざかると、どさっと倒れた。マーズがまだ泣きわめいている声が遠くから聞こえていたが、やがてそれをかき消して、パトカーのサイレンが鳴り響いた。チョーチョーとおれは小屋の側面を利用して柵を乗り越え、金の駒をもってぶじに逃げおおせた。

奇妙奇天烈《きてれつ》な話だろう？　年寄りが突然、快傑ゾロに変わるなんて。だが、ほんとうにあったことなんだ。火星人《マーシャン》はその晩、年寄りの居間の敷物の上で死んだ。剣が動脈を切断していて、救急車が到着する前に血が出尽くしたんだ。さらに、あの年寄りは心臓発作による死亡が確認された。だが、なんとウルフは逃げ延びた。チョーチョーとおれが裏庭で柵と格闘している間にわれに返って、頭に刺さった金属を抜き取り、警官が来る前にずらかったんだ。

おれたち三人はマーズの車を放置して去り、マーズがこの事件の罪をすべてかぶった。マリアは口を閉ざしていた。おれたちは皆、しばらく身を潜めて、おとなしくしていた。おれはチェスの駒を、お袋の寝室の緩んだ床板の下に隠していた。幸い、デズニアが金のチェスの駒をもっていたことを知る者は、おれたちのほかにはいないようだった。ほとぼりが冷めたら、チェスの駒を売ることができ、人生の再出発の用意が整うだろうと、おれは思っていた。それでも、あの出来事――マーズの死とそれが起こった経緯はひどく不気味だった。何かがおかしいとわかっていた。

あの押し込みから二か月ばかり経った頃、午前三時ぐらいにチョーチョーから電話があった。こんな時間に電話しちゃいけないのはわかっているんだが、もう耐えられない、とチョーチョーは言った。やつは恐ろしい夢ばかり見るので、眠ることができなくなっていた。どんな夢だと聞くと、『ぞっとするような夢だ』とだけ言った。そのひと月後、おれは、チョーチョーの子ども時代にブルックリンの不良どもがあいつに対しておっぱじめた仕事を、あいつ自身がやりとげたことを、噂で知った。母親の家の屋根裏部屋で首を吊ったんだ。

その年のうちに、マリアとウルフもまた倒れた。おれはウルフが自分のじいちゃんの小屋にいつもいるようになったと耳にしていた。マリアもしょっちゅう来ていた。そしてふたりは強力な睡眠薬や鎮痛剤を飲んだり、ペンキはがし液を嗅ぎながら酒を飲んだりし始めた。そういう生活が、あいつらのもっていたなけなしの脳みそを食い尽くした。もともと穴だらけのスイスチーズみたいな脳みそを、酸のようにみるみる溶かした。おれは友だちをみんな失ったんだから、悲しみに打ちひしがれるのが当然だったろうが、そうはならなかった。ひたすら怖くてたまらず、清廉潔白な生活を始めた。酒もドラッグもやめ、金属工場でのつまらない仕事に、毎日遅刻せず通った。チョーチョーの葬式にさえ行かなかった。

年があけ、さらにもう半年過ぎるのを待ってから、おれは故買人を探し始めた。上物《じょうもの》の骨董品《こっとうひん》を扱っていて、資力も知識もあり、しかし、こちらが、売ろうとしている品物をどうやって手にいれたかについては気にしないでくれる相手でなくてはならなかった。おれは故買のしくみについてかなり研究し、二、三の伝手《つて》をあたった。やがて、ニューヨークのある男の電話番号を教えてもらい、そこに電話をする許可を与えられた。相手がこちらのことや、こちらが売りたがっている品物のことを調べ上げるまで、じかに会って話すのはだめだという。

おれは床板の下からチェスの駒を取り出し、初めてじっくりと見た。大きい駒は十センチくらいの高さがある。小さい駒——おれはチェスのことなんか何も知らないが、歩《ポーン》じゃないかな——は七、八センチだ。どの駒もまさしく純金製だと思われた。駒の半数は怪物の姿をしていた。ひとつひとつ異なっていて、精巧な細工が施されている。あとの半数が何だったのかはわからないが、ひとつはキリストだと思った。小さいのは天使のように見えた。どういう意味があるのか、おれにはさっぱりわけがわからなかったが。

その相手に電話をかけるように指定された日がとうとうやってきた。おれはフィルの理髪店の裏の公衆電話からかけた。どきどきした。いくら儲かるのか気になるのと、起こった出来事全体のおぞましさにまだ怯えていたのと、その両方だった。呼び出し音が鳴り、男が出て、いきなり言った。『名乗りあうには及ばない。どういうものをもっているのか、説明してくれ』そこで、こう伝えた。『十六世紀にさかのぼる金製のチェスの駒だ』だが、それぞれの駒の姿を説明し始めたとたんに、電話が切れた。それっきりだった。電話の回線の状態が悪いか、入れた硬貨が足らなかったかだと思って、もう一度電話をかけたが、誰も取らなかった。

それから、厭《いや》なことが次々起こった。チョーチョーの言っていたような悪夢に悩まされ、おれはまた酒を飲み始めた。それも以前にはしなかったような飲み方で。仕事を失い、おまけに、お袋が癌《がん》になった。おれはうろたえまくった。落ち着きを取り戻し、金の駒の処分を考えられるようになるのに二年ぐらいかかった。そして、たまたまある男と出会った。その男の知り合いに、ハンプトンズ*の邸宅から盗み出された品を故買しているドミニカ人がいた。おれはある冬の午後、ジョーンズビーチの駐車場でそのドミニカ人にあった。罠だという可能性も考えて、駒は三つだけもっていった。

　その日はやたらに風が強かった。駐車場でさえ、砂嵐みたいな状態だった。おれが車をとめたとき、男はすでに来ていて、ぴかぴかの黒いキャデラックの中にすわっていた。そいつもおれも車の外に出た。褐色の肌をした小柄な男で、サングラスをかけ、レインコートを着ていた。握手を交わしたあと、男はおれに、もっているものを見せてくれと言った。おれは駒のうちのふたつを取り出し、男の目の前に掲げた。男はひと目見るなり、『イシアソ』とつぶやき、まるで大便を突きつけられたかのように顔をしかめた。そしてそれ以上何も言わず、踵《きびす》を返して車に乗り込み、去っていった。

　その後も、金の駒を売ろうとすると、必ずそういう具合になった。話をもちかけては断られた。そして自分の状況も悪くなるばかりで、泥沼にはまったようだった。じきに、代金は相手の言い値でよいから、とにかく金の駒を厄介払いしたい、という気持ちになった。マンハッタンのキャナル通りで金歯を買いつけているボウズという男さえも、金の駒に触れようともしなかった。ボウズはそれを〈ラ・ベンタハ・デル・デモニオ〉という名で呼び、すぐに店を立ち去らなければ警察に通報すると脅した。そののちお袋が死んだあとで、おれは金のチェスの駒について調べてみようと思い立った。

　このおれ、落第生で居残り王だったボビー・レニンが図書館にいるところを想像してくれ。あんなところに行ったのは人生で初めてだったと思う。だが、図書館で調べ物を始めると、意外なことに、自分は見た目ほど頭が鈍《にぶ》くはないとわかった。知識を求めるのは、とても楽しかった。酒を飲んでも気がめいるばかりだったが、調べ物はその憂鬱さを忘れさせてくれる唯一のことだった。ちょうど同じ頃、あのライアンがおれのことを気にかけて、この〈熱帯〉でのバーテンダーの仕事をくれた。ライアンが店にいる宵《よい》のうちは、おれもどうにか平静を保てたので、なんとか勤まった。

おれは図書館じゅうを漁《あさ》り、図書館同士の貸し出し制度まで利用した。そのおかげで、問題のチェスセットにまつわる事情が少しずつわかってきた。図書館にインターネットがはいるとそれも使って、長い年月をかけて情報を集め、それを総合した。そのチェスセットは〈悪魔の優勢《ザ・デーモンズ・アドヴァンテイッジ》〉という名で知られていた。研究者たちは実在のものとしてよりは、伝説上のものとして論じていた。それは一五三三年に、イタリアの金細工師、ダリオ・フォレッソが、イシアソという名で通っていた変人の依頼で制作したということになっている。

ちなみに、そのイシアソはエスパニョーラ、＊＊つまり、今はドミニカ共和国になっているところの出身だった。一五〇三年、ユリウス二世だったと思うが、教皇がサントドミンゴをキリスト教世界の都市として正式に認定した。サントドミンゴは南北アメリカを目指すヨーロッパの探検家たちにとっての拠点だった。イシアソは教皇がサントドミンゴに祝福を与えた翌年に生まれた。父親はスペイン人で王の廷臣であり、遠征に伴う費用の支出を監督するために派遣されていた。つまり基本的には財政

＊　ロングアイランド東部のサウスフォーク（ふた股にわかれている南の方）一帯の高級リゾート地。

＊＊　コロンブスに「発見」され、「新世界」におけるスペインの最初の植民地となったカリブ海の島のスペイン語での呼称。ラテン語ではヒスパニオラ。この植民地はサントドミンゴを中心に発達した。現在、この島にはドミニカ共和国とハイチ共和国が東西に共存し、島名はイスパニョーラ島と表記されることが多い。

担当官だった。一方、彼の母は先住民で――ここで話が奇怪になっていくのだが――長く続く魔術師の家系の出だと言われていた。彼女はこの島の魔術の達人だった。天才児であったとされるイシアソは、両親からそれぞれの技を学んだ。

イシアソが二十代のとき、父親は教育の仕上げのため、彼をローマに送り出した。イシアソは大学に行き、その時代の偉大な哲学者や神学者のもとで学んだ。この頃、彼は善と悪との戦いをチェスという観点から見るようになる。善と悪は、たとえば光と闇のように、互いに対して優勢になったり、劣勢になったりしながら戦い続けていくということだ。戦略はその戦いの一部であり、数学も信仰もその戦いに組みこまれている。もっとも、正直なところ、彼が何を考えていたのか、正確に理解するのは、おれには到底無理だった。

何らかの方法で、イシアソは急速に富と力を得て頂上まで登り詰める。彼がいかにして富を得たのか、彼の邪魔をする者が皆、奇怪な非業の死を遂げたのはなぜなのかは、誰にもわからない。とにかく、イシアソはフォレッソに、チェスセットを制作させるだけの資金をもっていた。そして、フォレッソは名人だった。彼は史上もっとも優れた金細工師だといわれるベンヴェヌート・チェリーニの弟子だったが、ある書物には『フォレッソは師匠のチェリーニに匹敵する腕をもっていた』と書かれている。

おれの話についてきてくれているかな？　さて、ユリウス二世よりも後の教皇にパウルス三世がいる。彼は芸術の大いなるパトロンだった。ミケランジェロは一時、彼のために仕事をしていた。さて、パウルス三世は、信じられないほどすばらしいチェスセットがフォレッソによって制作されているという噂を耳にして、フォレッソの工房に行って確かめた。のちに、そのチェスセットを自分のものにしたいというパウルス三世の意向が、下の者たちの知るところとなった。パウルス三世はイシアソのもとに人を遣わし、その使者は教皇がチェスセットを買い取りたがっているとイシアソに告げた。イシアソには別の計画があった。彼は教皇庁が資金を出して、サントドミンゴに大学をつくることになるのを知っていて、自分が交換条件として望むのは、帰郷の手だてを整えてもらうこと、そしてその新しい大学の教授の職を得ることだ、と使者に言った。読んだものをもとにおれが推測したのは、イシアソは先住民の血を引いていたせいで、教授の職を得るのに苦労していたのかもしれない、ということだ。

使者に『結構だ。その条件でいこう』と言われて、イシアソは驚いた。彼は知らなかったが、教皇庁はもともと彼のことを面倒の元だと思っていて、彼にローマから出ていってほしかったのだ。故郷に戻る航海の途上で、船は小さな無人島の沖合に碇《いかり》をおろし、一日の予定で停泊した。イシアソは無人島に上陸してみないかと誘われた。そこはまさに地上の楽園だという。イシアソは好奇心の強い人間だったので、誘いに乗った。彼とひとりの船員が手漕ぎボートで島に行き、島を探検した。しかし、あちこち見て回っている最中に、イシアソがふと気づくと、自分ひとりだった。浜に引き返すと、船員が手漕ぎボートで船に戻っていくのが見えた。

船は碇を上げ、イシアソを島に残して出発した。すべては計画されたことだった。教皇庁はイシアソとの関わりを断ちたかったが、彼がもっていると思われる魔法の力が怖かったので、公然と追放するわけにはいかなかったのだ。

こうして教皇庁はチェスセットを手に入れ、イシアソを厄介払いした。言い伝えによれば、イシアソはチェスセットに呪《のろ》いをかけたとのことだ。チェス盤の悪魔の側で勝負すれば、決して負けないという言い伝えもある。あのガルリ・カスパロフと対戦しても負けることはない。しかし、その一方で、チェスセットの持ち主は、悲運を定めづけられ、呪われ、翻弄《ほんろう》され、苛《さいな》まれ、めちゃくちゃになる。

チェスセットを人にやることも、捨てることもできない。ほんとうだ。おれは何度も試してみたが、一層みじめになり、悪夢の恐ろしさが増すばかりだった。チェスセットから逃れる方法はただひとつ、奪われるしかない。そしてその過程で、血が流されなくてはならない。チェスセットを所有したまま死ねば、楽園を見ることは叶わない」

レニンは言った。「どうかな？　今の話、どう思う？　お袋の墓に誓って言うが、すべて真実だ」

彼は酒瓶をもちあげ、自分と私のタンブラーを満たした。「そして一番びっくりしたのは、このおれがそういったことすべてを自分で解明したということだ。これぐらいやる気をだしてたら、高校も大学もちゃんと卒業できていたかもしれないな」

「要するに、その呪いの話を信じているんだね」と私は訊いた。

「うんざりさせたくないからいちいち話さないが、何回、駒を捨てようとしたことか」

「でも、別に呪われているようには見えないが」と私は言った。

「なんの、呪われているとしか思えない悪いこと続きだったさ。おれをよく見てくれ。もう、体ががたがたなんだ。肝臓をやられてる。この一年で五回入院した。酒を飲むのをやめなければ、もう長くはない、と医者に言われた」

「アルコール依存症を治療する施設にはいったらどうだろう？」

「試してみた」と彼は答えた。「どうしてもやめられないんだ。おれには呪いがこういう形で出たんだ。おれは毎日ここに来て、何でもいいから酒をあおり、その壁画を見る。おれもイシアソのように、世の中から放り出された者だ。ばかげて聞こえるだろうが、断言できる——絵の中の手、トイレの近くの隅の手はイシアソの手だ。おれは人と強い絆《きずな》を結ぼうとしてもいつも失敗したし、いい生活ができるようになるためにと、おれが計画したことは、どれもこれも干からびて風に散った。おれはじわじわと自分を殺しているんだ。ほら」レニンはシャツをまくり上げ、皮膚のたるんだ胸を見せた。「あのときの傷痕がここにある。ちょうど心臓のところに。そしておれの心臓には毒が回っている」

「何と言っていいかわからない」と私は彼に言った。「子どもの頃、いつも親切にしてくれたね」

「ありがとうよ」とレニンは言った。「もしもおれがチェスセットから逃れられたら、おれの魂が裁かれるとき、あんたのその気持ちが、おれにとって貴重なプラスポイントになるだろう」そう言うと彼は立ち上がり、カウンターの後ろに行った。戻ってきたときには、金の駒の乗ったチェス盤をもっていた。彼はそれを私たちの間のテーブルに置いた。

「美しいものだね」私は感嘆した。

「もう帰ったほうがいい」と彼は言った。何十年も前に聞いたのと同じ口調だった。「この間、この店にいかにも柄の悪そうな連中が来た。おれはこのチェスセットを見せて、すごく値打ちのあるものだと教えた。そしていつもカウンターの内側においてあるとつけ加えた。ぼちぼち真夜中を過ぎようとしている。その連中がそろそろ現れるかもしれない。あの年寄りがこのチェスセットをマリアに見せて、すごい値打ちのものだと言ったのも、おれがこのところ、こいつを見せびらかしているのと同じ理由だったんだな。そいつらがこれを奪いに来たら、おれもデズニアみたいに昔の元気を少しは取り戻すかもしれない。そうしたら、派手な乱闘になるだろうな」

私は立ち上がった。レニンと一緒にVOをひと瓶あけたので、少しふらついた。「ほかに方法はないのか?」と私は尋ねた。

レニンは首をふった。

私は体の向きを変え、最後にもう一度、じっくりと壁画を見た。もう二度とここには来ないとわかっていたからだ。レニンも一緒に絵を眺めた。

「あのさあ」と彼が言った。「あんたはきっと、ボートの男は島に行こうとしていると、ずっと思ってきたんだろうな」

「ああ」

「ほんとうはそうじゃないんだ。この男はこの年月の間、ずうっと、逃れようとしてきたんだ。島の女たちはあんたの目にはふつうの女のように見えるだろうが、数えてみるといい――チェスセットの駒と同じ数だよ」

「彼がぶじに逃げおおせられるといいね」と私は言った。それから手を伸ばして、レニンの手を握った。

〈熱帯〉をあとにして歩道に足を踏み出した。一分ほど立ち止まって、方向感覚を取り戻す。夜気は冷たく、あと一週間もすれば秋だなと思った。襟を立てて歩き出した。自分の心の中のどこかに、あの楽園の絵の温かみが残っていないかと探したが、見つからなかった。その代わりに思い浮かぶのは、老父の姿ばかりだった。父はリクライニングチェアにすわって、ブッダのような笑みを浮かべている――かつて知っていた世界がゆっくりと崩れていく中で。私はヒグビー・レーンから、父の家のある通りのほうへブロックの角を曲がった。そして、家のすぐ近くまで帰って来たとき、どこか遠くで銃声がした。

光の巨匠

あたかも椅子取りゲームのために配置されたかのように、広い客間の中央に家具が集められ、楕円形をなしていた。ソファーやロッキングチェアが背もたれをくっつけあって隙間なく置かれている。二脚の椅子の間に小さなテーブルがあり、召使いのもってきたひと皿のオードブルと、ひとりきりの客が置いた飲み物のグラスが載っていた。それに加えて、六本の蠟燭《ろうそく》に火がともっている豪奢《ごうしゃ》なシャンデリアが下がり、その真上に、クリスタルの垂れ飾りが五百本も天井から吊るされているが、それ以外にはまったく何もない。海岸地方で防砂壁に用いる安価な灰色の板が張られた床は塵《ちり》ひとつなく掃き浄められている。この館の敷地の東側の景色が見える小さな長方形の窓があるほかは、ぐるりと壁が続いていて、その高さは四メートル半もありそうだが、絵画も骨董品も一切飾られていない。ただ床から天井まで、ビロードの風合いをまねたオリーブグリーンの壁紙に覆われている。

チェロ弾きがひとり、客間の上の部屋で演奏していた。その静かで内省的な調べはシャンデリアの真ん中で濾過《ろか》され、光の粒子となって拡散していくかのようだった。召使いはこの広い館のどこかほかの部屋へ引き取っていた。そして、ただひとりの客――ガゼット紙の記者であるオーガスト・フェルという名の青年が背のまっすぐな椅子にすわり、手帳にメモした質問リストを見直していた。音楽のきらめきの穏やかさにワインの鎮痛作用、ラーチクロフトへの拝謁を前にして感じている畏《おそ》れとがあいまって、彼は無意識のうちに、囁《ささや》き声で自分の書いた文字を読みあげていた。この会見がうまく行けば、それはラーチクロフトが受けた初めてのインタビューとなる。

若きオーガストはラーチクロフトについて、誰もが知っていることしか知らなかった。「光の巨匠」という異名は、まさに、ラーチクロフトがもっとも基本的な物質である光を操ることによって何がなしとげられるかを世に示してきたことによる。光の錬金術によっておぞましいものを美しく、使い古されたものを新品同様に、物質的なものを精神的に、偽りを真実に変える技に対して、世間は彼に気前よく報酬を支払った。ラーチクロフトはまだ二十代のうちに——オーガスト自身とさして変わらない若さで——ひと夜限りのライティングによって、世の注目を集めた。単なる蠟燭と大きなレンズからなる五つの投光器を完璧に配置して、故郷の町の銀行を照らし出し、大理石の柱やアーチの装飾を備えたその建物がゆうに六十センチ、地上から浮かび上がって見えるようにしたのだ。それ以来、彼は光の幻術師として世界的名声を得た。有名な人、悪名高い人、そして名もない人までさまざまな顧客が、ありとあらゆるさまざまな理由で仕事を頼んだ。彼は日光、星の光、蛍《ほたる》の光、焔《ほのお》など想像しうる限りのあらゆる種類の光を用いて巧みな技をふるい、いかなる要望にも応えた。

ラーチクロフトの魔術の単純な例のひとつに、美的センスに優れた女性たちのための、ひとりひとりに合わせた化粧法がある。もちろん、この処方は彼が照明によって戦場を天国のように見せた離れ技（死体の山を、身を寄せて眠る天使たちに変え、転覆した戦車を神の姿として見せたことにより、世界的悪評を獲得したもの）とは違って、ごくささやかな業《わざ》だ。華々しい幻術の秘密を明かしたことのない彼だが、この化粧品については、秘密をあますところなく公開した。自分がもっと若く見えるように腕をふるってほしいという単純な要望を記した手紙が、顧客たちから寄せられていたからである。

光によって魔法のように二重顎《あご》が消え、皺《しわ》がのび、目尻の小皺がなくなるような、そしてしばしば世界に若さと輝きをもたらしさえするような化粧法を、ラーチクロフトはつくりだした。彼がそのアイディアを思いついたきっかけは、たゆみない研究の過程で、昔の巨匠たちが絵を制作するにあたり、顔料《がんりょう》がどのように光を屈折させ、反射させるかを念頭において、特定の粗《あら》さや細かさに砕いたという記述を読んだことだった。その画家たちは、自家製の絵の具に触れた光に何が起こるか正確にわかっていて、光線を交差させる戦略を練り上げることによって、自分の抱くイメージを絵の具のうちから輝き出させた。

ラーチクロフトはおしろいや口紅やアイライナーで同じことをして、一層、顕著な成果を得た。助手たちが個々の客の顔立ちを精査し、その人に合わせた配合の化粧品と、特別な塗り方を処方する。しわくちゃの老婆が仇《あだ》っぽく見え、不器量な女がなまめかしい誘惑者に変身する。そうして、パーティーの夜が更ける頃、多くの男が、誰かの祖母に夢中になっている自分を見出すのだ。だが、それが問題になることはまれだ。というのは多くの男も、同じサービスを買っているからだ。この化粧法はすべての年齢層において同程度に歳月の爪痕を消すので、誰かの祖母に目をつけた男はしばしば誰かの祖父であった。

さて、オーガストはすでに手帳を閉じ、耳で聞く光の雨を浴びながら、ポートワインをちびちび飲んでいた。彼は自分の強運が信じられなかった。この会見の段取りをつけるためにしたことといえば、ラーチクロフトに手紙でインタビューを申しこんだことだけだ。手紙を送ったことを主筆に話すと、相手はオーガストを嘲笑《ちょうしょう》し、首をふった。「あの男が五分でも時間を割いてくれると思うなんて、きみの頭はどうかしている」三週間の間、オーガストはガゼット社の社内で物笑いの種になっていた。ところが、ある日、差出人にラーチクロフトの名がある封書が届いた。封書を開くと、垂れ蓋の内側に用いられている光る素材が事務所にともるガス灯の散乱光をとらえて、まばゆい反射光を返したので、一瞬、室内の全員の目がくらんだ。

広々とした客間での一時間が過ぎ、オーガストはもしや著名な隠遁者《いんとんしゃ》の気が変わったのではないかと思い始めた。そのとき、ふいに音楽がやんだ。客間の北の端でドアが開き、夜会服に蝶《ちょう》ネクタイという出で立ちで、前襟の折り返しに赤いカーネーションの花を挿した紳士がはいってきた。彼は何か度忘れしたみたいに佇《たたず》んでいたが、やがて、ドアを半開きにしたまま、ゆっくりと部屋の真ん中に足を進めた。

「ミスター・フェル」紳士はそう呼びかけて、間を置いた。オーガストの注意はすでに彼に向けられていたのだが。「これからミスター・ラーチクロフトが面談します」

その遠くのドアから偉大な男がはいってくるのを待つための沈黙が続いた。だが、数秒と思っているうちに数分が過ぎた。カーネーションの花を挿した紳士は半ばお辞儀をした格好のまま微動だにしない。とうとうオーガストは声を潜めて尋ねた。「あなたがミスター・ラーチクロフトですか」

紳士は吐息をもらして言った。「違います。ミスター・ラーチクロフトはあそこにいます」彼はふり返って、後ろの入り口近くの一点を指さした。オーガストの目が紳士の示す方向をたどった。一瞬ののちに、ふたつの音がした。最初のは息を呑む音、そのすぐあとに生じたふたつ目の音はワイングラスが床板の上で砕ける音だった。若い新聞記者を襲った突然の恐怖は、右手の壁の近くを優雅に漂ってくるのが、体のない頭部だけだったという事実に起因していた。その首の、ウェーブのかかった灰色まじりの栗色の髪は後ろにときつけられ、銀色のリボンで結わえられている。

オーガストは立ち上がって一歩踏み出した。首は向きを変えて、オーガストを見た。その顔には厳しい表情が浮かんでいた。唇の両端が微《かす》かにではあるが、見紛《みまご》うことなく下がっていて、眉は微妙に吊り上がっている。それはちまちましたところのない頭部だった。肉づきのよい頬肉が垂れ下がって顎肉につながり、鼻筋の張り出した長い鼻の先端は床を向いている。目は黒く、突出した眉骨の影の中にある。そしてその眉骨の中央、すなわち眉間《みけん》には、親指の爪ほどの大きさの菱形《ひしがた》をした緑色の宝石がはめこまれていた。

やがて首は壁沿いに動くのをやめ、オーガストの真ん前まで来て、向かいあった。値踏みするように、その厳しい眼差しが動いた。外見からだけでも青二才だと思われているに違いないとオーガストは思った。だが、目をそらすこともできないでいるうちに、ラーチクロフトの首が破顔一笑した。シャンデリアからの柔らかい光を浴びて歯がきらめき、顔全体が輝いているように見えた。「待っていてくれてありがとう」と彼は言った。「夕方、町に用があったのだが、案外に時間がかかってしまってね」オーガストは笑みを返し、もう一歩進み出た。

「もっと近くにおいでなさい」とラーチクロフトは言った。「グラスのかけらに気をつけて」

オーガストが詫《わ》びを言い始めるのを遮《さえぎ》って、偉大な男の首は「いいんだよ。ああいう反応は初めてじゃない」と朗《ほが》らかな笑い声をたてた。「グラスのかけらから離れて、もっと近くに。床の上にすわりなさい」

浮かんでいる首から一メートル足らずの床の上に、オーガストは幼稚園児のようにあぐらをかいてすわった。ラーチクロフトの首が六十センチばかり下降した。存在しない体が見えない椅子に腰をおろしたかのようだった。ラーチクロフトはしばし、シャンデリアを見上げていたが、やがて口を開いた。

「夜、世界が暗いときに、『光の巨匠』と呼ばれる男にインタビューするというのは奇妙な話だね。だが、すべてのことは暗闇で始まる。そしてあまりにも多くのことが暗闇で終わる」

オーガストは何も言えず、その顔を見つめるばかりだった。

「質問があるんだろう?」とラーチクロフトが尋ねた。

オーガストは手帳をとりあげ、あわただしくページをめくった。あまり急いだので、何枚かのページの角がちぎれた。彼はからからの唇をなめ、質問を心の中で唱えて練習してから、口にした。「お尋ねします」声が震えた。「お生まれはどちらですか」

首はゆっくりと左右に揺れた。

「この質問はだめですか」オーガストが言った。

「ああ」ラーチクロフトが答えた。「私がどこで生まれたかなんて、すでにみんなが知っている。私の両親の写真が新聞に載って世間の目に触れたし、私が生まれ育ったあばら家は歴史的記念物に指定されている。私の最初の妻が若死にしたときには、みんな泣いてくれたものだ。いいかい、きみ。世の中でいくらかでも成功したいなら、大きな問いを発しなくてはいけない」

「つまり、たとえば、あなたはどうして……首だけなんですか?」

「手始めとしては悪くない。よく見ていなさい」ラーチクロフトの首が回って、襟に赤いカーネーションを挿した男のほうを向いた。彼は部屋の向こうの端のドアのそばに立っていた。「バストン」とラーチクロフトは呼びかけた。

「だんな様」と、執事は顔を上げた。

「ホーツに少し、演奏してくれるように言ってくれ」

執事は開いたドアから外に身を乗り出して叫んだ。「ホーツ。少しやってくれ」

すぐに二階から、再び、音楽が濾過されて降りてきた。「この音楽に注意深く耳を傾けろということでしょうか」オーガストが尋ねた。

「そうじゃない」ラーチクロフトが答えた。「よく見るんだ。目を凝らして」それから彼は目を閉じ、調べに合わせてハミングし始めた。

オーガストは目を凝らした。だが、何に対して目を凝らしているべきなのかわからなくて困惑した。今夜はぼくの一生でもっとも奇妙な夜になるに違いない、と彼は思った。それまで見えていなかったものが見え始めたのは、そのときだった。偉大な男の頭部の下、頸部《けいぶ》が存在するならそれがあるべきところから下に伸びていく、ごくぼんやりとした輪郭線。目を狭《せば》めると、その線がさらに下まで見え、一瞬あとには、頭部の反対側から下に伸びていく線が見えた。さらに数秒経つと、オーガストにはわかってきた。ぼんやりと見えているのはラーチクロフトの体の形だ。

わかったとたんに、ラーチクロフトが「もういい」と叫んだ。大声だったので、カーネーションの男は二階にその言葉を伝える必要がなかった。音楽が止まった。それと同時に、『光の巨匠』の体の境界を定め始めていた細い線がふいに消えた。オーガストははっと顔を上げて、ラーチクロフトの顔に目を戻し、瞬《まばた》きをした。

ラーチクロフトのまぶたがもちあがった。ラーチクロフトは微笑した。「何が見えたかね」

「あなたが見え始めていました」とオーガスト。

「よろしい。私はスーツを着ている。ズボン、上着、シャツ、手袋、靴、靴下——すべてが壁紙と同じ渋いグリーンのビロードだ。いわば、この部屋の光の音響効果——がらんとした空間、床の灰色、天井の高さ、われわれの嵩《かさ》、そして言うまでもなく液体の火のように柔らかいシャンデリアの輝きも——が協働して、私の頭部以外の部分を背景に溶けこませて見えなくしている。だが、二階のちょうどシャンデリアの真上の位置でホーツがチェロを弾くと、楽器の震動が天井を通って伝わり、クリスタルの垂れ飾りに達する。垂れ飾りの非常に微かな震動が、光の場の密度を変え、錯覚を終わらせる」

「そしてあなたは、同じグリーンの布を張った椅子にすわっているんですね？」オーガストは興奮した声で尋ねた。

「まさしく」ラーチクロフトが答えた。

「独創的な発明です」とオーガストは言い、声をたてて笑った。

ラーチクロフトはひとしきり大笑いをした。オーガストは、わくわくすると同時に不気味な眺めだと思った。

「きみは頭のいい青年だ」と首は言い、温かくうなずいた。「きみならきっと適切な質問をしてくると信じているよ」

最初のうち、オーガストには相手をがっかりさせない自信があった。その質問は喉元まででてきているように思われた。だが、しばらく口をぽかんとあけてすわっていた末に、その質問はもともとそこにはなかったのだとわかった。それがあるという感覚は消えていた。

ラーチクロフトはやれやれという目つきをした。彼の顔は前に傾き、下降してオーガストに近づいた。口が開いた。そこから言葉が出てきたとき、若い新聞記者は、取材対象者の温かい息の中にニンニクのにおいを感じた。「夜の魔物だ」偉大な男の囁き声のメッセージが来て、ウィンクがあとに続いた。そして、首は上昇し、後退した。

「夜の魔物について教えていただけませんか」とオーガストは尋ね、膝の上に手帳を広げて鉛筆を構えた。

ラーチクロフトは吐息をもらした。「いいだろう」と彼は言った。「とても個人的な話だが。それにこの一度しか語るつもりはないが。まず、きみにいくらか予備知識を与えなくてはなるまい」

「始めてください。どうぞ」とオーガスト。

「さて」ラーチクラフトはそう言って、考えをまとめようとするかのように、ちょっと目を閉じた。「光は創造的な天才、発明家、彫刻家である。その証拠がほしければ、手近な鏡を覗き、自分の顔を見さえすればいい。とりわけ自分自身の目を。親愛なるフェル君。人間の目ほど精妙にして複雑で、申し分なくコンパクトで、徹底して機能的なものがほかにあるだろうか」

「ありませんね」とオーガストは言った。

「ない、と私は思っていた」とラーチクロフトは言った。「だが、こう考えてごらん。私たちの目は光によって創造された。光が存在しなかったら、私たちは目をもっていないだろう。ヒトが現在の状態に成熟するまでの長い進化の過程のうちに、光はこの魔法のような眼球を形づくり、何世紀にもわたって微妙な調整を加えて、今の私たちのもつ信じがたい視覚プロセスを実現した。視覚という、もっとも主要な感覚――単なる自己保存の手段ではなく、文化が生まれるための起爆剤としてもっとも重要なもの――は、光に備わっている天才的能力が生み出した作品なのだ。

古代、目は前方に光線を発する灯台のようなものだと考えられていた。光線は同質のものである太陽の光とまじりあい、物を狙い撃ちする。そして戻ってきた反射を私たちは、目に見えるものとして受け取る。現代においては、目は精巧なセンサーに過ぎず、それを通して光が私たちとコミュニケートするのだと考えられている。ここを間違えないでほしいのだが、光には感覚がある。光は私たちの意志を導く。光は仕事の監督者でもあり、守ってくれる親でもある。このことを、私は光を研究し始めてほどなく理解した。五歳のときに窓のブラインドの小さな穴から部屋の中に射しこんだ日の光が金魚鉢に当たって分光し、虹のように、光を構成する色の戎分の帯をなすのを見てから、この現象を知的に探究してわずか数年で、私たちが見ているもの、見ていると思っているものはすべて、純粋な光の残骸に過ぎないと悟った。少なくとも私はそう思った」

「ちょっと待ってください」オーガストは泡をくってメモを取りながら言った。「存在するものすべてが、光の分解の産物に過ぎないとおっしゃっているのですか」

「当たらずと言えども遠からずだ」とラークロフトは言った。「この理論に導かれ、私は目くらましによって一般大衆の注意を引くことができる程度には、研究対象である光に対する理解を深めた。だが、大学に進み、それまでの模索によって発見したことを数字に凝縮する数学の公式を学んだものの、その後、光の研究をこれ以上進めることはできないと感じるようになった。本質的な秘密に到達するのを阻む、乗り越えられない壁にぶつかったのだ。私は気づいた。光は目を通して私たちとコミュニケートするが、目は結局のところ、受容器に過ぎないのだ。ゆえに、光は私たちを教え導き、私たちに要求をするが、光と私たちの間には対話の手段がない。私は光が許してくれる範囲で、ある程度まで、光のプロセスを操作することができたが、冷厳な事実が残っていた。それは、光がもつ心と私との関係は、この先ずっと限定されたままだということだった。

私はこの限界に気づいて数か月間、一種の鬱《うつ》状態に陥っていたが、そんなある夜、仔羊肉のカレー料理を遅く食べたあとベッドにはいり、生々しい夢を見た。夢の中で私はパーティーに出席していた。場所は子どもの頃通っていた学校の、一部屋だけの校舎だった。私と教師を含めて十人余りの参加者がいた。その教師は私の記憶にある先生ではなく、とても美しい若い女性で、金色の髪に穏やかな表情をしていた。机はすべて取り除かれ、ひとつだけのテーブルにパンチのボウルが載っていた。私たちは会話を交わしたが、どのくらいの時間そうしていたかはわからない。奇妙なことに、蠟燭に火はともされておらず、私たちは窓から射しこむ月の光だけを頼りに、薄暗がりの中に立っていた。やがて、誰かが教師がいなくなっていることに気づいた。白髪の老人が捜しに行き、ほどなく窓のそばに、月光を浴びて倒れている彼女を見つけた。老人は私たちを大声で呼んだ。彼女が殺害されたのが明らかだったからだ。彼女は血まみれだった。だが、それは奇妙な血で、糸や紐のような粘度をもっていて、網のように彼女の体を包んでいた。

なぜか、そこにいた人全員が、彼女を殺したのは私だという結論に達した。私はそんなことをした記憶がなかったが、深い罪悪感を覚えた。ほかの人たちが恐怖にかられて奇妙な状態の死体を見下ろしている間に、私は非常に静かに、じりじりと退《しりぞ》いた。校舎の横手のドアに到達すると、そっと脱け出して階段をおり、逃げた。走りはせず、速足で歩いた。道路には向かわず、反対方向の校舎の裏手の森を通って川のほうに進んだ。地面には雪が積もっていた。冷えこんでいて、空には満月と無数の星が輝いていた。木の幹や葉のない枝のシルエットがくっきりと見えた。土手に向かって歩きながら、私は深い悔恨にかられた。

川に着くと、着ているものを皆脱いだ。ふと気づくと、とても大きくて持ち手がない籐《とう》の丸籠《まるかご》をかかえていた。口が広く開《あ》いていて、直径の長さが、私の頭からウェストあたりまでの長さを超えるぐらいは十分にあった。私は川にはいった。腿の上のほうまで水が来た。凍えるほど冷たいかと思ったが、そんなことはなかった。それから籠に覆いかぶさり、川の流れに身を任せた。私はきらめく夜空に照らしだされた雪景色の中を通っていった。この穏やかな旅が何時間も続いたかと思われた頃、行く手に太陽が昇るのが見えた。あたかも太陽の燃える中心に川が流れこんでいくかのようだった。太陽の光が私の身を洗い浄め、もう大丈夫だよとささやいた。私は立ち上がり、川を離れた。そして心の中で自分に言った。『やりとげたな、ラーチクロフト。おまえは自由だ』そこで目が覚めた。

奇妙な夢だった。だが、夢というのは大抵そうしたものだ。目を開いてすぐ、私が意識を向けたのは、この夢の象徴的な意味ではなかった。そうではなくて、私はある問いを自分に発した。そしてこれこそが、光の職人としての私の人生の中でもっとも重要な気づきだったのだ。『夢の中の光はどこから来るのだろう』この問題を考えだして一時間もしないうちに、宇宙には二種類の光があるに違いないと思い当たった。恒星や蠟燭による外なる光と私たち自身のそれぞれに異なる心から生じる内なる光と。ユリーカ！　フェル君。ついにわかったんだ」

オーガストはラーチクロフトの話についていこうと、しばらくの間、必死でメモを取った。書き終えると、顔を上げてラーチクロフトを見て言った。「理解力がなくて申し訳ありませんが、何がわかったんですか」

「言うまでもないだろう。光の魂《たましい》の深みを探るには、何らかの方法で私の内なる光と外なる光を混ぜ合わせなくてはならないということがわかったんだ。私自身が光についての大きな問いを発するためには、まず、そうすることが必要だったんだ。さて、どうやってそのふたつを混ぜ合わせるのか。それが問題だった。目は驚くべき被創造物だが、この目的には役に立たない。目は純粋に受け取るための器官だから。それから丸一年の間、私はこの難問に取り組んだ。

そしてある日、私は手元の問題を考えるのに疲れた頭を休めようとして、買ったもののちゃんと見たことのなかった画集のページをめくっていた。『愚者の治療』*と題された奇妙な絵があった。この絵の中には、リクライニングチェアの背にもたれてすわっている男がいて、その背後に医師と思われる男が立っている。この医師は手術を行なっているらしく、顔をあおむけた男の額に小さな道具で穴をあけている。一筋の血が患者の顔を流れ落ちているが、こんな恐ろしい手術を受けているにもかかわらず、患者は完全に覚醒している。これは、昔行なわれていた頭部穿孔《せんこう》術を描いたものだと、私は気づいた」

「頭部穿孔術？」オーガストは聞き咎《とが》めた。「人の頭に穴をあけるんですか」

「要するにそういうことだ」とラーチクロフトは答えた。「その施術は人類の始まりにまでさかのぼる。医学的な目的は、怪我や病気によって脳に加わる圧迫を軽減することだ。一方、オカルトの世界、呪術師、千里眼、神秘家などの世に知られざる世界では、同じ手術が、宇宙に直結する導管をつくろうという目論見《もくろみ》で行なわれる。そのような例について報告されることはまれだが、私はまさにそういう目的で頭部穿孔術を受けた人の報告をわずかながら読んだことがあった。彼らは継続的な多幸感、現実のものとは思えない活力、すべての被造物に対する揺るぎなき共生感を経験したと証言していた。もっとも、私自身にとっては、多幸感などどうでもよかった。求めていたのは、私の内なる光が頭蓋骨の洞穴から出て、宇宙にある外なる光と会話できるようにする方法だけだった。

　私はその手術を受ける決心をして、やってくれる医師を探し始めた。その一方で、私は予想される問題があることに気づいた。頭に穴があいたとして、自分の内なる光に対して、外へ流れ出るように指示するのは、どのようにしてすればいいだろうか。私が読んだ限りにおいて、頭部穿孔術を受けた人による証言から受ける印象はむしろ、開口部は宇宙がはいってくる門だというものだった。なんらかの方法で自分の想像力を制御する必要があった。私は象徴的な意味での外界への使者を想定しなくてはならないと悟った。その表象に意識を集中し、その表象を通して自分の意志を表現するのだ。そこで私は腰をすえ、少々うなり、たっぷり白昼夢に浸って、私の想像力を私の欲望によって孕《はら》ませた」そういうと、ラーチクロフトは黙りこんだ。

　オーガストは目を上げて部屋の中を見回すと、ラーチクロフトの首に視線を戻した。「どうかしましたか」

＊　ルネサンス期のネーデルラントの画家、ヒエロニムス・ボス（一四五〇頃－一五一六）の作とされる実在の絵。

ラーチクロフトはかぶりをふった。「いや。ただ、私がこれから言うことに腹を立てないと約束してほしいんだ」

「その使者の本質に関することですか」青年は尋ねた。

「ああ」と光の巨匠は言った。「私の想像力はある若い男の概念を生み出した。きみによく似た青年だ。知りたがり屋で、大きな質問をする度胸があって、手帳を携《たずさ》えている。その手帳は彼自身と同じく夢の物質でできている」

「そんなことで腹は立てませんよ」とオーガストは言った。「筋が通っていますし」

「そうだね。でも、きみが使者に過ぎないというつもりはないんだ。きみは記者で、しかもその能力に秀《ひい》でていることを証明しようとしている」

「恐れ入ります」とオーガスト。

「それはそれとして、私の使者は確かに、きみによく似た青年だった。彼が形をとると、私は常に彼のことを考えるようにした。彼のことを忘れず、いつでもすぐに呼び出すことができるように。私は彼に名前をつけ、それから幾夜もかけて自分自身を訓練し、彼の夢を見られるようになった。自分の夢の中に確実に彼を存在させられるようになると、彼に与える指令を頭に入れて眠りにつく練習をした。そういうわけで、私が彼を見かけるのは私の夢の中でだった。彼は通りを歩いていたり、朝食のテーブルについていたり、若い女性とともにベッドにはいっていたりした。私は低い声で彼に言うのが常だった。『手帳を携えて光の主《あるじ》のところに行き、書き留めた質問をしなさい。答を聞いて書き留めたら、それを私のところにもって帰りなさい』彼は忠実に私の指示に従い、私の古い知人たちや、青いプードルや、夜の闇が生み出した歯をむきだした獣など、さまざまな夢のイメージの間を縫って歩いていく。何者にも阻まれることなく、彼は黒く塗られたドアのところに至る。懸命にノブを回し、押したり、蹴ったりするのだが、彼はどうしてもそのドアをあけることができない。彼は毎晩それをくり返した。苛立《いらだ》ちも見せず、毎晩、ドアのところに行っては、そこを通り抜けようと努力するのだった」

「あなたの頭蓋にまだ、出口がなかった。そうですよね、ミスター・ラーチクロフト？」とオーガストは尋ねた。

「その通りだ」と光の巨匠は答えた。「ところで、私が使者を訓練していた頃、私の幅広い人脈につらなるひとりが、医療目的以外の頭部穿孔術を引き受けてくれるかもしれない人物の名を教えてくれた。当時私が住んでいたところの近くに、頭部穿孔術の手順を知っている外科医は何人かいたが、私が手術を受けたい理由を言うと、皆、私の頭がおかしいのだと考えて執刀を拒否した。問題の人物は医師ではなく、戦場での経験があり、求められればいかなる手術でもするという話だった」

「けれどなぜ、その人があなたの状況を解決するのにふさわしいということになったんでしょうか」

「その男が困窮していたからという以外の理由は、とりたててない。彼は阿片《アヘン》常習者で現金が必要だった。戦時中、病人や瀕死《ひんし》の負傷者の世話をしていて、殺戮を見るのも日常茶飯事だった。その結果、とことん鈍感で無頓着《むとんちゃく》になったので、血の噴出や、ぱっくり開いた傷口、耳をつんざくばかりの患者の悲鳴にも、ひるむことがなかった。彼はすべての手術に対して同じ麻酔薬――〈バーチャーの黄色い涸《か》れ谷〉を半瓶、用いた。追い詰められて気も狂わんばかりになっている人々に、妊娠中絶手術やさまざまな部位の切断手術を施《ほどこ》すのが彼の専門だった。

私は晩秋の曇った日に〈ウィンザー・アームズ〉のコビーで、その男、フランク・スキャテリルに会った。それにしても、スキャター・イル（害をばらまく）とは、いやな名だな。〈ウィンザー・アームズ〉は娼館と酒場とホテルと兼ねたようなものだった。彼を描写するのに、一番に頭に浮かぶ言葉は『よれよれ』だ。彼は疲労困憊《こんぱい》しているようすで、まぶたは半ば閉じられ、手は微かに震えていた。顔の肉がたるんで垂れ、長く伸びた口髭がだらりと下がっていた。前金を渡すと、彼は青白いやつれた顔をほころばせ、黄色い歯をむき出して私に笑いかけた。

スキャテリルは私を三階の小さなフラットに案内した。そのうちの半分は手術室になっていて、理髪用のリクライニングチェアと、手術器具や蠟燭や〈バーチャーの黄色い涸れ谷〉が半分だけはいっている瓶などがいっぱい載った台とが設えられていた。床には古いシーツが何枚も敷かれ、乾いた血糊に直近の手術の名残《なごり》を留めていた。半瓶の〈バーチャーの黄色い涸れ谷〉――この薬は小便のようにまずい混合物で、痛みをほんとうに緩和することはなく、ただ吐き気と疲労をもたらす――を私に飲ませながら、スキャテリルは手術について説明した。彼は使うことになる器具をひとつひとつ取り上げた。組織を切開するためのメス。これで額の肉の層をめくりあげる。コルク栓抜きの先に円形の鋸《のこ》がついたような冠状鋸。ぎざぎざの刃のついた小さな手斧《ておの》のように見えるのはヘイ式鋸。あけた穴のへりをなめらかにするためのやすり。頭蓋の鋸くずを取り除くための骨ブラシ。

私は通常どのあたりが切開されるのか、スキャテリルに尋ねた。彼は額の、私の想像していたより上のほうの一点を指した。髪の生え際近くだった。私はもっと下方の、額の真ん中、ふたつの眉骨の間のくぼみのところにしてほしいと言った。『お好きなようにしますよ、キャプテン』と相手は応じた。私は肉が再び盛り上がってこないように穴のふちを焼灼《しょうしゃく》することも頼んだ。それから、ポケットからエメラルドを取り出し――ほら、きみが今見ている、私の額にはめこまれたこの石だ――手術が終わったあと、穴の栓として用いるよう、スキャテリルに指示し……」

「ちょっと待ってください、ミスター・ラーチクロフト。そのエメラルドはどうやって手に入れられたのですか」とオーガストは尋ねた。

「以前、亡くなった女性のためにライティングの仕事をして、その報酬としてもらったものだ。彼女は富裕な女家長で、通夜の間に自分の亡骸《なきがら》の目がまだ動いているように見せかける棺《ひつぎ》のライティングを要望した。欲の皮のつっぱった子どもたちに対して、自分は死んでもおまえたちを見張っていると伝えたかったのだ。焔によって動くパドルファンと密かに配置された反射装置によって、その目的は簡単に達成できた」ラーチクロフトは口をすぼめ、目を狭めて、大きな話の筋のどこにいるのか、思い出そうとした。

「頭部穿孔術の話でしたが……」とオーガストが助け船を出した。

「ああ、そうそう。スキャテリルは枯れたトウモロコシの茎が一月の疾風にあおられているみたいに、体を揺らしていた」とラーチクロフトは言った。「仕事を前に緊張しているせいではなく、体が阿片の害に侵されているせいだということは明らかだった。ずいぶん長いこと、冠状鋸をねじこんでいるので、中国に達する穴をあけるつもりなのかと思った。痛みのことは思い出せない。それなりの痛みがあったに違いないが。血がとめどなく流れた。そして、〈黄色い涸れ谷〉が一度ならず、私の胃の涸れ谷を逆流しそうになった。手術の終わり近く、私は気を失い、数分後、自分の肉が焼かれる悪臭で、意識を取り戻した。スキャテリルが私の顔の前に手鏡を掲げ、私は輝く緑の第三の目がはめこまれた血まみれの顔を見つめた。

バストンがハイヤーで私を家に連れて帰った。私はベッドにはいり、三日間ぶっ通しで眠った。だが、この時間は休息の時間ではなかった。というのは、眠っている間じゅう、私の使者の夢を見ていたからだ。彼の日々を追い、彼が通りを行き来したり、パブで一杯やったり、取材の準備として、黙って手帳に心覚えを書くのを見た。メイという名の美しい娘に言い寄っているのも見た。奇妙なことに、このメイの容姿は、以前の夢の中で私が殺したということになった教師と同じだった。『もうすぐだ。ほんとうにあと少しだ』平凡な日常を送っている私の使者に、私は約束した」

「メイ？」オーガストはつぶやくように言い、宙に浮かんでいる首の背後の壁を見つめた。

「ありふれた名だ」とラーチクロフトは言った。「こうして私の内なる光と宇宙の光が混じりあう時が来た」ここで、ラーチクロフトは咳ばらいをして、若い記者がにわかに陥《おちい》った放心から覚めるのを待った。

「はい」とオーガストは言い、ラーチクロフトに目を戻して、手帳の上に鉛筆を構えた。

「十二月の輝くばかりによく晴れた日に、私は暖かい服装で――手袋をはめてマフラーを巻き、脛《すね》あてをつけて、コートの下にシャツを三枚着こんで――自宅の二階のバルコニーに出た。日差しを浴びてそこに横たわり、頭の栓のエメラルドを取って、深い眠りに落ちた。最初の夢が始まるとすぐ、私は使者を見かけた。彼は手帳を手にもって長い横丁を歩き、あのドアに向かっていた。ドアはもはや黒ではなく、鮮やかな緑色だ。使者は顔に決然たる表情を浮かべ、足早に歩いていく。ドアに近づくと、ドアがぱたんと開き、明るい光が枠を満たした。彼はドアの外へ――宇宙の光の中に足を踏み出した。その瞬間から、私は痛みのように鋭い恍惚感に満たされた。

目覚めたとき、あたりはすでに暗かった。ひどく体が震えて、エメラルドを額の穴に戻すのもやっとのことだった。厚着をしていても何の役にも立たなかった。眠っている間に、夜になり、急に気温が下がったのだ。寒さで関節がかじかんでいた。どうにかこうにか、手をついて這い、バルコニーのドアをあけ、暖かい家の中にはいった。三十分後、室内の穏やかな環境が体に作用してきて、なんとか立ち上がった。一生懸命考えたが、思いつくことと言えば、再び眠りについて夢の王国で使者を捜しだし、光の主との会見からどんな新事実を持ち帰ったのかを明らかにすることだけだった。

余分な衣類を脱ぎ、ライ麦ウィスキーを小さなグラスに一杯だけ飲むと、冬の日、まる一日、外に横たわるという愚かな戦術のもたらした影響が体の中から感じられ始めた。目は冴えていたが、熱っぽかった。そして計画はうまく行ったはずなのに、漠然とした憂鬱と不安がまるで秋のもやのように私の身にまつわりついた。気分を変えるために、事務室で帳簿仕事をすることにした。客の誰が支払いをしてくれて、誰がしていないかを調べる単純な作業だ。だが、用いている蠟燭の光が、目にまぶしく感じられて集中できなかった。それで、ウィスキーの瓶をもって、部屋の隅の暗がりに引っこんだ。

私は嫌な予感が募ってくるのを鎮めようとして、そしてもう一度眠ろうと思って酒を飲んだ。だが、悪い予感は弱まらず、眠気は一向に訪れなかった。ぼうっとしているうちに、事務室の窓に朝日が現れた。それを見て私は恐れおののいた。のろのろと寝室に逃がれ、ブラインドを引き下ろし、さらにカーテンを閉めた。そして暗闇の中に横たわった。さらに八時間かそこら、震えて冷汗をかきながら輾転反側《てんてんはんそく》した末に、ようやく眠りが訪れた。

夢の世界にはいるとすぐ、使者を捜し――この頃にはすでにそれが第二の天性になっていた――彼を見つけた。彼は襟を立て、手帳を小脇にはさんで、玉石を敷いた小道を歩いていた。背中に吹きつける木枯らしが、古新聞や落ち葉と一緒に彼を前に押し出した。私が見ていると、彼はふと立ち止まり、ふり返って耳を澄ました。彼の背後の暗がりの中から、足音が聞こえてくる。彼は前を向き、歩くペースを倍に速めた。

そのあとしばらく、夢が曖昧《あいまい》な時間があったが、やがて元のようにはっきりして、彼の姿がまた見えるようになった。彼は自分の下宿屋の入り口のドアの前に着いたところだった。彼はドアをあけて中にはいると、眠っているほかの下宿人たちを煩《わずら》わせないように、足音をひそめて階段をのぼり、三階の自分の部屋に行き、中にはいってドアの錠をかけた。それからコートを脱いで、蠟燭に火をともし、机に向かった。手帳が彼の前にある。彼は表紙とそれに続く何も書いていない数ページをめくった。そしてこの時点で私は彼の背後から見下ろし、肩越しに取材の結果を覗きこむことができた。驚いたことに――私だけでなく、彼も驚いているのがわかった――取材中のメモが書かれているはずのそれらのページは真っ黒だった。端から端まで煤《すす》に覆われているかのようだった。彼は怒りの声をあげ、ぱたんと手帳を閉じた。手帳が閉じる音で私の目が覚めた」

「何かがうまく行っていなかったんですね」メモを取る手を休めてオーガストが言った。

ラーチクロフトはうなずき、顔を曇らせた。「ああ、確かに何かがうまく行っていなかった。はっきり言えるのは、ページが黒くなったことがその最悪の部分ではなかったということだ。この夢から覚めたとき、私はベッドから転げ出て、寝室をあとにした。廊下に出ると、正面の大きな窓から来る日の光が私につきささり、死んでいく動物のような叫びが私の喉からもれた。全身に耐えがたい痛みを感じた。とりわけ頭は、まるで脳が燃えているようだった。私は呻《うめ》きながら、泣きながら、階段を駆け下り、地下室にはいった。暗い地下室の中で、私は隅にうずくまり、震えていた。夢から覚めたら悪夢の中にいたかのようだった。

私はそこに留まった。微かに光が射すことを考えただけでも、どっと恐怖が沸き起こった。私は床にくずおれてじっとしていた。意識は失われたり、戻ったりをくり返していた。私を捜していたバストンがようやく地下室のドアのところに来て、呼びかけた。上の階からもれ出た光が私の目に襲いかかり、その痛みで私の意識がはっきりした。私はドアを閉めろと金切り声で命じた。バストンは私の食事を毎回、地下室にもってきた。日が沈んで初めて、私の精神は平常の思考能力を取り戻した。

夕食をとり、濃いコーヒーを二杯飲んでから、私は自分の身に起こった変化にどういう意味があるのか考え始めた。その前の日々の出来事をたどっていくうちに、何が起こったのか、間違いなくわかったと思った。その発見は、ある意味ではすごい発見だったが、同時に、ひどく心を悩ませるものだった。夢の中の使者を光の世界に送りだそうと努力している間に、私は自分の頭部の開口部を長くあけっ放しにし過ぎた。夜になり、何らかの闇の魔物が私の中にはいりこんだ。冬の日に暖かさを求めて羽目板の割れ目からはいりこむネズミのように。そうだ。暗闇が私の中にあった。そしてそれは増大し、主導権を奪おうとしていた。

もしも私のこの理論の証拠が必要だというなら、私がそののちにまどろんだときに見た夢の中で、使者が陥っていた苦境がそれだ。彼がいる夢の世界では新しい一日が始まっていたが、彼も町の人々も恐怖にかられて取り乱していた。というのは、太陽が輝いているのに、不気味な現象が起こっていたからだ。夜の闇よりも濃い真っ暗闇が町を取り囲み、包囲の輪を縮めていたのだ。その闇に覆われたものは、影の中に沈むだけでなく、蝕《むしば》まれた。人々が呑みこまれ、建物が無になり、風景は吸い取られた。

目覚めるとすぐ、どれだけの苦痛があろうと、額からエメラルドを取り除いて直射日光という解毒剤に私の精神をさらすことが救済策になるかもしれないと思った。この計画の問題点はすぐに明らかになった。自分の手にその仕事を果たすよう命令しても、手が言うことをきかなかった。闇の魔物がその触手を私の脳の機構に侵入させ、自分がやっつけられないようにしたのだ。私は暗澹《あんたん》たる気分に落ちこんで、自殺以外のことを思いつく力が湧かなかった。こんなことをきみに打ち明け、きみの記事の読者にも知られてしまうと思うと恥ずかしくてたまらないが、私は実際に、地下室の木の梁《はり》に頭をぶつけ始めた。頭部を損傷して死ねればいいと思ったんだ。ばかみたいだろう？」ラーチクロフトは苦笑して首をふった。

「全然、そんなことはないです」とオーガストは言った。「絶望的な状況だったんですから。わかりますよ」

「ありがとう」と光の巨匠は言った。「結局、私は意識を失って、使者の夢に戻っていっただけだった。使者は奇妙な危機に瀕していた。彼はメイと手をつないで街の通りを走っていた。まだ暗闇に呑みこまれていないほかの人々も群れをなして、縮まっていく光の輪の真ん中に向かって逃げこんでいた。私はその光景全体をひとごととして冷静に眺めていた。始めのうち私は使者の青年とその恋人が、助かりたくて逃げ回っているのだと思っていた。しかし、ほどなく、彼が心の中に目的地をもっているのだとわかってきた。というのは、通り過ぎる建物の住所表示をいちいち確認していたからだ。

やがて彼とメイが数段の石段を駆けのぼり、煉瓦も崩れかけ、荒れ放題の五階建ての古い建物にはいっていったので、探していた場所が見つかったのだとわかった。ふたりが入り口をくぐったとき、私はひび割れたペンキの色褪《あ》せた文字を読み取った。〈ウィンザー・アームズ〉と書いてあった。正直なところ、私は興味津々《しんしん》だった。ふたりは立ち止まることなく、がらんとしたロビーを走り抜け、階段のところに行った。三階まで駆けのぼると、なじみ深い緑色のドアの手前で止まった。使者はドアをノックしたが、応答はなかった。彼はためらうことなくノブを回し、ドアを押しあけた。照明の薄暗い部屋の中で、夢の世界のフランク・スキャテリルがすわって阿片のパイプをふかしていた。彼の頭部を青い雲が包んでいる。

次に起こったことを見極めるのは難しかった。一瞬のうちにたくさんのことが起こり、もやの中の出来事のように感じられたからだ。外の通りで大騒ぎがあった。大勢の人が一斉に発した苦悶《くもん》の叫び声が、わずかしか続かずに途絶えた。そしてまったく静かになった。メイという名のあの若い女がなぜか服を脱いでいて、手術コーナーの端で寒さに震えながら立っていた。使者は理髪椅子にすわって、早く、早くとスキャテリルをしきりに急かしていた。うらぶれた阿片中毒者は脇に置いた台の上の道具類をいじった。そしてそのとき――気づいたのは私が最初だったと思うが――ドアの下の隙間から、暗闇が水のように流れこんできた。

『そんなことをしているひまはない』使者はそう言ったかと思うと、背もたれに体を倒し、即座に眠りこんだ。メイがひと声悲鳴をあげ、暗闇に呑みこまれた。スキャテリルが台の上から何かをもちあげた。私にはそれがたったひとつ残った蠟燭の光にきらめくのが見えただけだった。暗闇が迫っていて、スキャテリルと理髪椅子の使者を中に閉じこめた光の球があるばかりだった。スキャテリルは青年の額に狙いを定めて、片手を前に伸ばした。その手にはデリンジャー式ピストルが握られていた。スキャテリルが引き金を引いたとき、彼はすでに、暗闇が伸ばしてきた五百の触手に巻きつかれていた。断末魔の叫びを銃声がかき消した。一方、使者の額には出血もなくきれいに穴があき、煙が立ち昇った。

　暗闇がさらに迫ってきたが、暗闇に使者を消し去る暇を与えず、彼の顔の穴からまぶしい光線がひと筋、発せられた。彼の頭蓋が灯台になったかのようだった。このまばゆい光は凝集して人の姿をとった。目鼻はない。その力強い輝きは暗闇を押し返した。暗闇のほうはどうかというと、真っ黒い巨大な塊《かたまり》を送り出してきた。その塊も、たちまち人の形をとった。しかし、それは大きな暗闇と臍《へそ》の緒《お》のようなものでつながったままだった。それぞれ人の形をした光と闇は組み合って戦った。

　私がこの戦いを見たのは、控えめに言っても幻覚体験のようなものだった。眠っていてさえ、気持ちがざわざわし、頭蓋骨が震動するのを感じた。その力較べがどのくらいの間続いたかはわからないが、それは勝利を求める容赦ない戦いだった。やがて両者がそれぞれに相手の喉元を押さえつけている体勢になり、体が重なりあって動いているため、部分的に灰色に見えた。それからポンと音がして、一瞬ののちにすべては夢の世界での正常な状態に戻った。スキャテリルの部屋の窓から外を見ると、平穏な薄暮《はくぼ》の景色が見えた。眼下の通りでは、夢の世界の住人たちが、それぞれの通常の用事のために行き来している。そのとき、使者が目を覚ました。額の銃創はそのまま残っていたが。彼は上体を起こした。そして彼が周りを見回したとき、私は自分が彼に見えているのがわかった。彼はもがくように床に降りて、スキャテリルのピストルを見つけると、私を狙った。私は両手を顔の前に上げた。彼はそのあと引き金を引いたに違いない。というのは、カチリという音が聞こえたからだ。このピストルは弾丸《たま》が一発しかこめられず、それはすでに使われていたのだ。だが、その明瞭な音で私の目が覚めた。私は声をあげてバストンを呼んだ。バストンの助けを借りて、私は階段をのぼり、昼間の光の中に出た」

「完璧な結末ですね」とオーガストは言い、ジャケットの内側に手を差し入れた。彼の動作を追うラーチクロフトの目が光った。口元が緊張している。オーガストはゆっくりと内ポケットからハンカチを出し、額にあてた。ラーチクロフトは安堵《あんど》の吐息をもらした。

「きみがいやでなければ、メモを検《あらた》めさせてほしい」と光の巨匠は言った。

オーガストは手帳を差し出した。ラーチクラフトの頭部が前傾して近づき、それから手帳の裏表紙の下に緑色の手袋をはめた手が現れ、手帳を持ち上げた。彼はメモを読んでいるらしく、同じように緑色の手袋をはめたもう一方の手でページをめくっていったが、その手がそれぞれのページの上を通過するさまは、あたかも彼がそこに書かれているメモに祝福を与えているかのようだった。

「結局、訊こうとした問いの答えは得られなかったんですね」とオーガストは言った。

光の巨匠は手帳のページに目をあてたまま、答えた。「訊こうと思わなかった問いの答えが得られたよ」

「あなたが何を学ばれたか、お尋ねしてもいいですか?」とオーガストは訊いた。「それとも、その情報は企業秘密でしょうか?」

「光が単独で宇宙を支配しているわけではないことを学んだ。闇も同じだけの力をもってかかわっていると見なさねばならない。このことを知ったことは、私が自分の仕事を高める上で、何よりも役立った。使者が持ち帰ったかもしれないどんな具体的な答えも、それには及ばなかっただろう。光についての真実を知りたければ、闇に問わねばならない。私はこの出来事以来、夜の闇、影、自分の心の中の洞窟を、熱心に研究するようになった。そこには恐ろしいものが潜んでいる。だが、恐ろしくも美しいものもまた、そこにあるのだ。そういったことすべてが、私を光の職人として今日あるものにした」

「闇も真実の半分を占めるということですね」とオーガスト。

「そうだ」ラーチクロフトは答えた。「闇は喜んで教えてくれる教師だ。ただ、時折、犠牲を求めるがな」そして彼の手が手帳を離れ、手帳はオーガストの前の床に落ちた。

オーガストは手帳に手を伸ばそうとしなかった。彼は今夜聞いたことを把握しようとするのに没頭していた。考えが考えを生み、彼はそれに引っ張られるように、自分の想像力の奥底へと螺旋《らせん》状に降りていった。どのくらいの時間、光と闇の戦いについて考えていたかはわからない。

「インタビューはこれでおしまいだ」ラーチクロフトの言葉で、オーガストは我に返った。顔をあげると、部屋には早朝の光が満ちていた。

「どういう種類の犠牲でしょう?」オーガストはラーチクロフトの顔に尋ねた。

「べらぼうな犠牲だよ、きみ」と、ラーチクコフトは笑った。部屋の反対側のただひとつの窓から朝日が射して、その顔をまともに照らした。ラーチクラフトは束の間、オーガストの目を見つめたあと、忽然《こつぜん》と消えた。笑い声はまだ少しの間残っていたが、すぐに小さくなって息だけの笑いに変わり、そして消えた。

　オーガストは手帳をつかんで立ち上がり、痺《しび》れた脚の筋肉を伸ばした。それからはいってきたドアから部屋を出た。屋敷の正面の入り口に向かって廊下をたどると、静まり返った大きな建物の中に足音が響き渡った。ラーチクロフトとバストンと召使いはどこへ行ったのかと彼はいぶかった。玄関のドアのところに着いたとき、彼はそれが鮮やかな緑色であることに気づいて笑みを浮かべた。前夜この家に来たときに見た記憶はなかった。

　オーガストはラーチクロフトの屋敷からゆうに二キロ半歩いて街に戻った。ガゼット社に着くと、そこではすでに一日の仕事が始まっていて、活気が満ちていた。手帳に取材の成果が記されているので、オーガストはいつもと違って、主筆のもとに向かうことにいささかのためらいももたなかった。主筆の部屋のドアをノックするとぶっきら棒な声がはいれと言った。

「ゆうべはどこにいた？」と主筆は尋ねた。目の下のたるみが黒ずんでくまになり、薄い毛髪がぼさぼさに突き出ている。いつもは背広とネクタイという姿なのに、きょうはそのふたつともがない。白いワイシャツはしわくちゃでインクのしみがある。片袖は無造作にまくりあげているが、もう片方の袖はボタンを外したままおろしている。

「ラーチクロフトにインタビューをしてきました」オーガストは言った。「きっと、第一面に載せたいと言っていただけると思います」

　主筆は厳しい表情で首をふった。「気の毒だが、先を越されたな」

「どういう意味ですか？」

「昨夜、暗くなったばかりの早い時間に、町で若い女性が殺された。ペイン通り沿いの建物の三階で。〈ウィンザー・アームズ〉という建物だ。誰もいなくて、きみも見つからなくて、私が行かねばならなかった。ひどいものだったよ。誰かがその女性の頭部に、そう、ちょうどこのあたりに穴をあけ、墨汁《インディアインク》を流しこんだ」と言いながら、主筆は自分の眉間を指した。「あたりは血だらけだった」

オーガストは机をはさんで主筆と向かい合う椅子に、のろのろと腰をおろした。「その女性の名は？」と彼は尋ねた。

「メイ・ロフトンだ。この人について詳しいことはまだわかっていない」

「学校の先生でしょうか？」

「かもしれん。あんな場所にしょっちゅう出入りしているようなタイプではなさそうだ。ひょっとして、きみの知り合いか？」

「違います」

「ところが、警官が遺体のそばで興味深いものを見つけた。うまくすると犯人がつかまるかも……」

主筆は目を閉じ、伸びをした。「今にも眠りこんでしまいそうだ。で、きみはどんな話を取ってきたんだい？」

オーガストは机の上に手を伸ばし、主筆の前に手帳を置いた。それから再び椅子の背にもたれた。

「それでもやはり、この記事は第一面を飾れると思いますよ」とオーガストは言った。「長くて詳細な談話です。基本的には光の巨匠の打ち明け話というところでしょうか」

主筆は体を起こして机の上に身を乗り出し、手帳を引き寄せた。そして疲労の色の濃いあくびをもらしながら表紙を開き、何も書いていない最初の数ページをめくった。わずかな間のあと、彼は目をかっと見開いて凝視した。そこに書かれていることを読んで眠気が吹っ飛んだかのようだった。「おもしろい」と彼は言った。「ほら」彼は開いたままの手帳を手に取り、オーガストに向けた。

主筆がゆっくりとページをめくっていく。オーガストはそれを見て、口を半開きにしたまま、顔色を失った。彼がインタビューの成果を書きつけたページのすべてが、上から下まで、端から端まで真っ黒になっていた。ほんの僅《わず》かな白も見えなかった。

主筆は首をかしげ、少し間を置いてから、口を開いた。「きみは知っているんだな、警官が女性の死体のそばで見つけた手がかりがこういう紙切れで、文字が書いてなくて真っ黒だったことを」

オーガストは身の潔白を主張しようとしたが、何の根拠もないのに深い罪悪感がこみあげてきて言葉を失った。主筆の冷たい視線が体に突き刺さるようだった。窓の外の空は冬の日にしても、普通以上に暗くなっていた。夜の闇が迫ってくるのを感じながら、オーガストは立ち上がり、くるっと向きを変えて、部屋を飛び出した。主筆が彼の背後でどなり声をあげ、ほかの部下たちに彼をつかまえるように命じた。オーガストはなんとか彼らの手を逃れ、新聞社を出た。外に出ると、怒りに燃える群衆が彼を追いかけた。人々が川の土手に達したとき、そこで彼らはオーガストが脱ぎ捨てた衣類を見つけた。のちにまる一日の捜索の末、たそがれの薄暗がりのなか、彼の体が発見された。命のない凍った体は月光のように青白かった。

湖底の下で

湖底の下に、鍾乳石《しょうにゅうせき》と石筍《せきじゅん》に守られた、石の龍の口のような洞窟があり、背の高い白い茸《きのこ》のかさの上に薔薇《ばら》色の硝子《ガラス》玉が鎮座していて、その中には、一度だけ語られたが誰にも聞かれなかった秘密の物語が渦巻いている。その物語は誰もその存在を覚えていないほど、ずっと以前からそこにある。どのようにして自分にその物語が語れるようになるのか、私にはわからない。だが、よく考えてみると、私はその物語をほんとうに思い出すわけではなくて、作り上げる端から語っていくのだ。そのおかげで、それが私のところに来る瞬間に、私はそのすべてを知るのである。おそらく、私の想像力の洞窟の中にも硝子玉があり、秘密の物語が内包されている。その物語は薔薇色の硝子玉の中にある物語ではなく、薔薇色の硝子玉についての物語だ。そして私は自分の頭の中のさまざまな考えを手探りで探っていたとき、うっかりして、私の想像力の中の硝子玉を突き倒してしまった。それで今や、その物語——湖の下の洞窟についての物語が私の頭の中で解き放たれ、私はその話の言葉を聞くと同時に語っている。この話は薔薇色の硝子玉に閉じこめられている物語については何も教えてくれず、ただ、その物語の存在と龍の口のような洞窟についてのみ、教えてくれる。それでも、湖の下に置かれた硝子玉の中の物語に到達する方法はある。求められるのは、それを発見してくれる誰かである。そのため、私たちは登場人物《キャラクター》を必要とする。

ほら、ひとり現れた。いとも簡単に。彼女は私の頭の中の暗がりから出て、私のほうに向かってやってきた。少女だ。たぶん十五歳、いや、十六歳の。ちょっと待って……。うん、彼女の名はエミリー。赤毛のロングヘアーに緑色の目。鼻筋にまたがってそばかすが散っている。デニムのオーバーオールの下に黄色いTシャツ。Tシャツにブロック体の黒い文字で書かれた「AXIMESH」というロゴが、オーバーオールの胸当ての上にぎりぎり見えている。足には珊瑚《さんご》色の安っぽいビーチサンダル。睫毛《まつげ》が長く、陰陽《いんよう》太極図のペンダントトップのついた麻紐のネックレスをしていて、左の尻ポケットには、幸運をもたらすお守りである赤い折り紙の天使がはいっている。天使の足を引くと、翼がぱたぱたし、頭の上の円光《ハロー》がてっぺんで割れて、二本のカーブした角になり、頭の左右に突き出す
——そういうものだ。
エミリーは自分の地元の町の歩道を歩いているのだと、私にはわかっている。彼女は唇を動かして、声には出さず独り言を言い、足元のひび割れたコンクリートを見つめている。だが、どこに行こうとしているのか、私にはわからない。おや？　彼女が顔を上げた。誰かが彼女の名を呼んでいる。「エミリー！」と。彼女はふり返った。同じ年頃の少年が後ろから近づいてくるのが彼女の目に映った。私は彼を見た。そのとたんに、私の想像力の曖昧《あいまい》さがぐっと押しのけられ、このふたりを中心とする円の中に、小さな町の真っ青に晴れた一日がはっきりと立ち現れた。その明るい覗き窓から、ふたりが話しているのが、私には見えて、聞こえる。彼は彼女にどこに行くのかと尋ねている。「墓地に」と彼女は彼に言った。彼はうなずいた。明らかに彼女についていく気でいる。
少年は耳が大きい。それははっきりしている。髪は頭皮ぎりぎりまで刈りこまれている。彼の顔は、間が抜けているようにも見えるし、端整にも見える。それは見る人の解釈次第だ。私には見た目の良し悪しは判断できない。彼は「V」で始まる名をもっているが、私には、何という名なのか定かにはわからない。ちょっと外国風の名前だ。だが、その名が頭に浮かばないので、とりあえず、ヴィンセ

ントと呼ぶことにする。少年は少女を知っていて、少女は少年を知っているということが私にはわかる。きっと同じ学校に通っているのだろう。数学の授業で一緒だ、と私は思う。少女は数学が得意だ。少年はあまり得意ではない。数学の教師は年取った女性で、喉の下の皮がたるんでいるので、生徒たちは七面鳥《ターキー》というあだ名をつけている。その教師は、きょうのあなたは零点よ、とヴィンセントに言ったことがある。教師によれば、彼の「はなはだしい無知」に対する評価だそうだ。エミリーは彼を気の毒に思った。けれども、ほかの生徒と一緒にその侮辱の言葉に声をたてて笑った。

エミリーの祖母は最近、亡くなった。それで、エミリーは祖母に敬意を払うために墓へ行くのだとヴィンセントに話している。ヴィンセントは、ターキーに黒板の前に呼ばれて、チョークを手に押しつけられ、ものすごい割り算の問題――ヴィンセントの脚くらい長い桁数の数を腕くらい長い桁数の数で割る問題――を解くように命じられるときと同じ表情を浮かべている。どちらの場合も、彼は何かをしたい、正しいことを言いたい、適切なことをしたいと思うのに、どういうふうにしたらいいかわからないのだ。だから今も、エミリーと並んで歩き続けるだけだ。ブロックの角で道の反対側に渡ろうとして、左右を確認するため立ち止まったとき、彼はポケットに手を入れてリコリスのガムの袋を取り出し、エミリーにいらないかと尋ねた。エミリーはちょうだいと言ってひとつ取った。

ふたりが通りを渡っている間に、私は彼らが見えにくくなってきた。そこで私は身を乗り出して、歩いている彼らを包む光の玉を覗きこみ……おっと、これはまずい。私は光の玉にぶつかって、自分の想像力の床に落としてしまった。それにひびがはいった。彼らの物語がもれ出た。私はその物語の一部を取り逃《のが》し、残りは、繰り広げられるペースが速すぎて理解が追いつかなかった。彼らの情景が内包していた光がゆっくりと薄れていく。待ってくれ。もう一度ふたりを見つけられるようがんばってみるから。私の目には何も見えない。だが、時折、通りを車が行き来しているのはわかる。犬の吠え声や、誰かが芝刈り機を使っている音が聞こえる。クラムケーキのにおいがする。一瞬、光がきらめき、そのとき、私はオークの木の葉の間からもれる日の光を見た。だが、また暗闇が……。

よし、なんとかなったぞ。ふたりは今、墓地にいる。ふたりは墓石の間を歩いている。ヴィンセントは自分の父親が母親と離婚しかかっていると、エミリーに話している。ヴィンセントが「親父」と呼ぶ、その父親が酒を飲みすぎるのが原因だ。「母さんが言うには、親父が変になったのは、親父の親父が戦場で与えられたドラッグの中毒で、気がおかしくなって、まだ子どもだった親父を殴ったりしたからだって」エミリーは歩くのをやめ、ヴィンセントの顔を見た。ヴィンセントは彼女が足をとめたことに驚き、どうしてかなと思った。「それはひどいわ」と彼女は言った。「どの部分が？」と彼が問うと、「全部」と彼女は答えた。彼は「そうだね」と言い、それから「CAKE《ケイク》」という名字が彫られた墓石を見つめた。やがて、ずいぶん経ってから、涙が彼の右目の隅に現れた。エミリーは彼に歩み寄り、片腕を彼の体に回した。ヴィンセントはリコリスのガムで、黒い大きな風船をふくらませた。その風船がはじけたとたんに、その中で渦巻いていたこんな場面が露《あら》わになった。

ジュディス・ソーチェルという名が刻まれた墓石の前の地面にひざまずくエミリー。彼女の母方の祖母の墓所だ。ヴィンセントはエミリーの一メートルばかり後ろに立ち、ガムを嚙んでいる。彼は遠くに見える森の一番手前の木々が風に吹かれているのを眺めながら、この間もらった通知表を見せていないことに、両親はいつ気づくだろうかと考えた。時折、彼はエミリーが泣いているのではないかと思ってふり返った。エミリーは泣いてはいない。その代わりに、亡くなる前の最後の日々の祖母を思い出している――衰弱し、かつての面影がないほどしわくちゃになり、まるで吹雪《ふぶき》の中で裸でいるかのように、常に震えていた。その何年も前から精神の働きが損なわれていて、知力がひどく衰え、亡くなる直前には、口にすることが可能な四つの単語のうちのひとつを言うことしかできなかった。

その四つの単語とは「食べる」「いや」「行って」「もっと」だった。祖母が最後の発話に選んだ言葉は「もっと」。祖母の骨と皮の手を握って立っていたエミリーに、祖母はそう囁《ささや》いたのだった。この老いた女性が亡くなった瞬間、少女の脳裏に浮かんだのは、ジュディスおばあさんがかつて語ってくれた、自分の魂《たましい》と不思議な鳥の魂とを交換した男の物語のことだった。それは奇妙な物語で、筋が通っておらず、悲惨な出来事と哀しみに満ちていた。もっとも今、エミリーが考えているのはその物語のことではない。ジュディスおばあさんは、ひどく具合が悪くなってからも、そして生涯の終わるまでずっと、折り紙の動物や人物をつくることができた。子どもの頃からつくってきたそれらの作品を、手が激しく震えるようになっても折ることができたのだ。通夜の席で、おばあさんからかつて聞いたその物語を思い出したエミリーは、おばあさんの紙の動物園の中からひとつ、水色の紙で折った鳥を選んで、棺《ひつぎ》に入れた。見事な作品で、脚をひっぱると翼が動き、頭も上下し、嘴《くちばし》も開閉して、「なんて世の中だろう」と叫んでいるかのようだった。

ヴィンセントは退屈し始めて、「そろそろ行こうよ、エム」と言った。

「黙ってて」とエミリー。

ヴィンセントはぶらぶらと歩きだし、地面から一メートル以上も突き出ている、てっぺんがぎざぎざになった木の切株のところまで来ると、それをしげしげと眺めた。彼は切株の上にのってみて初めて、それが石でできていて、名前が刻まれていることに気づいた。うっすらと苔《こけ》におおわれているせいで、本物の木の切株のように見えるが、実際は大理石の墓標なのだ。

同じ日のもう少しあとに時が移る。エミリーとヴィンセントは墓地の端、森との境界近くにある霊《れい》廟《びょう》の廃墟に近づいていく。貯蓄貸付組合の建物のミニチュア版のように見えるその大理石の構造物の列柱は、トーガをまとった女性像で、それらの腕や顔(中には鼻が欠けているのもある)には、緑の苔がびっしり生えている。霊廟の壁には細かく枝分かれしたひび割れが走り、はがれ落ちた壁材のかけらが地面に転がっている。ポルティコの上の名は、石が傷んでいるせいで、「ＡＫＥ」と読める。だが、ずっと前には「ＣＡＫＥ《ケイク》」だった。どうして知っているのかと問われても困るが、ここが、エミリーの町に今も住むケイク一族の傑出した一員であったカシアス・ケイクの最後の安住の地であることを、私は知っている。

私の想像力が私に教えたところによると、ケイクは戦場での需要を見こんで、巨大な茸から抽出した、阿片《アヘン》のような性質をもつ薬品を製造して財産を築いた。現在、霊廟が隣接している森を挟んで反対側にあった彼の屋敷には大きな鳥小屋があり、ひと目見た者が涙するほど美しい外国の鳥が、一羽だけ飼われていると噂されていた。彼の遺体安置室に通じる鉄製の門は久しい以前に錆《さ》び、時の経過によって蝕《むしば》まれて錠が壊れている。

ヴィンセントはエミリーの手をとり、ふたりはずっと昔の死が石へと変化している、その薄暗い場所にはいっていった。内部のわずかな明るさは、奥のステンドグラスの窓のさまざまな色を通して射しこむ夕日によるものだ。ステンドグラスは、先の尖《とが》った焔《ほのお》がめらめらと燃える中から、鮮やかな色の羽根の鳥が飛び立っていく情景を描いている。中にはいると、少年と少女は向かい合って口づけを交わした。私の意識に、これは彼らの初めてのキスではないという情報が波のように伝わってきた。私の目に、ほかの場所――どちらかの家のシーダー材の屋根裏部屋で、キスを交わすふたりが見えた。ということは、ふたりは私の予想以上に、お互いを深く知っているんだな、と私は思った。今、このとき、エミリーは地下にある祖母の頭蓋骨《ずがいこつ》のことを考えている。そしてヴィンセントは、父の頭蓋骨のことを考えている。彼の父の頭蓋骨は液体の焔になぶられて燃えあがっているが、そこから飛び立つ鳥はいない。彼はエミリーの背中にあてた手を下にずらし、尻に置こうとした。だが、エミリーは体の向きを変え、カシアス・ケイクの石棺と彼の妻レッティの石棺との間の床にあいた真ん丸な穴を指さした。

エミリーは両手両膝を大理石の床につけて、穴を覗きこんだ。「階段があるわ」彼女はヴィンセントに言った。

「そうかい」とヴィンセント。

それからエミリーは立ち上がって、オーバーオールの胸当てのポケットから紙煙草の箱をひっぱりだした。一本抜いて、ヴィンセントに差し出したが、彼は断った。ランナーだからだ。ヴィンセントは学校の陸上部で百メートル走を走っている。学校で一番勉強のできる生徒ではないが、ジョーダン・スクワイアーズを別にすれば、一番速く走る生徒かもしれない。ジョーダン・スクワイアーズは何をやらせても学校一で、エミリーがよく知っているようにキスも一番うまい。

「降りていこうよ」煙草をつまんだ二本の指で床の穴を指して、エミリーが言った。

「どうしてさ?」とヴィンセントが訊いた。

エミリーの頭に答えは用意されていない。それで、私は彼女に囁きかけた。うまく物事が進むように。「宝物があるかもしれないよ」彼女は私の入れ知恵を無視し、その代わりにこう言った。「何があるのか見たい」

ヴィンセントは危険のにおいがするのを感じた。だが煙草の煙の香りのせいで、その、つんとするにおいが紛《まぎ》れ、彼は自分が感じているのは、エミリーとの絆《きずな》が深まる可能性だと思いこんだ。ある意味で彼は正しい。エミリーに仮を試しているからだ。彼女は彼がどこにでも――墓所の地下へでも――自分についてくるか知りたいのだ。ふたりは、床にあいた穴という、からっぽの円を通って下に降りていった。階段の下で、ふたりは通路を見出した。石の壁は燐光苔で光っている。ふたりは……。

私はまたもや、ふたりを見失った。その代わり、別の情景がはっきりと見えた。傷ついて戦場に横たわっている兵士が、衛生兵の手で、ショットグラスのような小さなカップにはいったオレンジ色の液体を投与されている。兵士の右脚が本来の半分しかないことに私は気づいた。下半分は爆弾に吹き飛ばされ、ぼろぼろのズボンを通して血と骨が見えている。衛生兵は恐怖におののき、薬をなんとかこぼさずに兵士の喉にそそぎこむのがやっとのようだ。私は赤十字の描かれたヘルメットの下の衛生兵の顔を束の間、見つめた。二週間分の髭《ひげ》と目の周りのくまが目についた。だが、私の見たのはそれだけだ。というのは、まさにそのとき、弾丸が彼の背中を貫き、筋肉と骨を引き裂き、心臓をしぼませたからだ。彼はあおむけに倒れ、私の視界から外れた。頭上で砲弾が炸裂した。機関銃が火を吹き、霧に包まれた境界地一帯に、瀕死《ひんし》の人々の悲鳴が反響した。ケイクの薬、オリクサドールを投与されたばかりの負傷兵は、自分は死にかけているのだと考えた。だが、彼が感じるものは、効き始めた薬のもたらす幻覚作用に過ぎない。温かい感じが体に寄り添ってきた。もはや戦争の音は聞こえず、その代わりに、「虹の彼方に」を歌うジュディ・ガーランドの声が微《かす》かに聞きとれた。彼女が「悩み事がレモンドロップのように溶ける」というフレーズを歌うと、彼は自分がまったく痛みを感じていないことに気づいた。そして、視力が鋭くなるとともに、視野は狭《せば》まり、奥行きが深くなって、トンネルをなした。彼は地下トンネルを飛んでいた。地下トンネルの壁は燐光苔で光っている。通り道の前方に少女と少年が見えた。彼は風になってふたりの周りを巡り、ふたりを吹き抜けた。ふたりの髪をもちあげ、一瞬、ふたりに息を呑ませた。

「今の何?」とエミリーが言った。

「地獄から吹き上げる地下の風」まるで自分が何を言っているかわかっているかのように、ヴィンセントが答えた。エミリーは彼の言ったことについて考えこんだ。だが、すぐにヴィンセントが得意なのは、キスすることと走ることだけだと思い出した。ふたりは歩き続けた。私はこの場に釘づけになり、彼らがトンネルの中を歩いていくのを眺めた。何かが起こるのを待ちながら煙草を吸おう。

私は煙草を吸い終え、煙の輪を吐き出した。その輪の中に、ヴィンセントとエミリーが見えた。ヴィンセントは足をとめてエミリーに言った。「戻ろう」

「いやよ」とエミリー。「このトンネルをたどっていけば、どこかに出るわ。このトンネルは誰かがつくったものよ。トンネルの先に何があるか、知りたくないの？」この時点で、ふたりがすでに森の下を歩き終えて、湖底の下にいることを、私はほぼ確信した。

おやおや、なんてことだ。瀕死の兵士の情景の砲弾のように、私の頭の中で理解が炸裂した。今、私にはわかった。今のヴィンセントと同じ年頃のヴィンセントの父親が、夜の森をこっそりと通り抜けるのが見えた。彼は木立を抜け、月光に照らされた広い芝生を歩いていく。彼の行く手に、ドーム型の巨大な鳥籠があり、上からの銀色の光を受けて細い真鍮《しんちゅう》の桟《さん》がきらめいている。彼は鳥籠に近づいて、その中で、美しい鳥が止まり木にとまり、長い飾り羽根が後ろに垂れているのを目《ま》の当たりにした。その鳥の額からは、ピンクの房で終わる細長い三本の羽根が出ていて後ろに反《そ》って弧を描いている。暗がりの中でさえ、鳥の色彩は溌剌《はつらつ》として見えた――ターコイズ、オレンジ、マゼンタ、そして物語の本に出てくる海のような明るい、明るいブルー。だが、少年であるヴィンセントの父は負い革で弓を肩にかけ、矢を手にもっている。彼は弓をつがえ、桟越しに狙いを定めた。彼は矢を放った。矢が鳥の胸を射抜いた。鳥は赤ん坊の産声《うぶごえ》のような甲高い声で、ひと声叫んだ。それからその美しい羽根のすべてが燃え上がった。ヴィンセントの父は踵《きびす》を返し、月光に照らされた芝生を走った。ケイクが天蓋つきのベッドで目覚め、胸をわしづかみにした。エミリーがふり返って叫んだ。「見て！」そして、前方をさす、その指の先には、鍾乳石と石筍に囲まれた洞窟がある。龍の口が招いている。

私は今や、秘密の真相のごく近くに迫っている。だが、エミリーとヴィンセントを追って、白い茸と薔薇色の硝子玉のところに行く代わりに、ケイクの寝室にいる。彼は床に転落して、胸を押さえ、苦痛のあまりのたうちまわっている。妻がベッドの彼の側《がわ》に転がってきて言った。「カシアス。ずいぶんな大騒ぎをしてるのね。わたし、今、すごく楽しい夢を見ていたのよ」

「レッティ」彼は声をふりしぼった。「レッティ、私のドレッサーの引き出しに一回分のオリクサドールがある。とってきてくれ。急いで」

「あら、痛みがあるの？」レッティはそう言ってにっこりした。彼女はのろのろとベッドを出て、室内履きに足を入れ、ピンクの絹のショールをまとった。ケイクはなおも、陸にあげられた魚のようにベッドの隣の床でばたばたし、ゲボゲボ喉を鳴らし、呻き声をあげていた。ようやく彼女が戻ってきて、彼は彼女のほうへ手を差し出した。その手に彼女が置いたのは、彼自身のつくった薬の一回分ではなく、黄色い紙で折った折り紙の小さな女だ。彼はそれを手にのせたまま、見える位置までもってきた。「彼女を呼びなさい」と言い捨てて、レッティはまたベッドにはいった。三十分後、妻が再び、円くカーブした城壁をもつ都市の夢を見ているベッドの隣の床で、ケイクは息を引き取った。

洞窟に戻ろう。ここには、完璧な台の形をした巨大な白い茸があり、その上に薔薇色の硝子玉がのっている。エミリーとヴィンセントは用心深く、そちらに近づいていった。私は今まで湖底の下の情景を遠くから見ていたので気づいていなかったが、白い茸からはある種の香りがしている。蘭《らん》の香りのように甘く魅惑的だが、もっと実質的で、いわば、もっとおいしそうな香りだ。この茸のにおいには——それを自分で嗅ぐことによってではなく、ふたりが嗅いでいるにおいを「理解」することによって、今、まさに私にもわかってきたのだが——催眠作用がある。エミリーは長い睫毛をぱたぱたさせて、目をしばたたいた。ヴィンセントはあくびをもらし、地下の不思議な洞窟にいることによる不安をすっかり忘れた。そして、それと同時に彼は空腹を感じ、自分の胸の高さまで伸びている、香りのよい大きな白い茸のかさをひと口食べたくてたまらなくなった。エミリーは茸より薔薇色の硝子玉のほうに心を惹かれている。エミリーが玉のほうへ手を伸ばす一方で、ヴィンセントはリコリスのガムを吐き出し、かがみこんで、茸のマシュマロメレンゲに歯を立てた。

「何してるの?」とエミリーは言った。エミリーは彼のしていることが危険だと知りながら、おもしろいと思った。ヴィンセントはよろめいて後ずさりした。口の中で甘みが炸裂したので、驚きのあまり混乱している。

「すごいよ」ヴィンセントは茸を噛む合間に言った。彼がひと口の白い食べ物のもたらした喜びに圧倒されて膝をついていることに、エミリーは気づかなかった。薔薇色の硝子玉を目の高さにかかげ、中を見つめていたからだ。中で何かが渦巻いているのが見えた。

透けてみえる境界の内側で、ミニチュアの竜巻のように渦を巻いているのは、一度だけ語られたが、誰にも聞かれなかった物語だ。エミリーは硝子玉を耳に当てた。だが、何も聞こえない。彼女は玉をふり動かしたり、球面を叩いてみたり、掌《てのひら》から掌へと転がしたりしてみた。それから、ためらいもせず、それを落とした。玉は私は目の前で、回転しながら下降した。永遠とも思える時間のあと、それは石の床にぶつかって爆発し、中の秘密が、焔のようにまばゆい理解になってばらまかれた。私の頭蓋骨の洞窟の内側の壁にあたってバウンドしながら飛んでいく火の鳥のように。

かつて、宇宙の均衡する勢力から力を引き出す並外れた魔法を行なう陰陽《おんみよう》魔術師がいた。彼は時折、善のために働き、善が豊富になりすぎると、今度は悪のために働いた。振り子のように人間の本質の両極端の状態を行き来して、魔法を生み出し、魔法をかけることに歳月を費やした。彼のやり方は常に同じだった。彼を信奉する人は砂漠を旅して彼の洞窟を訪れ、彼に人生の問題について助けを求めた。助けることに決めると、魔術師は自分の洞窟の奥にごうごうと燃え盛る大いなる火の前に赴《おもむ》き、鬼神を呼び出して、硝子を吹く管をもってこさせた。彼は自分が用いる魔法を物語に変えて、誰にも聞かれないように、管の中に向かって語りかけた。そういうわけで、彼が語り終えたとき、その魔法の物語は薔薇色の硝子玉の中に閉じこめられるのだった。彼の用いる硝子は通常の硝子ではなく、魔法のかかった氷、水晶のような涙、月から落ちてきたダイヤモンドを原料としていた。依頼者はそのあと、自分のための魔法を発動させてもらい（その魔法は必ず効力を発する）、それからその魔法の物語を閉じこめた硝子玉を渡された。この硝子玉は安全なところに隠しておかなくてはならないのだった。硝子玉に何かが起こると魔法は解けるのだ。ちなみに、最後までわからないことがひとつあった。魔術師のかけた魔法が、陽の性質をもつものであるか、陰の性質をもつものであるか、依頼者は決して知ることがなかった。

カシアス・ケイクが彼の人生の二十三年目の年に会いに行ったのは、まさにこの魔術師であった。ケイクは報われない恋の痛みから逃れる術《すべ》を求めて、すでに世界じゅうを旅したあとだった。悲しみから逃げるために、パリ、イスタンブール、北京《ペキン》と世界をさまよい、再び心痛以外のものを感じることができるようになる方策、あるいは特効薬を求めたが、何も彼を助けてはくれなかった。彼の恋の相手は、父の屋敷の台所で働く若い女、ジュディス・ソーチェルだったようだ。彼女はどきっとするほど美しかったし、彼女が折り紙でつくりあげる繊細な小さな人や動物は、彼を驚嘆させた。ジュディスもケイクに好意をもったが、彼が台所で異常に長い時間を過ごしていることに、彼の母が気づき、やがて恋の芽生えの気配を感じとった彼の母は、愛してはいないと息子に言いなさい、とジュディスを買収した。ジュディスは彼の母の策略に乗った。自分の給料に頼っている家族が大勢いて、職を失うわけにはいかなかったからだ。ジュディスに拒絶されたその日に、ケイクは家を出て、蒸気船の乗船予約をした。

ケイクが砂漠の洞窟を訪れたときには、彼にとって苦悩に満ちた二年の年月が過ぎていた。ケイクは救済を願い、陰陽魔術師は吹管《すいかん》を手に取った。彼がケイクにかけた魔法は、この青年から魂を取りあげて極彩色の鳥の中に入れる、というものだった。ケイクの心痛はたちまち消散し、久方ぶりに頭がすっきりした。それどころか、彼の思考は以前の何倍も明晰になっていた。それは苦悩の救済とともに、感情というものがまったくなくなったからだった。洞窟を去るとき、彼は見事な鳥のはいった鳥籠をもち、ポケットに薔薇色の硝子玉を入れていた。家に帰るための旅の途上で、彼は桁違いに増した知性で世界を見て、戦争が近づいていること、戦場で用いられる薬をつくって売れば大儲けできるだろうということを悟った。

彼はオリクサドールを発明した。オリクサドールは二年間世界のあちこちを旅している間に心痛を和《やわ》らげようと自ら試したさまざまな麻薬を混合したものである。彼の秘薬は多くの兵士が生き延びるのを助けた。もっとも彼らは帰国時には、皆、重い依存症になっていた。自国の街頭で密売されるオリクサドールの売り上げは、軍への納入量をはるかに上回った。彼は彼の父がついに届かなかったほどの富を得た。そして当時は、きちんとした人であっても上流階級の社交の輪に入れてもらうには、結婚していることが条件であるような時代であったから、彼は結婚した。レッティ・メーンは元から、利己的なおしゃべり女であったわけではなかった。けれど、結婚式が済むとすぐ、夫が自分を愛していないことを、彼女ははっきりと悟った。レッティは飾り物に過ぎなかった。彼は明らかに、妻のことよりも、屋敷の敷地に建てた大きな鳥小屋の唯一の居住者である風変わりな鳥のことのほうをはるかに気にかけていた。

ケイクは幸福ではなかった。しかし、幸福かどうかなどという問いは彼の頭をかすめもしなかった。彼の考えを占めていたものは、利益をふやすための新しい方法だった。利益をふやすということを彼は実にうまくやってのけた――ある日、古いドレッサーの一番上の引き出しをあけ、不要な鍵や止まった時計、外国のコインなどの間に、黄色い紙で折られた小さくて繊細な女を見つけるまでは。それを見たことは、彼の記憶を軽く刺激した。彼が感じたのは感情ではなく、鈍《にぶ》くて遠い痛みだった。失って久しい義歯の残した歯痛の幽霊のようなものだった。その月のうちに、彼はジュディス・ソーチエルを探し出した。彼女はすでに結婚していて子どもがひとりいた。エミリーの母である。彼は折り紙作品と引き換えに彼女に多額の金を送った。まず彼が、どういうものが欲しいかを書き送り、彼女がそれをつくって送る。すると彼が分厚い札束を届けさせる、というのが習いになった。

エミリーは目をぱちくりさせた。すると、壊れた硝子玉から現れ出たのが一瞬見えたと思った火の鳥が、霧の中に消えた。彼女は目をこすり、深い息をふたつ、みっつついた。それからヴィンセントに手を貸して立たせ、彼を先導して龍の口の洞窟から出てトンネルに戻った。よろめきながら歩くヴィンセントを後ろに従えて、暗い通路をふたりして進んでいった。その途中で、ついさっきまで夢を見ていたんだと、ヴィンセントが言った。「どんな夢?」とエミリーが訊いた。「おれの親父の夢」というのが彼の返事だった。「その夢の中では、母さんとおれが親父を残していなくなり、親父は旅に出るんだ。ずっと行ったまんまで、遠くまで旅して、ある日、砂漠の中の洞窟に着いた。そこには、口髭《くちひげ》を長く伸ばして、煙草を吸っている男がいて、その周りを幽霊が取り囲んでいた。洞窟の奥で燃え盛る大きな焚火の光を浴びて、その気味の悪い男は親父に対して魔法を行なった。手袋も何もはめていない手を親父の胸に突っこんで、胸の中から、ターコイズの大きな羽根を取り出したんだ。『さあ、これで心臓《ハート》が元通り大きくなれるスペースができた』とそいつは言った。親父はにっこりして……そこまでしか思い出せないや」

地下のトンネルの終わりまで来て、ふたりは階段を這うようにのぼり、霊廟に戻った。そのとき、エミリーは、ケイクの棺の大理石の蓋がふたつに割れて、床の上に落ちていることに気づいた。ふたりは身をかがめて棺の中を覗きこんだ。「あんたの夢みたいね」とエミリーは言い、遺骸の中の羽根を指さした。羽根はあばら骨に囲いこまれている。本来心臓があるべき場所に。

頭がはっきりしてきたヴィンセントはうなずいて言った。「ほら、見てごらん」彼は手を棺の中に入れ、骸骨の手首をつかんだ。手首をもちあげると、指の骨が開き、握られていた折り紙で折られた動物や人がこぼれ落ちた。鳥、女、茸、弓矢をもつ少年、船。そして最後に出てきたのは、陰陽魔術師——そう、この物語を硝子に吹きこんだ陰陽魔術師をかたどる小さな折り紙作品だ。

私の分身の分身は私の分身ではありません

二、三週間前、私はショッピングモールで自分の分身に出くわした。衣料品店の外のベンチにすわっていたときのことだ。リンは店の中でセール品をチェックしていた。私は頭の中をほぼ空っぽにして、ときどき買い物客がその店から出てきてほかのどこかに向かうのを眺めていた。私の隣に誰かが腰をおろすのが目の隅にはいった。顔を向けてそれが誰だかわかって、私は笑った。「やあ」と私は言った。「景気はどうだい?」

彼はしわくちゃのスーツとネクタイという恰好で、疲れているように見えた。彼はほっと息をついて、背もたれに身を預けた。弱々しい笑みを浮かべている。「分身稼業は大変なんだ」

「私は自分のことをよく知っているが、私程度の分身をやるのがそんなに大変だとは思わないな」と私は言った。

彼は目を半ば閉じて、首をふった。

「まあ、昼間ずっと、やっているんだものな」と私は言った。

「夜もだよ」と彼は言った。「その上、パートタイムの仕事もしなくちゃいけなくなったんだ」

「分身のほかに副業もしているのか?」

「ストークス・ロードの昔風の菓子屋で、溶かしたチョコレートにいろんなものをくぐらせて、コーティングする仕事だ。一日四時間働いて、バイト料をもらう。あんたとおれが話をするようになってから、あれは二、三回前に会ったときだったかな、野生動物救護センターのそばの大きな家に住んでいると言っただろう？　道路が土の道に変わる手前の袋小路だ。その家の住宅ローンが重荷になっているんだ」

「たしか四人だか五人だかのほかの分身と一緒に暮らして、費用を分担しているという話だったね？」

「うん。だが、おれの分身としての給料だけでは、とてもきついんだ。ところが、チョコレートコーティングの仕事はとても割りがいい。四時間働くとそのたびに百ドルになる」

「そりゃ悪くない。何をコーティングしているんだい？」

　彼は体を起こして、紙巻煙草のパッケージを取り出した。こちらに一本勧めてきたが、私はすでに煙草をやめていた。断ると、彼はちょっと傷ついたような顔をした。彼がライターの火をつけたとき、彼の顔色が青白く、顔に汗の玉が浮かんでいること、手が震えていることに、私は気づいた。そして酒のにおいもしていた。

　彼は両膝に両肘をついて前のめりになった恰好で話し始めた。「何でもかんでも言われるままに、チョコレートにくぐらせるんだ。始まりは果物だった。最初のステーキ肉がもちこまれた頃には、もう歯止めはきかないとわかっていた。とうとう、店主のスウェーデン人が靴を片方脱いで、おれに渡した。これがほんとのチョコレート色のローファーってわけだ。おれがそれを取り出して冷ますと、店主とそのかみさんが死ぬほど笑った」

「きみ、あんまり健康そうに見えないね」私は彼に教えた。「前より太っているうえに顔色が悪い。酒浸りのピルズベリー・ドウ・ボーイ*ってところだぜ」彼の眼鏡の右側のツルがセロハンテープで修理されているのが目についた。

「ところで」と彼は言った。「ちょっと話があるんだ」

こいつは敗残者だ。私は目をそらした。自分自身が涙ぐんだり、下唇を震わせたりするのを眺めるなんて、まっぴら御免だ。

「おれには分身がいるらしい」と彼は言った。わずかに声が割れていた。

私がその新情報を咀嚼《そしやく》するのに、少し時間がかかった。「きみ自身が分身なのに、自分の分身をもつなんてことがあるのか？　どういう仕組みなんだ？」

「まれなことだが」と彼は言った。「ときにはそういうことも起こるんだ。おれはあんたの分身だけど、そんなにしょっちゅう、あんたを煩《わずら》わせてはいないだろう？　伝説に語られているように、あんたに不幸をもたらしたこともないよな？　おれはただ近くをうろついてて、あんたは一年に一度か二度ぐらいおれにでくわし、ふたりで和《なご》やかにおしゃべりをして、おれはまた自分の道を行く。だが、おれがもってる分身は、あんたにとってのおれのような無害な分身じゃないんだ。そいつはいわば悪の化身なんだ」

「きみの分身は私の分身でもあるのか？」と私は尋ねた。

「厳密に言えば、そうではない。やつはおれたちみたいな感じのいいルックスじゃない。まあ大抵は、雲のような、漂うスモッグのようなものとして存在する。だが、二、三時間の短い間なら、形のある体をもつこともできる。変身能力があるんだ。油断のならないやつで、いつもおれにつきまとって、おれの言うことを甲高い声でくり返したり、友だちの前に姿を現し、おれを装ってひどいことをしたりする。文句を言うと、あざわらっておれの顎のたるみをつねりやがる。ひと晩じゅう、支離滅裂な夢を耳に囁《ささや》く。その、むちゃくちゃな夢は、いわばチョコレートコーティングされた心の悩みだ。や

＊　米国の製粉会社ピルズベリー社のイメージキャラクターの愛称。白くてまるまるとしている。

つはおれの分身だが、おれを利用してやつを生み出させたのはあんたの心なんだ」

「きみの話はわけがわからない」と私は言った。「私に責任があると言っているのか？」

「うん、おれはあんたの影響範囲から出られない。すべてはあんたから出てきている。やつは半年前から、おれにつきまとっている。あんた、そのぐらい前に、原因になりそうな暗い考えや気の滅入るような考えを抱いたのを覚えていないかい？」

「気の滅入るような考えだって？」私は言った。「そんなもの毎日二十や三十は抱いている」

「やつはおれに代わってあんたの分身になろうとしている。やつがおれのポジションを奪ったら、あんたは困ったことになるよ。やつはあんたをすり潰して粉にしてしまうぞ」

「われわれはどうしたらいいんだ？」

「やつはファンタスマ＝グリスという名で通っている」

「スペイン語かな？」

「ああ、灰色の幽霊という意味だ」

「スペイン語はさっぱりなんだ」と私は言った。「高校で二年間習った。肉団子が注文できるし、十まで数えられる。それだけだ」

「とにかくファンタスマ＝グリスについての何かが、あんたの頭からしたたり落ちたんだ。おれが計画を練り上げるから、それまでじっとしていてくれ」と彼は言って、私の前腕に手をちょっとあてた。そしてさっと立ち上がった。「じゃあ、また連絡するから」

「計画というのは何のための？」

「やつを殺すための計画だ」彼はくるりと背を向けると、のそのそと去り、モールの中央通路を歩いていった。私はそれを見送っていて、彼が足を引きずっているのに気づいた。なんでまたスーツにネクタイという出で立ちなのか。私はこの三年、一度もそんな恰好はしていない。

「行く?」リンが尋ねた。彼女ははいっていた店の大きな袋をもって、私の前に立っていた。私は立ち上がり、リンの肩に腕を回して一緒に歩きだした。


リンが言った。「どこかにディナーを食べにいきましょう」


私は賛成した。私たちはショッピングモールを出て、駐車場にはいった。リンの決めたレストランに向かって運転しながらも、私はファンタスマ=グリスのことで頭がいっぱいだった。それについてリンと話したかったが、彼女は何年も前に、分身についての話は一切聞きたくないと明言していた。かつて、私がようやく、ダウンタウンで私の分身を追い詰め、初めて彼と話をしたとき、リンにそのことを打ち明けたのだ。

「〈分身〉ってどういう意味?」とそのときリンは言った。

「ドッペルゲンガー。ぼくの双子のきょうだい。いわば、形而上学的な存在だ。精霊みたいな。一年ぐらい前から、彼がうろついているのを何度も見た。そして今日、彼に近づいて、きみの正体を知っているぞ、と言ってやったんだ」


私が話すのを聞きながら、リンは笑みを浮かべ、首をふっていた。だが、ふいにそれをやめ、警戒するように目を狭《せば》めた。「本気で言っているの?」


私はうなずいた。

「自分が何を言っているか、わかっているの?」リンは尋ねた。

「うん」

「ぜひとも精神科医に診《み》てもらいなさい。頭のおかしな人と老後を共にするなんて、わたし、まっぴらよ」リンは私のすわっているところまで歩いてきて、両腕で私を抱いた。「しっかりしてね」と彼女は言った。

　リンが私のために予約をとってくれて、私はドクター・アイヴィーという女性の診察を受けた。ドクター・アイヴィーは、私の分身について質問した。私は自分にわかっている限りのことを何もかも話した。彼女の診察室はパチョリ*のにおいがして、どこからか、低く呻《うめ》くような音楽が流れてきていた。ドクター・アイヴィーはとても小柄な、なかなかの美人で、黒髪を長く伸ばし、右頬にかすかな傷痕《きずあと》があった。なぜか私は、彼女がプラム色に塗った親指の爪で自分自身を傷つけているのを思い浮かべた。私が口を開くたびに、彼女はうなずき、メモを取った。彼女が字を書いている手の手首に木蔦《アイヴィー》のタトゥーがあるのに気づいて、私は目が釘付けになった。診察の終わりに彼女は、私のために頭の薬の処方箋を書いた。

　私はその薬を買い、注意書きを読んだ。非常に小さな字で印刷されているので、読むのに拡大鏡を使わねばならなかった。それには、私の喉がつまる恐れがあるし、健忘症になったり、尻から出血したり、聴力を失ったり、口の中に腐った卵のような変な味を感じたり、向こう見ずなギャンブル熱にかられたりするかもしれないと書いてあった。私はその薬を二日間服用し、歩くサンドバッグのようなひどい気分になった。三日目の朝、私は残りの薬をトイレに流した。私は教訓を得た。ドクター・アイヴィーのもとには二度と行かず、リンを相手に分身の話は二度としなかった。

　レストランで、私はラビオリを頼み、リンはサラダにした。ふたりともワインを飲んだ。私は赤でリンは白。店内は暗かったが、私たちのテーブルの上には、赤い蠟燭《ろうそく》が一本ともっていた。私たちは子どもたちのことを話し、それからわが家の車のことを話題にした。リンは自分の職場で何が起こっているか話した。そして十分ほど、政治についてぼやいた。だが、私はその間じゅう、ずっと、モールで分身に言われたことを打ち明けたいと思っていた。しかし、そうしてはいけないとわかっていた。

その代わりに私は言った。「きょう、ちょっとアルバ島**のことを思い出していたんだ。楽しい休暇だったね」

リンは私の言葉を受けて、青い海や太陽のこと、私たちの部屋のバルコニーが面していた中庭に、オレンジ色の花がついた巨木が枝を広げていて、猫ほどのサイズのイグアナがうようよしていたことなどを回想し始めた。私は島の砂漠側にジープで行ったこと、祈りをこめて積まれた石の塔が海岸に点在していたことをリンに思い出させた。確かに、あれは素晴らしい旅行だったし、リンと一緒に思い出をたどるのは楽しいことだった。だが、実のところ、私には隠れた動機があった。

私が自分の分身を初めて見たのはその休暇中のことだった。リンが、私たちが訪れた〈蝶の園〉というアトラクションのようすや、桟橋《さんばし》のレストランで食事をした夜のこと――背後に海があって、賑《にぎ》やかに灯《あか》りがともっていて、おんぼろのアコースティックギターをもった男が「スリープ・ウォーク」を弾いたこと――などを延々と話している間、私はアルバの思い出の中の別の場所にいた。それはリンが眠りについたあとの真夜中、ひとり佇んでマリファナ煙草を吸っていたホテルの外階段の二階だ。

眼下に、背の高い竹の林の中を抜ける小道があり、灯りに照らされていた。私は疲れ切っていて、目もろくにあけていられなかった。その日、私たちはカヤックを漕ぎにいったのだった。私たちがいなくても子どもたちはちゃんとやっているかな、とふと思ったが、強い風が吹いてきて竹林の梢《こずえ》をしならせたのに気を取られて、そのことは忘れた。マリファナ煙草の吸いさしを捨て、左手にあるコン

＊　インド産のシソ科の植物。その精油からつくる香料。
＊＊　カリブ海の島。リゾート地。

クリートの階段を昇ろうとしたとき、誰かが小道を通りがかった。

その男は身長一八〇センチぐらいで、やや猫背で胸板が厚く、とても太っていた。彼は風に向かって前かがみになり、白い日除け帽子が飛ばないように、左手で押さえていた。次の風が吹くと、黄色いアロハシャツの前が開いて、裾が後ろにそよぎ、腹があらわになった。男はふいに顔の向きを変えて、私を見上げると、すぐに竹林の中に消えた。眼鏡、大きな頭、愚鈍そうな顔つきが、私には見覚えがあるように思えた。前にどこで見たのか思い出そうとしたが、疲れすぎていてだめだった。

翌日、私たちはジープで、この島の砂漠側に行き、廃坑になった金鉱を訪れた。巨大な砂丘の斜面の地中につなげる形で建てられた三階建てのコンクリートとブリキの建物があり、ボロボロに傷《いた》み、錆《さ》びついていた。その中は非常に不気味だった。リンと私は手をつないで、部屋から部屋へと歩いた。ほかのトンネルやほかの部屋につながっていく迷路のような部屋部屋の中には、腐った家具や錆びたベッドの金属枠のほかにはほとんど見るべきものがなかった。私は閉所恐怖症を起こしそうになり、もうたくさんだ、と言った。リンも同意した。

出口があると記憶している方向に向かって歩いていたとき、ほかのひと組みの観光客が私たちの左手の通路を通りがかった。ステッキをもった年配の紳士と彼のあとに従う白髪の女性だった。女性は私たちに軽く会釈《えしやく》してほほえんだ。その一秒後、夜の小道にいた男が口笛を吹きながら通り過ぎた。彼の吹くメロディーは部屋部屋に、そして砂丘の奥にまで反響した。私が彼を見たのはほんの一瞬だった。だが、私にはそれがゆうべの男だとわかったし、かつてどこかでよく知っていた人物に違いないとわかった。

その後、アルバで彼を少なくとも三度見かけた。そしてアルバ滞在中の最後の二、三日の間、彼は姿を消したように思われた。その次に見たのは帰路の飛行機の中だった。リンと私は着席していて、奥に向かう彼が座席の間の通路を歩いてきた。彼がいることに私は驚いた。身を固くしてすわっていると、彼は通り過ぎるときに私を見下ろして、目をまともに覗きこんだ。彼は私自身だ、と私が悟ったのは、飛行機が離陸したあとだった。

帰りのフライトの間じゅう、私は凍りついたようになり、「ドッペルゲンガー」のことを考え続けた。私はまさに、逃げ場のない空中で、ドッペルゲンガーとともに閉じこめられていたのだ。ポオでもホフマンでもスティーブンスンでも、分身は常に忌まわしい存在だ。私は伝説や民間伝承で分身が暗い予兆と見なされていることなど考えたくもなかった。だが、さんざん冷や汗をかいたにもかかわらず、飛行機はぶじに着陸し、何事も起こらなかった。私は手荷物受取所で、束の間、彼の姿を見た。彼はくたびれた青いスーツケースをもって歩き去っていくところだった。そして二、三か月後のある雪の午後、私は町で彼を見かけたのだ。

「わたし、日常生活から離れて冒険できるような時間をもつのが大好き」リンは囁くように言うと、ワイングラスをもちあげ、乾杯を促《うなが》すしぐさをした。

「ぼくもだ」グラスとグラスが触れ合って音をたてた。そのあと私は私の分身を頭から追い出した。そしてベッドにはいる頃には、あんなのは皆、ばかげた話だと自分を納得させていた。

二日後、ピザの空き箱を二つ、三つ、資源ごみ保管容器に入れるために、家に隣接するガレージに行った。空き箱を容器に入れて、ばたんと蓋を閉めてふり返ると、ちょうど彼がクロムメッキのライターを使って紙巻き煙草に火をつけたところだった。私は文字通り飛び上がって、呻いた。それまでは、彼を私の家の近くで見たことはなかった。心臓がどきどきしたが、すぐに腹が立ってきた。

「長居はしないよ」彼は私の怒りを察知して言った。「ファンタスマ＝グリスを排除する計画ができた」

私は深呼吸をして気を鎮めた。「ちょっと待ってくれ」と私は言った。「そんな話は私には……」

「いいかい、そいつがおれを始末したら、次に狙うはあんただ。信じてくれ。おれが終わったら、あんたも終わりなんだよ」

「わかったよ」私は言った。「わかった」

「今週のいつか、その計画が発動される。だから心の準備をしといてくれ。はっきり言っとくが、えげつなくむごたらしいことになる。手荒なことをやらなきゃいけない。これはどんな意味でも、精神的不調とかのきれいごとじゃないんだ。必ず血を見るぞ」

彼は語気を荒らげて話した。彼がしゃべり続けているうちに、私はじりじりと後ずさりして彼から遠ざかった。彼の見かけはモールで会ったときよりもひどくなっていた。スーツを着たまま眠っているに違いないと思った。

「勝手にしろ」と私は言い、家の中にはいると、ガレージとの間のドアの錠をロックした。リンは台所にいたので、私はそちらに行った。リンのそばにいたかった。リンには分身を超える能力があるように私には思われた。彼女に打ち明けたい気持ちは強かったが、私はそうしなかった。

「わたしを呼んでた?」とリンが訊いた。彼女はレンジの前に立ってチリをかき混ぜていた。「ガレージから声が聞こえたような気がしたけど」

「歌を歌っていたんだ」と私は言い、リンの体を両腕で抱いた。薬をトイレに流さなければよかった、と思ったのはそのときだった。向こう見ずなギャンブル熱のほうがましに思われた。

翌日、リンが仕事に行っている間に、ドクター・アイヴィーに緊急の受診予約をとった。溺《おぼ》れる者は藁《わら》をもつかむというやつだとわかってはいたが、ほかのことは何も期待できないにせよ、ドクター・アイヴィーに、分身を消す薬の処方箋をもう一度出してもらうことはできるだろうと思ったのだ。

診察の最初の五分間の間、彼女は私が二回目の診察予約をすっぽかし、電話もしなかったことについて文句を言った。私はただにやにやして聞き、お説教が一段落すると、すみませんでしたと言った。ドクター・アイヴィーがようやくメモ用紙とペンを取り上げると、魔法のように音楽が流れてきた。そして彼女は言った。「さて、前回の診察では、分身について話していましたね」

「また現れました」と私は言った。

「話してください」彼女はペンを構えて、身をのりだした。

「まず、最初に、はっきりさせておきたいことがひとつあります」と私は言った。「私の分身の分身は私の分身ではありません」ドクター・アイヴィーは理解しているかのように、うなずいた。そして私は彼女にすべてを打ち明けた――モールで出くわしたこと、ガレージに侵入されたこと、そしてファンタスマ＝グリスの件も。話をするのにまるまる一時間かかった。私が話し終えたのは、診療予定時間の終わる一分前で、彼女が話す時間はそれだけしかなかった。

「処方箋を書きます」と彼女は言った。「前回の処方薬はどうしましたか?」

「トイレに流しました」

ドクター・アイヴィーは私をじっと見つめ、ペンを処方箋用紙のパッドにとんとんと打ちつけた。彼女の手首の周りのタトゥーが木蔦《アイヴィー》ではなく、有刺鉄線のデザインであることに私は気づいた。「今回は違う薬を出します」と彼女は言った。「ごく軽度の多幸感が生じるでしょうが、通常の生活を送るのに差支えはなく、かつ、分身の問題は解消するでしょう」

「すばらしいですね」私は本気でそう言った。

「ごく軽度の多幸感」は控えめすぎる表現だった。翌日、リンが仕事に出たあと、私は錠剤を一錠飲み、分身に悩まされない八時間をスタートした。三十分後、コンピュータに向かっていた私は、ドクター・アイヴィーの薬が効いてくるのを実感した。世界が文字通り明るくなり、物がくっきりと見えた。私はいつもより深い呼吸をして姿勢正しくすわっていた。意識が過剰に研ぎ澄まされていた。自分が書いている途中の短篇を画面で見ても、文字の形に気をとられて筋がたどれなかった。二、三分経つと、私はピンクの雲に乗って浮かんでいた。時の流れが遅くなり、それに合わせて、すべてのものがゆっくりと認識された。とても気分がよくて、ほんとうに笑い出したぐらいだった。

薬は私に勇気をもたらした。仕事に戻る代わりに、私は自分の分身を理論的に分析することに没頭した。できる限りその正体を明らかにしようと心に決めていた。私は窓の外の木立や向かいの白い家をにらみつけながら、沈潜《ちんせん》したり、分割して考えたりして、相対性理論に匹敵する数々の理論を紡《つむ》ぎ出した。だが、私はくり返し同じひとつの質問に戻ってきた。なぜ、アルバだったのか？　その問いに答えることが、すなわち、この謎を解決することなのかもしれない。私はあの休暇について覚えていることをすべて書きだしたい、それについてのちゃんとした調査書類を作成したいという衝動にかられた。私は新しい画面を開き、可能な限りの速さで書いた。立ち止まって間違いを正すこともほとんどなかった。

没頭すること一時間。私のアルバへの熱意は枯渇し、いつしか、私はグーグルの検索ボックスに「ドッペルゲンガー」という言葉を打ちこんで、ふらふらとネットサーフィンをしていた。私はある科学者の実験についての記事が載っているサイトに出会った。その科学者は被験者の脳の側頭頭頂接合部と呼ばれる部位に電気刺激を与えることにより、分身をもつ体験を引き起こすことができたという。被験者は「影のような人が背後に立っている」と報告した。

私は分身を初めて見た夜――彼が竹林の中の小道をそそくさと行くのを見た夜のことを思い返した。あの日、リンと私は海にカヤックを漕ぎにいったのだ。私たちが水に浮かべて乗ることになっていたプラスチック板は、私がそれまで見たどんなカヤックにも似ていなかった。私は板から落ちないでいることができなかった。二、三分ぐらぐらしては、たちまち転落した。足のつかない深い水中でもがいて、板の上に戻るのをくり返していると、すぐに疲れ果てた。どうにかこうにか、犬掻《か》きで老朽化した桟橋まで泳ぎ着き、そこから陸に上がった。もしかして、あのどたばた騒ぎのどこかで頭を打っていたのではないか、そして脳震盪《のうしんとう》からあの分身が生まれたのではないか、と私は思った。

頭を打ったことを思い出そうとしても思い出せなかったが、これでアルバの謎は解けたと確信した。謎が解けたことで、私は達成感と自信を得た。だが、それは長くはもたなかった。五分後、窓の外を見ると、自分のとそっくりな車が家の前にとまるのが見えた。車のドアが開き、私の分身が出てきた。彼はあのひどいスーツ姿で車の周りを回り、私たちの家の正面のドアに向かって歩いてきた。彼を見て、私の心臓の鼓動が速まった。「こんなばかなことがあるはずがない」私は声に出して言った。正面のドアをノックする音が聞こえた。うちの犬のシャドウが気が狂ったようになり、猛犬のように吠えた。猛犬には程遠いやつなのに。私は椅子から立ち上がった。少し眩暈《めまい》がして、自分が呪われているような気持ちも少しした。それからシャツを着にいった。立ち上がって眩暈が収まったあとは、私は機敏に動いた。彼の状態の私を近所の人に見られたくない。

シャドウを押しのけてドアをあけた。「きみがここにいるなんておかしい」と私は言った。

「でも、いるよ」

「私は、きみを消す薬を飲んだんだ」

「そんな薬なんか糞くらえだ」と彼に言った。「あんた、何を考えているんだ。おれがふざけているとでも思っているのか?」彼が家の中にはいろうとするかのようにドアに向かって足を踏み出したので、私は急いでドアを閉めた。だが、私が錠をおろして彼を締め出すよりも早く、彼は前腕をドアにあて、強引に押し入った。私はよろめいて二、三歩さがった。

「出てってくれ」私は言った。

「落ち着けよ」と彼は言い、ドアを閉めた。

私は台所まで後退し、鋏やナイフがカウンターに置きっぱなしになっていないか、左右に目を走らせた。彼は私について台所にはいってきた。

「やるべき仕事ができたぞ」と彼は言った。「ファンタスマ＝グリスがいい具合になってきた」

「私は誰も、何も殺すつもりはない」と私は言った。そして、彼が私の目をまともに見ようとしないのに気づいた。

「あいつを縛り上げて、あんたの車のトランクに入れてある。おれとあんたでバラしてから、車でパイン・バレンズ*に行って、人の来ない池に死体を沈めよう。二十ポンドのダンベルをふたつもってきた。おれとあんただけの秘密にできるさ」彼はスーツの上着の裾を後ろに押しやって、ズボンの腰にはさんでいた拳銃を抜き取った。

銃を見たとたん、私は恐怖のために何もできなくなった。

「行こう」と彼は言い、私に向けた銃をふって促した。

私は居間に行って靴に足を入れ、スウェットシャツをつかんだ。彼と私は正面のドアから出た。運転は分身がした。私は助手席にすわってじっと動かず、深呼吸をしていた。車が動き出して縁石から離れたとき、トランクから漏れるドンドンという物音やくぐもった叫び声が私の耳に聞こえた。

「そいつを始末したいなら」と私は言った。「自分だけでやればいいじゃないか。私を巻きこまないでくれ」

「腹をくくってやるべきことをやれ。泣き言はやめろ」と分身は言い、ふり返って、ばたばたしているファンタスマ＝グリスに向けて「静かにしろ！」とどなった。

　車はパイン・バレンズの方角である南に向けて、長い道路を走った。道路は野生動物救護センターの脇を抜け、やがて土の道に変わる。アスファルトが尽きる直前、分身は左折し、ポーチや切妻《きりづま》屋根のある古い大きな家々が並ぶ短い一ブロックを徐行した。木立の中を通る道があり、それは袋小路につながっていた。その一番奥に、荒廃した大きな家があった。茶色いペンキは剝げ、シーダー材の板が壁から落ち、ポーチの手すりの支柱も外れている。

「ここがおれのうちだ」分身は車のエンジンを切って、そう言うと、銃でその家を指した。

「いいじゃないか」と私は言った。

「金がかかっている割りには、大したことない」

　二階の窓のうちのふたつが壊れていることと、煙突のレンガがいくつか欠けていることに私は気づいた。

「さあ、あの野郎をひっぱり出して、やっちまおう。おれの部屋でその仕事をして、夜になってから森にもっていこう」

　私たちは車から降りた。夕方に向かい、寒くなっていた。風が吹いていて、竹林の中の小道に分身がいるのを見たときのアルバの風を思い出させた。どうやって逃れようかと、私は忙しく頭を働かせた。

「この家にはほかの人たちもいるんだろう？」と私は尋ねた。「そいつを撃ったら、音を聞かれるぞ」

「いるのは分身たちだけだ。分身たちはまったく気にかけない。みんなそれぞれ自分の相手をもって

＊　ニュージャージー州南部から南東部にかけての沿岸地方の広大な湿地。松が生えている。

いるからな」分身はトランクのところに行った。私はついていった。彼は銃をかまえて、もう一方の手で錠に鍵を挿して回した。トランクがゆっくりと上に開いた。中を覗き見た私の目がファンタスマ＝グリスの姿をとらえた。

私は何を予想していたのだろうか。一種の煙の小鬼《ゴブリン》のようなものだったろうか。ところが、私が見たものは、白い大理石あるいはライムストーンでできた、胎児の姿勢をとった男の像のようだった。

「何だ、こりゃ」と私は叫んだ。

「固まっているんだ」と私の分身が言った。「おれはこいつをホワイトチョコレートに漬けた。そうやってつかまえたんだ。こいつがけさ、職場に現れて、さんざん絡んでくるので、おれはついに爆発した。おれはこいつをひっつかんでチョコレート槽の中に投げこんだ。そしてはいだしてくる頃には、その部屋のドアの内側に掛けた上着から銃を取り出していた」

「むちゃくちゃだ」と私は言った。

「まったくその通りさ。こいつの足首をもってくれ。家に運ぼう」

ファンタスマ＝グリスは見かけよりずっと軽かった。私たちよりも小さく、顔――ホワイトチョコレートの仮面――は、私に似ても似つかなかった。だが、どこかで見たような気が微《かす》かにした。そいつの唇はまだ動いていて、脅し文句をつぶやいていた。彼は悪態をつき、私たちを罵《ののし》った。最初のうちはそれを聞いてぞっとしたが、私の分身の家の正面ドアの前の石段に到達するころには、腹が立っている自分に気づいた。入り口を通るときに、私はうっかり、そいつの足をドアのたて枠にぶっつけた。片方の靴が半分とその中の足が半分ちぎれた。そいつは甘い殻の中で、傷ついた動物のように長い悲鳴をあげた。ちらっと覗いたら、中は空っぽだった。

その古家は崩壊しかかっていた。天井には雨漏りのしみがあり、廻《まわ》り縁《ぶち》は外れていた。しっくい壁には何か所もひび割れがあって、下の木摺《きずり》が傷んでいるのがわかる。玄関ホールの床は、傷んだ板張りがむきだしになっている。私たちはファンタスマ＝グリスを注意深く置き、ひと息入れた。分身が私に手招きをした。近づいていくと、分身は私の肩に軽く腕を回し、腹に銃を突きつけた。

「あんたをおれの部屋に入れる前に、部屋を片づけないといけない」と彼は囁いた。その息は火を近づけたら燃え上がりそうなぐらい酒臭かった。彼は汗まみれで、しみついたチョコレートのにおいが体臭と一緒になってむっと来た。「何か馬鹿なまねをしたら、追い詰めて殺して、人生を乗っ取ってやる。わかったな?」

口がからからだった。私はうなずいた。

「さあ、客間に行って、おれが戻るまでメイと一緒にいてくれ」分身は玄関ホールの左手を指した。私はそちらに向かって一歩踏み出した。がらんとした部屋が薄明かりに満たされているのが目にはいった。ささくれた床をゆっくりと転がる埃《ほこり》の玉、むき出しの壁、埃だらけのシャンデリア。火の気のない暖炉の傍らの一隅に、三本脚の傾いたソファーがあり、花柄の布張りだが、布は裂け、汗じみがある。二本、脚があるほうの端っこに、女がひとり、すわって本を読んでいる。私がはいっていくと、彼女は目を上げた。外の玄関ホールから、ファンタスマ＝グリスが「糞!」とくり返しわめいているのが聞こえていた。

女の顔を見たとたん、私の知っている近所のメイだとわかった。リンはメイと親しくしている。

「あなたはメイの分身なのかな?」と私は尋ねた。

彼女はうなずき、笑みを浮かべた。メイは私たち夫婦と同年代で、骨格ががっしりしていて、血色がよい。夏は地元のガールスカウトキャンプで、水泳のインストラクターを務めている。住まいはうちの家から角を曲がったところで、湖のすぐ近くだ。

「メイそっくりだね」と私は言った。

「だって、分身ってそういうものでしょう」と彼女は言った
「私を知っているかい？」

彼女はうなずいたが、何も言わなかった。

「メイは元気？」私はそう尋ねて、ソファーのこわれているほうの端に、用心深く腰をおろした。

「元気よ。秋に子宮摘出手術を受けたの。それで少しペースダウンしようとしているようだけれど、まあまあ、元気にやっているわ」

「あなたは私の分身とともに、ここで暮らしているんだね？」

「ええ。ほかにも数人いるわ」

「あれはどういうやつだろう？　率直に言ってくれ」

「こんなことを言うとあなたには悪い気がするけれど、あれは最低のアホよ。頭がおかしいんじゃないかと思うわ」

家の奥の階段をおりてくる足音がした。「頼みがあるんだ」と私は言った。「妻に伝えてくれないか。私がここにいて、迎えに来てほしいと言っていると。妻を知っているよね？」

「その機会があったらね」と彼女は言った。「二、三分後には、ダウンタウンにいなくてはならないの。メイがスーパーマーケットにいて、わたしは冷凍食品の通路に現れることになっている。もし機会があったらメイからリンに電話してもらうわ」

私は黙って親指を立て、彼女に「よろしく頼む」というサインを送った。そして、私の分身が部屋の入り口に現れた。

ファンタスマ＝グリスをもちあげる前に、私の分身はその小指を折り、煙草のようにくわえた。

「火をもってないかね?」と彼は言った。チョコレートの塊《かたまり》から悲痛な叫び声がもれた。

分身の部屋は二階にあり、そこに着くまでに私は息を切らしていた。私たちはファンタスマ=グリスを椅子にすわらせた。トランクから出てきたときのままの姿勢が、すわらせるのに理想的だったのだ。もっともいくらか前かがみにはなっていた。前に倒れたら、砕けて床一面に散乱してしまうだろうと私は心配した。

「私がぶつけて足先がとれたとき、ファンタスマのスモッグはどうしてもれなかったんだろう? 中が空洞なのが見えているのに」と私は言った。

「チョコレートが牢獄になっているんだ」

私は分身のベッドのふちに腰をおろし、私の分身は窓際の小さなテーブルに向かってすわった。私たちの囚《とら》われ人は私と向き合っていた。一方、私の分身は窓の外を見ていた。「暗くなったらすぐ、そいつを処分しよう」

「どうして、夜がいいんだ?」と私は訊いた。

「それが、そいつを殺すやり方だからだ。暗闇の中でやるんだ」

私はドアから飛び出して逃げようかと考えながら、ファンタスマ=グリスの顔に目をやった。その白い仮面は嫌悪感をそそるものだった。頬骨が張っていて、卵の殻のようになめらかな頬は、以前、十五世紀の能面についての本で見たものと同じだと、私は気づいた。

窓の外の地平線に、細い赤い線があるのが木々の間からまだ見えていた。その赤い線の上には夜の闇がのっている。ファンタスマ=グリスは私に囁き続けていた。何かを伝えようとしているだが、何を言っているのか、私にはまったくわからなかった。

「さあ、今だ」と分身が言った。彼は銃を手に取り、撃鉄を起こした。「楽しもうぜ」彼は銃を私に向けた。

私は両手を上げ、視線をそらした。

「立て」

私は震えながら立ち上がった。

「そいつのところに行って顔を食え」

「腹はへっていない」と私は言った。

「行けといっただろう」と彼は言い、天井に向けて発砲した。

私は飛び上がり、次の瞬間にはファンタスマ＝グリスの隣にいた。

「そいつの鼻をかじって顔をめちゃめちゃにしてやれ」

私はかがみこんで口を開いた。だが、ホワイトチョコレートの鼻に自分の歯を立てるところを想像すると吐き気がした。そのとき、とても弱々しい声が聞こえた。「助けて、助けて……」私はオエッとなり、そっぽを向いた。

「顔を食えといっただろうが」と分身は言い、椅子から立ち上がって、こちらに突進してきた。私はファンタスマ＝グリスの右腕の手首を両手でつかみ、引き抜いた。チョコレートの腕を野球のバットのようにふり回すと、銃の台尻で私を殴りつけようとしていた分身の側頭部に当たった。無数の白いかけらが舞い上がり、飛び散るなか、私の分身はどさっと倒れた。銃が彼の手から飛んだ。私の本能的衝動は逃げることだった。しかし、隙を見て鍵束を取り戻さなくてはいけないと、私はずっと思っていた。

私は分身に飛びかかり、左のポケットを探って鍵束を取り出した。彼がそこにしまったのを見ていたのだ。立ち上がって走り去ろうとしたとき、分身が私の足首をつかんでひっぱった。私はよろめき、ファンタスマ＝グリスの上に突っこんだ。ファンタスマ＝グリスは私の下敷きになって床に落ち、粉粉に砕けた。倒れた椅子の脚に腹を突かれて、私は息が止まり、動けなかった。

私の分身の予言どおり、血を見ることになった。血は私の分身の口の隅からしたたっていた。彼は銃を拾って、私に銃口を向けた。「おまえにはうんざりだ」と彼は毒づいた。

ドアが開いてリンがはいってきた。「いったい何の騒ぎ？」両手を腰にあてて、彼女は言った。分身はすぐに銃をおろし、視線を床に向けた。

ようやく息のつけた私は、「ほら、ぼくの分身だよ。前に話しただろう」と言った。

「銃をこちらに」とリンは言い、まっすぐ分身のところに歩いていって、彼の手から銃を取った。「ふたりとも、どうしようもないお馬鹿さんね」

分身が言った。「おれの分身がおれのふりをしているんだ。こいつ、おれを殺そうとしたんだ。チョコレートの腕で頭を殴りやがった」

「違うよ」と私は言った。「こっちが本物だ」

リンは三歩さがると、警察ドラマでやるように拳銃をかまえ、一度、引き金を引いた。銃声が轟《とどろ》き、私は思わず目をつぶった。おそるおそる見ると、分身の額に丸い穴がきれいにあいていた。目は寄り目になり、口の両隅から煙が出た。彼は一瞬ふらついたかと思うと、前向きに床に倒れた。そして、その体は一部がぴくぴくしたり、全体的に震えたりした。

外の廊下からメイの声が尋ねた。「そちらはどう？　大丈夫？」

「申し分ないわ」とリンが叫んだ。それから、分身の体の向こうからこちらに回ってくると、再び銃の狙いを定め、さらに二発、分身の後頭部に撃ちこんだ。そして、分身の体の上に銃を落とすと、「さあ、ここを出ましょう」と言った。リンが手を貸してくれて私は立ち上がった。そして私たちはあの金鉱にいたときのように手をつないだ。階段にいたメイのそばを通り過ぎたとき、リンはふり返って、ありがとう、と声をかけた。

私たちは私の車に乗りこんだ。私は安堵の吐息をもらした。分身はもう永遠にいなくなったのだ。

「ふたりのうちのどっちが本物か、どうしてわかったんだい？」急いで縁石から離れると、私は尋ねた。

「それは問題じゃなかった」とリンは言った。「どっちにしても、あんな臭いスーツを着てるほうを家に入れるわけにはいかなかったわ」

「もし、選ぶのを間違えたら、どうするつもりだった？」と私は尋ねた。

「いいかげんになさい」と彼女は言った。「あなたのことならよく知ってるわ」そして、彼女は忽然《こつぜん》と消えた。

その夜の、もっと遅い時間のことだ。私がコーヒーをいれ、リンと私は居間のソファーの両端に分かれてすわっていた。「きょうぼくが誰に会ったか、きみには想像もつかないだろうな」と私は言った。

リンはコーヒーをひと口飲んだ。「誰？」

「きみの分身さ」

再びカップをもちあげようとしていたリンの動きがぴたりと止まった。やがて彼女の顔に、ほほえみが広がった。

「きみもドクター・アイヴィーに診察してもらわなくちゃね」

リンは首をふった。「弁解がましく聞こえるだろうけど、わたしが自分の分身を見たのは、あなたからあなたの分身の話を聞いたあとなのよ」

「どうして教えてくれなかったんだい？」

「自分も分身をもつようになったら、大した問題じゃなくなったの。あなたの気が変になったら嫌だなと思っていただけだから」

「つまり、きみはぼくと同じくらい、気が変だってことだ」

「そうね、わたしはわたしなりにね」

「でも、きみの分身はほんとうに頼もしかった。きみの分身はかっこいいのに、どうしてまた、ぼくのは、あんな嫌なやつだったんだろう？」

「考えてごらんなさい」とリンは言った。

私は考えた。私が考えている間に、リンは自分のスウェットパンツのポケットから、折り畳んだ紙ナプキンを取り出した。そしてそれを片手の掌《てのひら》に載せ、もう一方の手で開いた。親指と人さし指でホワイトチョコレートの耳をつまみあげると、紙ナプキンがひらひらと下に落ちたのは気に留めず、ひとかけら折って、私にくれた。私たちはコーヒーと一緒にそのホワイトチョコレートを食べた。食べながらリンが話してくれたことには、彼女が初めて自分自身を見たのは、クラクフの古城の、天井にコペルニクスの肖像があるチャペルの中だという。それはかつて私たちが、「世界の第九のチャクラ」を経験できると聞いて訪れた場所だった。

言葉人形

毎朝、私は裏道に車を走らせて町へ行く。トウモロコシの海を突っ切る狭い二車線道路を二十五キロ。ひび割れや補修あとのたくさんあるアスファルト道の両端には電信柱が立っていて、ずっと先まで続いていくが、遠くにあるほど縮んで見える。架線に鷹《たか》がとまっていることもある。三、四キロごとに農家がある。大抵は私たちが住んでいるのと同じような古家だ。冬には猛烈な風が何も生えていない地面を吹き抜け、車線にとどまっているのも一苦労だ。だが、夏は気楽だ。町で煙草を買って、ダイナーでコーヒーを飲みながら、新聞に目を通し、車を走らせてうちに帰る。そして家の裏のリンゴの木立の下で小さなテーブルに向かってすわり、短篇を書く。頭上の枝の間から日の光が射し、いつものそよ風が畑を渡って、私のところに吹いてくる。物語がよどみなく流れ出ているときは、餌台《えさだい》に来ている小鳥にも、うちの犬の首輪の飾りがチリンチリンと鳴る音にも、リンゴ園のすぐ先の菜園に飛ぶミツバチにも気づかない。物語の流れが滞《とどこお》ってしまうとき、私は緑の海をじっと見つめ、白昼夢に運ばれてその深みにはいっていく。

九月下旬のある月曜日、私はいつものように、町へ行く途中の道がカーブしているところにある古い建物の前を通りがかった。それはヴィクトリア朝様式後期のクイーン・アン様式の家で、網を張ったポーチにぐるりと取り囲まれ、青と白に塗られている。家自体はよい状態で維持されているが、裏手の納屋《なや》はところどころ屋根板がはがれ落ち、外壁の板もささくれて、ペンキがはげている。敷地内を鶏が歩き回っているのをよく目にした。雄鶏《おんどり》が危険なぐらい道路に近づいていることもあった。砂利をしいた私道への入り口を挟んで両側にある低い塀を、ブラックベリーの茂みが這っている。その日、車で通り過ぎたとき、その茂みが部分的に隠しているものがあるのに初めて気づいた。何らかの種類の看板のように見えたが、古びてくすんでいた上に、こちらの進む速度が速すぎて、はっきりとは見えなかった。

町からの帰り道では、減速して看板を見るのを忘れていた。だが、翌朝は目覚めと同時に、きょうはちゃんと停止して看板を調べようと思った。町との往復では、十回のうち九回までは、前後にほかの車がいることはない。その日もそうだった。私はそこに近づくにつれて減速し、看板の真向かいで車をとめて、よく見た――縦六十センチ、横九十センチというところだろうか。ブリキの板だ。くすんだ白地に黒い文字。錆《さ》びた柱にとめつけられている。ブラックベリーの藪《やぶ》が大きくなって一部を隠しているが、車をとめた位置から、何が書いてあるかを判読することができた。それにはこう書いてあった。「言葉人形博物館」。そしてその下に「開館時間　10時~5時　月~金」。

翌朝、起床した私は、車で町に行く代わりに、シャワーを浴び、白いシャツを着て、きちんとしたズボンをはいた。そしてコーヒーのはいったカップをもってリンゴの木立の下に行った。ものを書くことはせず、そこにすわって煙草を吸い、トウモロコシ畑を見ながら、言葉人形とは何だろうと考えた。その思いは深くなり、トウモロコシ畑の中心へと引きこまれていくかのようだった。十時半に車に乗りこみ、町に行く方向に走った。日射しがきつく、空は真《ま》っ青《さお》だった。トウモロコシは茶色くなり始めていた。もう夏の終わりだ。道路がカーブしているところまで来ると、私はためらわず、ヴィクトリア朝様式の家の砂利道にはいった。鶏たちは家の角のあたりに集まっていた。家はひっそりしていた。テレビもラジオも聞こえなかった。人がいたら、私がそこにいることに気づいてもらえるように、わざと砂利に足をこすりつけ、ゆっくりとポーチまで歩いていった。網を張ったポーチのドアの掛け金はおりていなかった。私はドアをあけ、中に向かって叫んだ。「ごめんください」

応答はなかった。それで私は中にはいり、ポーチのドアがばたんと閉じるのを聞きながら、家の正面のドアに向かった。ガラスの部分を三回軽くノックしてから、腕組みをして待った。ポーチをふちどるように植わっているライラックが強い香りを放ち、ポーチの一隅のロッキングチェアの上に吊るされたウィンドチャイムが網越しの微風に鳴っている。諦《あきら》めて立ち去ろうとしたとき、ドアが中に開いた。やや腰の曲がった痩身の老婦人が立っていた。ふんわりとした白髪に、大きな眼鏡。黄色い地に白い花柄の、ゆったりした前ボタンのワンピースを着ている。

「何かご用かしら？」

「言葉人形博物館を見学したくて来ました」

私の宣言に、彼女は一瞬、あっけにとられたようだった。上体を伸ばして、戸口の縦枠にそっとつかまった。「ご冗談でしょ？」と言ってほほえんだ。

「冗談じゃないといけませんか？」

とたんに彼女の物腰が変わった。落ち着きを取り戻したようだ。「ちょっと待って」と彼女は言った。「鍵をとってこないと。先に納屋のそばに行っていてくださいな」

私はポーチを離れた。鶏たちがぞろぞろついてきた。疲労困憊《こんぱい》した厚皮動物のように見える納屋の灰色の建物は、数度以上、南に傾いていた。道路から見ていたときには気づかなかったことだ。ドアは一番上の蝶番《ちょうつがい》だけでとまっている。家の裏からさっきの老婦人が出てきた。先が三叉《みつまた》になった杖をついて、裏庭のでこぼこの地面を歩いてくる。近づきながら、彼女は言った。「どちらからお越しなの？」

「遠くからではありません。毎朝、町へ行く途中でここを通ります。つい最近、看板に気づいたんです」

「ビヴァリー・ギアリングといいます」彼女は名乗って、手を差し出した。

私はその手をとり、握手を交わした。「ジェフ・フォードです」

私の脇を通って、おんぼろの納屋に向かいながら、ビヴァリーは尋ねた。「ミスター・フォード、言葉人形にはどういう点でご興味を?」

「何にも知らないんです」

「いえ、それでかまいませんよ」と彼女は言い、壊れたドアを開いた。

私はビヴァリーのあとについて中にはいった。彼女は足を引きずって、干し草の散らばる床の上を歩いた。屋根の裏の空間をアマツバメが飛び交《か》っている。屋根の穴からはいる光が、何本もの明るい筋となって暗がりの中に射している。納屋の片側には牛馬のための一頭ずつの囲いが並んでいるが、皆空っぽだ。反対側には農具をはじめとする道具類が収められている壁と、この広い納屋の一部を囲ってつくられた小さな部屋があった。「言葉人形博物館（Word Doll Museum）」と読める筆記体の焼き印を押し、ニスを塗った木の表札が、その部屋のドアにかかっていた。彼女はワンピースのポケットを探っていたが、やがて鍵束を取り出した。ドアをあけて、電灯のスイッチを入れると、脇へのいて、私を先に通してくれた。部屋は水色に塗られていた。壁面のそれぞれに、ひとつずつ窓があったが、その先にはむきだしのベニヤ板しか見えなかった。そして内側の窓下には、造花をさしこんだプランターがとりつけられている。

「おかけください」とビヴァリーは言った。私は部屋の真ん中にあるトランプ用テーブルの周りのふたつの椅子のひとつにすわった。彼女は苦労してもうひとつの椅子のところに行き、すわるというよりはむしろ、後ろ向きに倒れこむような動作をした。安定した姿勢になると、彼女はポケットからマールボロの箱と黒いライターを出した。そして前かがみになり、テーブルに片方の前腕をのせた。

「言葉人形のことだけど」と彼女は言った。

私はうなずいた。「博物館のことを尋ねられるのは、二十年ぶりぐらいよ」彼女は声をたてて笑った。右上の歯が一本、抜けたままなのが見えた。

「看板が道路からろくに見えないからですよ」と私は言った。

「看板は最後の頼みの綱」と彼女は言った。「地方紙のうちの三紙の『催し案内』欄に、永久不変のスペースをもっているの。年の初めに、一年分の広告料を送るのよ。それでも、誰も関心を示してくれないわ」

「大抵の人は、言葉人形と言われても、何のことやらさっぱりわからないんじゃないかという気がするんですが」

「それはそうね」彼女はそう言うと、煙草に火をつけ、ひと口吸うと、手にもった煙草で左の壁をさした。そこにはベージュのファイルキャビネットが三つあった。真ん中のファイルキャビネットの上には、笑っている金色の仏像がのっていた。「そこの九つの引き出しにあるものが、言葉人形の歴史の名残《なごり》のすべてよ。これは、その伝統の存在を示す決め手になる証拠の宝庫なの。わたしが死んだら、言葉人形についての知識は、歴史からほぼ拭い去られてしまうでしょう。ミスター・フォード、長生きしてくださいよ。あなたが言葉人形について考えた世界で最後の人になるかもしれません」

「そうですか。でも、言葉人形って何なのか、私はまったく知らないんですよ」

ビヴァリーは半分コーヒーがはいったカップに、煙草を突っこんで火を消した。そのカップは一週間前からそのテーブルの上に置かれていたもののように見えた。「話を始める前に、はっきりさせておきたいことがあります」と彼女は言った。「これはわたしが真剣にとりくんでいることなんです。わたしはオハイオ州立大学から博士号を授与されました。六十三年卒業のクラスです」

「わかっていますとも」と私は言った。「私も真剣に知りたいんです」

彼女は少しの間、目を閉じてじっとしていた。それから、深呼吸をひとつした。「〈言葉人形〉は〈野良《のら》友だち〉と同義です。このふたつの語は互換性があります。その存在は人類学的な時間尺度で見れば非常に短く、また、非常に局限的です。この儀式はおおざっぱに言って、現在のわたしたちの郡の境界線の中の地域にだけ見られました。それは十九世紀半ばに生じました。それが時を経て廃《すた》れるまでの間に、かかわりをもった家系は、せいぜい五十ないし六十でしょう。その起源について誰も定かには知りません。わたしが大学院にいた頃、聴き取りをした女性たち——皆さん、当時八十代、九十代でしたが、その中には、その現象はヨーロッパからもちこまれたものだと断言する人たちがいました。それでわたしは、ヨーロッパのどこからですか、と訊きましたが、誰も答えられませんでした。ほかに、一八三〇年代にメアリー・エルダーという女性から始まったのだという人たちもいました。メアリー・エルダーは、未亡人《ザ・ウィドウ》という呼び名でも知られた人で、わたしのキャビネットの中にも彼女の写真が一葉あります。でも、彼女がこの伝統の創始者であると考えるのは、さまざまな理由から無理なようです。

とにかく、当時は——というのは、一八〇〇年代の半ばからしばらくの間のことですけど——このような農村地域では、子どもが一定の年齢になると、畑に送りだされて秋の収穫に参加しました。六、七歳になる頃には、日の長い季節の夜にまで及ぶ長時間、野良での重労働に加わったのです。子どもたちにとっては慣れるのが難しいことでした。わが子がわがままで、何時間もの間、労働に集中する根気がないという農夫やその妻たちの嘆きが、当時の書き物の中にたくさん残っています。それまで本気で働いたことのない子どもをどのように訓練して、収穫の季節を乗り越えられるようにするかは、よくある問題だったようです。それで、その問題を解決するために、誰かが言葉人形というアイディアを考えだしました。手短に言うと、子どもの肉体が手元の仕事をしている一方で、子ども自身は想像力の世界に逃れることができるようにするというものです。

それを考え出した人が誰であれ、心理学者といってもいいぐらい、人の心に通じていたのでしょう。人々はそのアイディアに合わせて儀式をつくりました。それを土着の文化の一部にするには賢明なやり方でした。そういうわけで、収穫のときが来たら初めて野良に送り出されることになる子どもは、九月、大抵は秋分の頃、人形職人の訪《おとな》いを受けることになっていました。人形職人は夜、みんなが就寝したばかりの時間に、ランタンをさげ、仮面をかぶってやってきます。わたしの知る限り、人形職人は変装をした女性であるのが普通でした。ドアをノックする音が三つ、そしてまた三つ。両親が起き上がって、それに応じます。やがて子どもは促《うなが》されて暗い部屋にはいり、暖炉のそばにすわります。人形職人はすでにそこにいて、子どもと向かい合った席にすわっています。彼女の手は青く、チェーンや大きな指輪で飾られていたと報告されています。その指輪は紅玉髄《カーネリアン》に飛翔中の天使の姿が刻まれたものだったそうです。人形職人は頭部を覆うフードが縫いつけられた黒いベルベットのガウンに身を包んでいました。そして、仮面は――また別の由来をもつものでした。

誰の意見でも、その仮面はこの地域の農家のどれかの土地から掘り出されたものだということでした。それは金壺眼《かなつぼまなこ》で、鼻筋が曲がっていました。そして大きな楕円形の口がかっと開き、尖った歯がずらりと並んでいるのが見えました。それは、イロコイ族の〈偽りの顔《フォールス・フェイス》〉の古い仮面で、掘り出されるまでに百年、地中にあったかもしれません。シナノキでできていて、へりが腐っていました。農夫のひとりがそれを白く塗りました。ここまでお話ししたら、この慣行にコミュニティー全体が協力していたのだと、そろそろおわかりいただけたでしょうか？」

「子どもたちを除く全員がかかわっていたんですね」と私は言った。

「ええ、人形職人の秘密は、子どもたちに知られないよう固く守られていました。当節、サンタクロースの名のもとに行なわれていることについてよりも、ずっと厳格に」

「ということは、子どもを怖がらせたかったのでしょうか？」

「怖がらせるというよりは、畏怖《いふ》の念をもたせたかったのでしょう。人形職人は贈り物をもってやってくる、というのが約束事だったのですから。人形職人の見た目と目的の相反する性質が、強い緊張をもたらしたのは間違いありません」

「フォールス・フェイスの仮面については何かご存じですか？」

「フォールス・フェイスは癒し《ヒーリング》にかかわる儀式を行なうイロコイ族の結社です。この結社に加わるには、ふたつの方法があります――彼らに癒《いや》されるか、彼らに加わるべきだという夢を見るか、です。実際のところ、フォールス・フェイスの仮面は、言葉人形の伝統とは無関係です。人工遺物《アーティファクト》がほかの文化によって借用され、ほかの目的に使われたに過ぎません」

「なるほど。ところで、子どもは暖炉のそばに人形職人とともにすわって……」

「ええ、両親は部屋から出ます。それから、わたしが大学院時代に、その儀式の体験者から聞いたところによれば、人形職人は子どもに、怖がらないように言います。彼女はその子に、畑に連れていける人形をつくってやるのです。それは子どもが厳しい労働に従事している間、想像力の世界での遊び相手になってくれるものです。人形職人は自分の体の前に、両手で鉢《はち》の形をつくります。こんなふうに」ビヴァリーは実際にやってみせてくれた。「それから、かがみこんで、仮面の口が自分の両掌《りょうてのひら》の真上にくるようにします。ほら、こんな具合に」彼女はそう言って、その姿勢を示してくれた。

「その声はいわば、かすれた囁《ささや》き声で、わたしが聴き取りをした人たちのうち、よく聞こえたとか、完全に聞きとれたとか言う人は、ひとりもいませんでした。ある女性が、仮面の下からもれた言葉のうちの、長い人生の間覚えていた一節を暗唱してくれました。ちょっと待ってくださいね。ちゃんと言えるかどうか確認するわ」

ビヴァリーが思い出している間に、私は煙草を取り出し、彼女に示した。「構いませんか？」と私は尋ねた。彼女はうなずいた。私は煙草に火をつけ、灰皿代わりに使うつもりで、コーヒーカップを引き寄せた。彼女は両手をあげ、指をぱちんと鳴らした。「なんとか、行けそうよ。昔は、しっかりと記憶していたものだけれど。一篇の詩のようなものなの。年のせいで、すっかり頭がとっちらかってしまったわ」彼女はそう言って、にっこりした。

ほんの一秒、ビヴァリーは黙っていた。そして視線を泳がせたあと、私を強い目で見つめた。「**緑色の海。うねる波が寄せ来る下の深み。鯨《くじら》たちに、八本の長い脚をもつぷにゃぷにゃ頭たち。彼らに目を配りながら、大きな船が滑るように進む。そして、舵輪を回すモス船長は……**。彼女が覚えていたのは以上です。でも、彼女が言うには全体は──『人形からのお話』と呼ばれるものの全体は、しばらくの時間、続いたそうです。わたしが得た平均的な長さは十五分というところでした。人形職人は最後の言葉を言い終えると、手を盛んにこすり合わせ、それから子どものほうに両手を伸ばして、両耳に蓋をしたとのことです」

「そうすることで、それらの言葉を子どもの頭の中に入れたということでしょうか？」

「そうだと思うわ。とにかく、その晩から、子どもは自分の想像力の世界で、言葉人形をもつのです。それには名前があって、姿があって、それに多少の経歴もあるんです。子どもが働きながら、言葉人形と遊べば遊ぶほど、言葉人形は明確になっていき、夢や記憶と同じように細部をもつようになりました。言葉人形は皆、一音節の名前をもち、その名に職業がくっついています。船長のモスとか、狩人《かりゆうど》のブロット、乳搾《ちちしぼ》りのメイ、教師のポル、といった具合です。船長を与えられた女性は、海を見たことはなく、年長者やこのあたりを通り抜ける旅人から海の話を聞いたことがあるだけだ、とわたしに言いました。船長は大冒険家だとわかった、とも言っていました。子ども時代を通して、そして大人になってからも、年をとってからも、彼女は彼の航海に何度もついていきました。わたしが聴き取りをしたもうひとりの人は――この人は男性でしたが――事務員のフィックを与えられました。けれど、畑で働きながら、事務員のフィックの毎日を追っていくうちに、この言葉人形は徐々に変化して、色っぽい女性になり、踊り子になったそうです。もう何年も彼女のことを考えていない、と彼は言いました。『彼女は今でも私と一緒にいる。だが、私は農場を去ったときに、彼女をしまいこんだんだ』と」

ビヴァリーは杖をついてゆっくりと立ち上がった。ファイルキャビネットのところまで歩いていくと、かがみこんで、左側の二番目の引き出しをあけた。そして中に手を伸ばし、ひとかかえもあるものを取り出した。「手伝いましょうか」と私は尋ねた。「ええ、お願い」と彼女は答えた。私は彼女のそばに行った。彼女に手渡された第一のものは、話に出てきた白いフォールス・フェイスの仮面だった。次に渡されたのは、木の柄のついた錆びた鎌。「これでいいわ」と彼女は言い、杖で引き出しを閉めた。そして私たちはテーブルのほうへ戻った。

「まさか、あなたがこの仮面をおもちだとは」私は仮面をおろして言った。そして仮面の隣に鎌を置いた。

ビヴァリーは腰をおろして、腕に抱えていたものをテーブルの上にのせた。「その仮面は簡単に手にはいったの。こっちには、ほんとうに苦労して探し出したものが多いのよ」彼女はテーブルにのせた品々の中から、一冊の古い本を引っ張りだすと、それを開いて、ぱらぱらとめくり、大きな長方形の厚紙を取り出した。彼女はそれを裏返し、私の前に置いた。襟の高い黒い服を着た女性の肖像だった。髪は真ん中で分け、きつくひっつめている。眼鏡は丸眼鏡だ。いかめしい表情をしている。

「〈ザ・ウィドウ〉ですね?」と私は尋ねた。

ビヴァリーはうなずいた。「銀板写真なの。フィルムに焼きつけたものではなくて。一八五〇年代に撮られたものよ。嫌な女に見えるわね。以前は、ビニール袋に入れていたんだけど、こういうもの全部を保存するのは大変で、もう何年も前から、手抜きをしているわ。いずれ朽《く》ちてしまうのだと諦めてそれを受け入れたの。わたし自身もいずれ朽ちていくのだと諦めたのと同時にね」

「お話も蒐《しゅうしゅう》集された資料も、大変興味深いです」と私は言った。

「夫がわたしのために、この部屋をつくってくれたの。これらを収蔵するために。彼は心から応援してくれたわ。彼が亡くなるまでずっとそのことが、わたしがこれを続ける支えになっていました。彼の一族は、一時はこのあたり一帯を農地として経営していたのよ」

「オハイオ州立大学で人類学の博士号を取って、それから農家に嫁いだんですか?」

「おっしゃりたいことはわかるわ」と彼女は言って、笑い声を立てたが、その笑い方には翳《かげ》が感じられた。「心底、惚れあっていたの。それでも、第二のマーガレット・ミード*になりたいという思いは残っていたわ。とはいえ当分はサモアに行ったりはできないとわかっていた。それで、地元を注意深く見て、これを発見したの」彼女はテーブルの上の品々の上で、小刻みに震える両手を動かした。

それから一時間ほどの間、彼女に聴き取りの記録の一部や、古びた革装の日記帳の記述を読んでも

* 一九〇一 - 一九七八。米国の文化人類学者。サモアでのフィールドワークが有名。

らった。それらはすべて、言葉人形のイメージの強固さを証拠立てるものだった。言葉人形はその人が育つとともに育ち、心の中で話しかけてくれ、行ったことがないところに連れていってくれる。個個の例について聞くうちに、奇妙極まりない詳細が浮かび上がってきた。ある女性は三十歳のとき、日記にこう書いた。コックのグレイと遊んできた長い年月の間、一度も彼が裸のところを見たことがないが、彼の睾丸《こうがん》がひとつしかないのを見なくとも知っている。彼の一番の得意料理はオポッサムのローストにキャベツを添えたものだ。自分は家族のために料理するときにしばしば彼のレシピを利用する。また、聴き取りを受けた別のひとりはこのように語った。自分の言葉人形は、教会の執事のトゥルーで、夫の言葉人形は最初は大工のサイだったが、どういうわけかバーテンダーのジョンに変化し、やがて夫婦の愛情がなくなる原因になった。書類の中には、ある農夫が野良友だちとの間の三十年にわたる口喧嘩について詳述した手紙もあった。すでに引退していた彼は、自分が良い時も悪い時もがんばってやってこれたのは、ひとえに、この口喧嘩のおかげであると述べている。

やがて、ビヴァリーの言葉が途切れた。彼女は煙草に火をつけ、椅子の背にもたれた。「突拍子《とっぴょうし》もない話だと思うでしょ」と言って、床に灰を落とし、ほほえんだ。

「これにはどんないわくがあるんです?」私はそう言って、テーブルから鎌をもちあげた。

ビヴァリーは瞬《まばた》きをして、唇をすぼめた。そして「刈り取り人のマンク。あれがすべての終わりだった」と言った。

「言葉人形の儀式の終わり、ということですか?」

ビヴァリーはうなずいた。「一八八〇年代の初期には、言葉人形はまだ地域文化の一部でした。何もなくても、二十世紀が迫ってくるのを目の前にして、あとどのくらい続いていたかはわかりません。でも、その最後となった年の夏に、ある晩、牧師館の納屋から火が出たのです。牧師の妻の馬車の馬が焼死しました。誰もがエヴロン・シムズという少年を疑いました。彼は以前、火をつけているところをつかまえられたことがあったのです。牧師は少年の両親をよく知っていたので、その犯罪に対する処罰を求めないことに決めました。わずか一週間後が秋分で、秋分が来たら、エヴロンは人形職人の訪問を受けることになっていました。そして、人形職人が来ました。

六〇年代にわたしが聴き取りをした人たちの中に、この少年を知っていて、一緒に育った人たちがいました。彼が自分の野良友だちは刈り取り人のマンクだと語ったのを、そのうちの複数の人が聞いています。マンクは目が隠れるつばの広い麦藁帽子《むぎわら》をかぶり、作業着のシャツにズボン吊りをしていて、手はタコだらけで、大きな鎌を携《たずさ》えているということでした。つまり、人形職人がエヴロンにつくってやったのは、野良で働くことが職業である言葉人形だったということになります。そして、わたし自身が発見したことですが、その人形職人は牧師の妻にほかならなかったのです。エヴロンの言葉人形について彼女がそういう選択をしたことに悪意があったとは断言できませんし、エヴロンが、最初に与えられた言葉人形を変化させなかったとも言い切れません。とはいえ、もし彼女がわざと、野良で唯一、彼の心の慰めになるべきものを、労働そのものにしたのだとしたら、それは冷酷なやり口だったといえるでしょうね」

私は鎌を見下ろして言った。「後味のよい終わり方になりそうにないなあ」

「あわてないで」ビヴァリーは交通整理の巡査のように手を突き出して、私が先走るのを止めた。「収穫が始まり、エヴロンはあなたが今見ている鎌をもたされて、畑に送られました。そして干し草にする草を刈り取らなくてはならない大きな区画を割り当てられました。衆目の一致するところ、彼はただちに仕事に取りかかり、何かにとりつかれたような猛烈な勢いで働きました。日没までに、その畑はすっかり刈り取りが済み、エヴロンは紫色の顔をして、口の隅から泡を吹いていました。厳格な人である彼の父親さえも、起こっていることを見て心配しました。父親はこう記しています。『子どもが働きすぎて困るような事態を目にすることなんて決してないと思っていたが、きょう、私はそれを見た。なんと私自身の息子、エヴロンがそうなったのだ。私は彼を誇らしく思うべきなのだろうが、その光景は誇らしいものではなかった。むしろ、おぞましいとでもいうべきものだった』。

その最初の収穫以降、エヴロンが刈り取りをしているところを見ようと、人々がわざわざ、エヴロンの家の農場のそばを通り過ぎることがしばしばありました。彼らはエヴロンが日射しを遮《さえぎ》るためにつばの広い麦藁帽子をかぶるようになったことに気づきました。牧師が世を去ったとき、彼の残した書類の中に、エヴロンの刈り取りについて書いた説教の原稿がありました。題材のわりにはずいぶん洗練された書き方で、予想されるように、エヴロンの鎌を死神の鎌に関連づけています。ところが、ページの途中で、牧師は言葉が続けられなくなってしまったようです。そのあとは、紙にマークが――たくさんの円と十字、それに単純な太陽がひとつ――描かれています。そして、一番下に彼はひと言記しました。『エレハスト』と」

「何ですか、それ?」私は尋ねた。正確に聞きとれたかどうかも自信がなかった。

「エレハストは、オランダの民間伝承に起源をもつ存在です。超自然的な生き物、たとえば、野や森が人の形をとったもののような。もっともそういう関連づけをしたのは、牧師だけでした。地域の人たちのほとんどは、エヴロンは単に頭がおかしくなったのだと信じていました。三年収穫に参加して、彼の表情はますますぼうっとしてきて、言葉数も少なくなりました。働いていないときは、ずっと身じろぎもせず、すわっていて、目を閉じ、風のにおいをかいでいました。次の冬、彼が牧草を運ぶ荷馬車の、ブリキでおおった木の車輪のひとつを交換する作業をしていたとき、車軸が折れて車体が落ち、彼の左脚の骨が折れました。ほんとうの厄介ごとが始まったのはこのときからでした」

「彼が働けなくなったから？」と私は尋ねた。

「そのとおりです。彼をベッドに縛りつけておかない限り、牛馬の世話をしたり、道の雪かきをしたり、凍《い》てつく夜の納屋に小さな火を絶やさないようにしたりしようとするのを止めることはできませんでした。彼は自由になろうともがきました。地元の医師は阿片《アヘン》チンキを処方し、安静にして骨折を治さなくては、二度と畑に戻れないぞと言い聞かせました。そういうわけで、エヴロンは何か月もの間、朦朧《もうろう》とした状態にされていました。その一方で、一八八三年のその冬は、あるよそ者が、大抵は遠くからでしたが、少なからぬ数の人々によって、霧がたちこめる中、刈り取りの終わった畑を足を引きずって歩いていくのを目撃されました。鎌をもち、つばの広い麦藁帽子をかぶっていたといいます。目撃者たちは、あれはエヴロンに間違いない、と言いましたが、わずかながら、この人物に近づいた人があって、よぼよぼの不気味な年寄りの男だとわかりました。

ある日、エヴロンの父親が、遠くの風景の中をその老人が動いているのを見ました。父親は馬に鞍《くら》をつけて乗り、会いにいきました。父親は日記にこう書いています。『私はその不気味な老人と向かい合い、あんたが歩いているのは私の畑だ、と言った。風が冷たかったが、彼はコートを着ておらず、日雇いが着る夏の服だけを身に着けていた。いったい、何を探しているのか、と私は尋ねた。老人はしわがれた声でどなるように言った。「仕事だ。私は働きたいんだ」私は今は真冬だよ、と言った。老人は悪いほうの足をひきずって、憤然と立ち去った。そのときすでに、雪が激しく降り始めていて、私はあっという間に彼を見失った』」

「すばらしい記憶力をおもちですね」と私は言った。

「このことを全部、誰かに話したくて四十年間待っていたんですもの」とビヴァリーは言った。「あとはかいつまんでお話しするわね。すでにずいぶん長くお引き留めしているから」

「急がなくていいですよ」
「手短に言うと、それからわずか二、三日後の午後、刃物で切られてばらばらになった牧師の妻が、教会の会衆席で発見されました。あのよそ者のしわざに違いないと誰もが思いました。捜索隊が組織され、その男たちは馬に乗って野良に出かけ、よそ者を捜しました。夜になるとたいまつを掲げました。何も生えていない広い畑を隔てて遠くに彼がいるのを見ることは何度もあったのですが、その場所に行くと必ず、姿を消しているのでした。ところが、彼はあと二回、人を襲ったのです。ひとり目は十五歳の少女。シムズ家から道路沿いに三キロ余り行ったところに住んでいました。彼女の死体は、馬の飼い葉桶《おけ》にはいっているのを発見されました。首が深く切られていて、人々が凍った血の中から彼女の体をもちあげたとき、頭部がちぎれて落ちてしまったぐらいでした。ふたり目は農夫で、彼の体は四輪荷馬車の座席にすわったまま、ずたずたに切り裂かれていました。賢い馬たちが雪原を歩んで帰ってきたので、雪の上に赤い筋が残りました。

子どもたちはその殺人者を、エヴロンの野良友だちにちなんで刈り取り人のマンクと呼びました。殺人者とエヴロンの野良友だちとの間に関係があることを誰もが感じとっていました。けれども朦朧とした状態で自宅のベッドに縛りつけられている少年に、これらの殺人の責任があると考えるのは無理なことでした。冬が終わり、春になっても、人々は幻のような殺人者を追い続けました。彼は何か月も姿を現さないかと思うと、ひょっこり現れて目撃されました。畑仕事が再開され、春の終わりにトウモロコシや小麦が伸びてくると、彼を追跡するのは、ますます難しくなりました。舗装されていない道路を彼が渡っているのを誰かが見かけても、たちまちトウモロコシ畑にはいって見えなくなるのでした。

収穫のときがとうとうやってきて、エヴロンは畑に刈り取りにいくのを許されました。彼の脚力がまだ心もとなく、わずかですが足をひきずっているのが、誰の目にもわかりましたが、エヴロンは鎌を手にもち、小麦を刈り取りに畑に出たのでした。父と母と姉、医師と近隣の農夫がひとり、エヴロンが、風に吹かれて波うつ琥珀《こはく》色の海にはいっていくのを見守りました。エヴロンの姿が目撃されたのは、このときが最後になりました。人々が見つけたのは、その鎌だけでした」ビヴァリーは両手を組み合わせて膝の上に置き、ため息をついた。

「家出したんですね」

「そうね、たぶん」とビヴァリーは言った。「でも、続きがあるのよ。十九世紀の残りと二十世紀を経て、二十一世紀にはいって今日まで、人々はこの土地を耕してきました。地質学者がオハイオ氷食平野と呼ぶこの地は、国内でも指折りの肥沃《ひよく》な土地です。そしてその長い期間を通して、農家の二階の窓から外を見ていた人が、遠くの畑のトウモロコシの間を動いている奇妙な人影を見つけることがよくあったのです。帽子をかぶった人影、鎌をもってゆっくり歩くかかしのような人影をね。今の人たちは、この幻を単に『刈り取り人』と呼んでいるわ。ミスター・フォード、あなたもここに長く住んで、農家の人たちと親しくなったら、誰かが『刈り取り人』の噂をするのをきっと耳にするでしょう。真冬のある決まった夜に、風のうなり声にまじって、彼が労働をもとめて泣くのが聞こえると言われているのです。寒い朝、目覚めて、前夜には閉まっていたガレージのドアが開けっぱなしになっていたら、それは刈り取り人がそこで寒さをしのいだ証拠なのです」

　ビヴァリーは立ち上がって、書類や古い日記帳や銀板写真をファイルキャビネットのところにもっていき、中にしまった。私は仮面と鎌をもっていった。彼女は仮面は受け取って、元通りにしまったが、私が鎌を渡すと、「いえ、これは差し上げます」と言った。

　あんな話を聞いたあとだから、自分がそれを欲しいのかどうか確信がもてなかった。だが、結局、礼儀正しくありたいという気持ちから、私は彼女にありがとうと言った。彼女は車のところまで送ってきてくれた。私は彼女と握手を交わし、車に乗りこんだ。「あなたが最後の人よ」私が車を出す前に、彼女はそう言った。私は家に着くとすぐ、あたりを見回して鎌のしまい場所を探した。まったくどうかしていたと思うが、私はそれをガレージの大きな冷凍庫の中の、菜園の作物を凍らせたものの下に押しこんだ。その不気味さを凍らせてしまいたかったのだと思う。

言葉人形博物館とギアリング老博士のことは一週間やそこら、私の心に引っかかっていた。それで私はリンゴの木立の下にすわって、トウモロコシ畑を見つめるとき、黒っぽい人影がトウモコシの列の間を動いているのが見えないか確認した。何も見えなかった。外にすわっているには寒くなってきた上に、農夫のフランクがコンバインを使ってトウモロコシを収穫し始めたちょうどその頃、私は宗教画家についての短篇のアイディアを得た。その画家は、悪魔の真の姿を見いだして肖像画に描くための旅に出るように、高位聖職者から命じられたのだった。それは比較的長い作品で、私の想像力の世界は、それでいっぱいになってしまった。第一稿を書き終える頃には、畑には何もなくなり、私は家の中にはいるしかなかった。その短篇を見直すと、大幅に手を加える必要があるとわかり、結局、仕上がったのは冬のさなかだった。

ようやく原稿が、送ることのできる状態になって喜んだその晩——この冬一番の冷えこみの晩だった——私は刈り取り人のマンクの夢を見た。夢の中で、私はベッドから出て窓のところに行った。夢の中も夜で、部屋の灯《あか》りは消えていた。けれども満月だったので、リンゴ園と菜園の向こうにある何も生えていない畑で、雪におおわれた地面を人影が移動しているのが見えた。湾曲した刃が古い時計の振り子のように揺れ、ぎらりぎらりと光っていた。かなり離れているにもかかわらず、泣き声が私の耳に、ベルのように明瞭に聞こえた。そして、それにこもる苦悩の重さに、私は目が覚めた。

翌朝、煙草を買いに出て、あのカーブを回ったとき、言葉人形博物館を擁《よう》するあの灰色の納屋が瓦《が》礫《れき》となってくすぶっているのを、私は目にした。前日見たときからのいつかの時点で焼け落ちたに違いない。焼け焦げた残骸から、まだオレンジ色の焔《ほのお》があがっていて、裏庭や畑に煙がもくもくとたちこめている。嵐雲《あらしぐも》が地上に降りてきたかのようだ。私はすぐに、ビヴァリーが煙草の灰を床に落としていたのを思い出し、ほぼ同時に、エヴロンの放火癖を思い出した。そのとき、彼女が家の前の雪の積もった芝生にいるのが見えた。杖は見当たらない。丈の長い青いネグリジェに、汚れたピンクの室内履き。風に乱れる白髪に、私はぞっとした。砂利道にパトカーがとめてあり、警察官がボールペンとメモ帳をもって彼女の傍らに立っている。事情を聴いて書き留めようと待機しているのだろう。だが、彼女はただ、遠くを見つめている。悲しみに満ちたその顔は青白く、フォールス・フェイスの仮面のように歪んでいる。通り過ぎながら、私は理解した。こういうふうに終わったのだな、と。言葉を失った人形職人がそこにいた。

理性の夢

有名な光の研究者であり、大学都市ヴェルダンチの郊外の丘の上の私設展望台〈ダーク・シー（Dark See）〉で外界から隔絶した生活を送るアマニタス・ペラルには、自然界の観察に献身し、科学者として聖人の域に達した人だという評判があった。その一方で、鏡の前で、チョークの粉をまぶした自分の顔を何時間も見つめ、太腿まで伸ばした髪を、複雑な結び目や縦ロールを駆使して、思念を具現化した独創的な都市にも似た高層建築に仕上げる、極めて虚栄心の強い男だとあしざまに言う人々もいた。この謎めいた科学者ペラルはふたつの理論をもっていた。そのひとつは「遠くの星々はダイヤモンドでできている」であり、もうひとつは、「物質は光が速度を落としたものにほかならない」であった。ある晩、天文台にいて、世界最大の望遠鏡の接眼レンズに到達するために梯子《はしご》に登ろうとしていたとき、彼の頭の中でこのふたつの理論が衝突した。その結果として、花が開くような、ゆっくりとした爆発が生じ、そこから、驚くべき実験のアイディアが姿を現した。彼はすぐに机のところへ行き、のちに〈理性の夢〉という名で知られ、多大の影響力をもつことになるこの研究のための方程式を書きあげた。

ペラルはすでに、光の減速についてのさまざまな実験を行なっており、カルコニウムやテルスス・マルゴリウムのような重い気体を低温に保つと、その中を日の光が進む速度は、精密な歯車装置のセンサーによって記録可能な程度まで低下することを発見していた。彼をかの有名な実験へと導いた想像力の飛躍のもとになったのは、日光の代わりに星の光を用いれば、その光ははるか遠くから非常に冷たい気体の満ちた空間を旅してきたものであるから、減速がさらに著《いちじる》しくなるだろうという考察だった。ペラルの考えでは、星々はダイヤモンドであり、私たちの太陽の光を反射している。ゆえに星まで行って、減速を伴う反射作用を経て、それからまた戻ってくる間に、光は著しく減速しているはずである。彼は一歩踏み出して、次のように考えた。物質になるのに十分なほど星からの光線を減速することができたら、その光線はダイヤモンドの微粒子を生み出すのではないか。それが最後に触れたものは、星なのだから。

ペラルの研究テーマが世に知られると、ヴェルダンチ大学は熱望して、研究費を提供した。ペラルは四十歳という遅い年齢にして、光速に打ち勝つという問題に没頭した。四年間、ペラルはさまざまに気体を変え、それを冷やすために大量の氷を用い、実験をくり返した。そして光は、止まりかけている時計仕掛けのように少しずつ減速した。〈理性の夢〉プロジェクトの四年目の晩夏に、彼は星からの光の速度を、進路を肉眼でとらえて記録できるくらいに減速した。そして秋にはある希少な気体——牛糞から吸い上げられ、それを集めた農家の人々によって〈ばば霧《ぎり》〉と名づけられた気体によって大躍進がもたらされた。ペラルは非常に年取った女性が歩く速度まで、光を減速できたと報告した。

この時点でペラルは、気体によってできることはすべて達成したと述べた。しかし、実験の最終段階として、遅い光を物質に変える方法を考案しなくてはならなかった。ペラルは硝子《ガラス》のチューブを巡らした大きなスタジアムを思いついた。硝子のチューブの中には特別なカーブをもつ鏡が設《しつら》えてあり、光線は何千もの同心円の円弧を巡るようになっている。膨大な距離を旅したのち、冷却されたばば霧の中を通って減速されたばかりの光が、硝子チューブのトラックのつながった円を回るうちに、いつしか終わりが来てダイヤモンドの微粒子になる。この解決策の唯一の問題は——ペラル自身わかっていたことだが――このようなチューブを擁《よう》するスタジアムを建設するには、イシュヴュ大陸全体と同じくらいの敷地が必要になるだろうということだった。

ペラルの研究は休止状態になった。星の光が命を終えて物質に変わることを可能にするのには、膨大な数のつながった同心円からなる嵩高《かさだか》いトラックが必要だということは、彼自身が数学的に証明していた。そのようなトラックを擁するに十分な容積があり、しかも建設可能な程度にこぢんまりした光罠《ひかりわな》（彼は自分のノートの中で、その論理上の装置をこう呼んでいた）を、実際に物理的存在としてつくりだすことが、どう考えても不可能であるがゆえに、彼の思考は挫折したのだ。この問題はパラドックスだった。彼の想像の世界で、それはセンプレジアの神話に登場する双頭の怪物、フラッカスの形をとった。古《いにしえ》から伝わる物語では、英雄マリアンナが剣をふるい、この忌まわしい怪物の片方の首を斬り落として、もうひとつの首に取り組むが、ふたつ目の首を斬り落としている最中に、最初の首が元通り生えてくる。この神話を知らない人は、ひと太刀《たち》で両方の首を斬り落とせば、簡単に解決すると思うかもしれない。しかし、フラッカスは長くてくねくねする蛇の体をもっていて、首は体の両端についているので、ひと太刀での解決は不可能だ。神話では、美しい女神にして戦士であるマリアンナが常にフラッカスと闘い、ひとつの首を斬ってはもうひとつの首を斬っていて、そのおかげで人類は、この怪物がもたらすであろう混乱から護られているのであるが、そのことはペラルにとって大した慰めにならなかったに違いない。

何年も経ってから、ペラルの従僕であった信頼に値するエリフ・アービトンが報告したところによれば、ペラルはこの問題を巡って重い鬱《うつ》状態に陥ったという。ペラルは通常よりもはるかに長時間、鏡を見つめて過ごした。ときには、凍りついた考えを頭から追い出そうとするかのように、拳《こぶし》でこめかみをたたいた。夜、火のともった蠟燭《ろうそく》を手にして展望台の中を部屋から部屋へとさまよっている姿も見られた。何を求めてさまよっているのか、アービトンが尋ねると、目を閉じていて明らかに夢遊病状態のペラルは、幽霊が自分に呼びかけて囁《ささや》き声で光罠の解決法を告げるのを聞いた、とぼそぼそと伝えた。「私には彼女の言っていることの一部しか聞きとれない」とペラルは言った。「彼女はここにいる。私は彼女を見つけなくてはならない」ペラルは両眉を剃《そ》り落としていて、チョークの粉で真っ白な顔の左目の上にだけ、アーチというよりは上向きの矢印の先端の山のように見える眉が、黒い鉛筆で描かれていた。それに気づいたとき、アービトンは主人は気がおかしくなりかけていると悟った。大学の有力な科学者たちの一団がやってきて、休暇を取ることが必要だとペラルを説得した。

　アマニタス・ペラルの姿が初めて、大陸じゅうのあちこちで見られるようになった。それらの目撃情報はいずれも見間違いようのない彼の風体の描写を伴っていて、おそらくは信用のおけるものであろうとわかる。ウフディクトの南海岸沿いにあるリブルドスの町のカフェ経営者は、歴史研究者にこう語った。「ああ、人形の家《ドール・ハウス》を頭にのっけたみたいな突飛な髪型をした男なら、毎日、午後遅くに来ましたよ。歩道にすわって夕日を見ていました。〈甘き薔薇の耳《ローズ・イアー・スイート》〉の瓶を次から次へとあけてね。空が暗くなって星が出てくると、そそくさと立ち去りました。でも曇っているときには、私らが追い立てるまでいましたよ。星が輝きだすと逃げるように去るのはなぜか、と一度訊いたことがあります。彼は私のシャツの襟《えり》をつかんで、私の顔を自分の顔の前まで引きつけて言いました。『星は私を騙すからだ』ってね」ペラルはインデル・レイヴンの大きなダムで、数字をいっぱい書きこんだ書類のページを引きちぎっては、その紙切れを眼下でごうごうと音をたてて落ち、泡だっている水の中に投げ入れているのを目撃されたこともあった。光が物質に変化することを願っていたペラルが、自分自身、ウィンタースパイス常用者に変化したという噂があちこちから伝えられた。彼はこの麻薬を吸うのに特別なパイプを用いたそうだ。そのパイプは、吸い口はひとつだが、ぐねぐねした柄《え》の先に火皿がついたものが、左右に突き出ていて、木彫りのふたつの火皿はフラッカスの頭そっくりなのだという。

展望台を去り、大陸じゅうを巡る旅に出てから一年余り経ったある朝、ペラルはクレイヴィー・バイ・ザ・シーという町にいた。彼はウィンタースパイスでハイになった状態で、〈内海〉の岸辺をよろよろ歩きながら、ターコイズ・ブルーの波がピンクの砂に寄せては砕ける心安らぐ眺めに見入っていた。天気は上々で、空は真っ青だった。太陽がまぶしかった。やがて彼は疲れ切って砂の上にすわりこんだ。この時点で、もう何か月も光罠のことを考えていなかった、と彼はのちに自叙伝に書いている。あの実験への関心は長い間、眠っていたのである。さて、彼は今、穏やかな気分になり、過去をふり返っていた。旅から旅への暮らしを続けた愚かさや、探していた答えを見つけられないことについて抱いた深い自責の念に思いを馳せた。彼は自分の思考パターンを見直し、不安であるがゆえに、こみいった立ち回りを考え、さまざまに絡み合った計画を抱き、頑《かたく》なな自責の思いにとらわれる、その複雑さに驚いた。そのとき、青天の霹靂《へきれき》のように、ある考えがひらめいた。星の光線の減速の最後の段階を担うのに十分なコンパクトさと大きさを併せもつ光罠になりうるのは、人間の精神だけだ。「世界のことを考えよ。宇宙で自転する球である世界のことを。それから太陽のことを、そして星々との間の暗い隔《へだ》たりのことを考えよ。同時に、そのすべてについて考えよ。何の苦もなくできるはずだ」光の研究者ペラルは〈ダーク・シー〉への帰途、そのように書いた。エリフ・アービトンはペラルに書類の束を渡された。その書類には、台所の下働きに用意させるべき特別な食事の詳細や、毎日日の出の時刻きっかりに主人を起こせという指示が記されていた。ペラルは実験の最終段階に向けて気力体力を回復するために、二週間の真の休暇を自らに与えた。毎朝、敷地内を歩き回り、プールで何往復も泳ぎ、皮をむいてカットしたチャリフルーツとひと椀《わん》のドスト麦のふすまを朝食に食べ、窓を覆い、心を集中させるために蝋燭一本だけに火をともした書斎で瞑想した。午後は光学の計算をしたり、ハードン・バイラットの哲学書『蓋然《がいぜん》的希望の度合いが決定要因になるとき』を読んだりする。夜は鏡を避けて就寝し、彼の部屋のすぐ近くでチェリストが奏でる美しい讃美歌を聞きながら眠る。

いよいよ、ライフワークに再び着手する日が来た。ペラルはエリフ・アービトンを呼び、ヴェルダンチ市に行って実験の被験者になってくれる人を見つけるように命じた。「報酬は向こうの言い値どおりに」とペラルは言った。「この仕事にはリスクがあるし、いずれ死んだときには、遺体の解剖をすることになるという点も了解してもらわないといけないから」彼はアービトンに、被験者に選ばれた人に署名してもらうためのひと組みの契約書類を預けた。アービトンはうなずき、丸めた書類を脇に抱えて出立した。彼は馬に乗り、もう一頭の馬を引いて、町の一日が動きだす前に到着した。アービトンが接触した人々にとって報酬の金は大きな魅力だったが、それにもかかわらず、彼の任務遂行は難航した。アービトンが発見したことには、ペラルが自分の展望台を〈ダーク・シー〉と名づけたことに、ヴェルダンチの司教が腹を立てていたのだった*。その名は、ペラルが、展望台の主《あるじ》である自分が光の研究のために夜じゅう、真っ暗な宇宙を見つめていることに着目し、冗談のつもりでつけたものだったが。ガズブラック司教がペラルに対して「シー」は司教区の意味にしかとれないと指摘し、この命名について非難したとき、ペラルは面と向かって嘲笑したという。それで、ガズブラック司教は司教区の人々に、魂を失う恐れがあるから、ペラルには近づくなと警告したのだった。

そうこうするうちに午後になったが、ペラルのために被験者になる契約をしてくれる人は見つからなかった。アービトンはまだ行っていなかった最後の地区を目指した。そこの崩れかけた建物や舗装されていない通りの中で、彼は存在すら忘れていた〈負債者監獄〉に行きあたった。そのみすぼらしい建物を見て、彼は安堵の吐息をもらした。こうして、彼はその暗く悲惨な場所から、エンチュ・ジェナワという若い女を救い出した。エンチュはひどい環境にもかかわらず、まだ健康を保っている女性で、良い被験者になりそうだった。容貌も目の輝きも、貧しさによって損なわれてはいなかった。監獄長は、エンチュが亡父の残した負債のせいで刑期を勤めねばならないのは、王国による犯罪であると考えていて、彼女に対する親切心から彼女をアービトンに推薦したのだった。アービトンが取引をもちかけたときエンチュが尋ねたのは、再び日の光を見ることができるのか、ということだけだった。アービトンがうなずくと、彼女は契約書に署名した。そしてアービトンは彼女の負債を完済し、監獄長にも手間に対する謝礼を少々渡した。アービトンが娘を真っ暗な監獄から遅い午後の光の中へ連れ出すと、彼女はまぶしさに目を覆った。

日がとっぷり暮れた頃、アービトンとエンチュは〈ダーク・シー〉に到着した。ペラルは自分の未来の被験者がどのような人物か、胸をわくわくさせて、彼らの着くのを待っていた。研究にとって良い被験者を得ることが非常に重要だったので、彼は神経がぴりぴりしていて、それを鎮めるために、かねて手になじんだパイプをもち、ふたつの火皿にウィンタースパイスを入れてくゆらせた。この実験の経緯について書かれたものの多くが、ロマン主義の小説のように、ペラルとエンチュ・ジェナワがお互いを見たとたん、彼は彼女に心を奪われた、などと述べている。しかし、アービトンが報告し、ペラル本人が記録している事実は、そのようなつくりごとに何の根拠も与えない。エンチュは新たな雇い主の前に連れてこられ、型どおりに、膝を曲げて挨拶した。ペラルはうなずき、彼女のほうに身をかがめて、たったひと言、「円」と言った。それからアービトンに、娘を台所に連れていって食事をさせ、そのあと彼女の部屋に案内してやれと指図した。

アービトンが扉を押し開いて、部屋に入れてやると、エンチュはにっこりほほえんだ。自分のため

＊　シー（see）には司教区の意味がある。

の部屋が美しく整えられ、内装も印象的だったからだ。壁には黄色の地に小さな赤い円を散らした柄の壁紙が張られ、丸いベッドの向こうの窓も、舷窓のように丸かった。直づけの照明具は皆、球形で、敷物も円形、クッションもテーブルも椅子も丸かった。「まあ、すてき」とエンチュは言った。ほんの数時間前まで、自分の区画に敷かれた藁《わら》の上で暗闇に包まれて横たわり、左の足首に鎖をつけられて飢えていたのが、嘘のようだった。エンチュは監獄に一週間しかはいっていなかったが、一日に二度腐りかけた薄粥《がゆ》をもってくる片目で巨軀《きょく》の看守に、遠からず強姦されるに違いないと確信していた。そういったことを皆、背後に捨ててきた今、彼女に求められているのは、アービトンの指示する簡単な仕事を果たすことだけだった。「アマニタス・ペラルは、あなたにできるだけ円のことを考えてもらいたいと言っています」というアービトンの言葉に、エンチュは朗《ほが》らかに笑った。「ひと晩じゅう、円のことを考えます。必要なら、夢にも見ます」「大変結構です」とアービトンは言い、彼女を部屋に残して去った。

翌日、朝食後に、エンチュの個人教師がやってきた。エンチュはその男に引き合わされた。長身瘦軀の紳士で、面長《おもなが》でのっぺりした顔に眼鏡をかけ、ラベンダー色のジャケットとズボンという出で立ちだった。年寄りなのか若いのか、エンチュにはわからなかったが、彼のつるつるの禿《は》げ頭の輝きが、彼女のまだ過敏な目には少々つらかった。「ミスター・ギャロウです」と男は名乗り、笑みを浮かべた。エンチュも自分の名を名乗った。アービトンがふたりを勉強部屋に案内した。この部屋も、何もかもが円だった。彼女がすわる椅子があり、それと向かい合う机の後ろに教師がすわり、教師の後ろに黒板があった。授業は、ミスター・ギャロウの指導のもとに、一時間にわたって「円」という単語をくり返し唱えることから始まった。次いで十五分の休憩があり、それからもう一時間、同じ語を唱えた。今度はそれとともに首を回し、目をぐるぐるさせるのだった。昼食の前に、さらに二時間、彼女は人差し指で空中に円をかくことを教えられた。ミスター・ギャロウは彼女を励まし、円が歪んで楕円やもっとひどい形になったときには叱りもした。昼食後には短い息抜きとして、ふたりとも外に出て、屋敷の敷地内で大きな円をいくつも描いて歩いた。それからふたりは勉強部屋に戻り、そこでエンチュは黒板に円を描き、それから、円の哲学についての講義を受けた。「真実は円の終点にある」と教師は言った。エンチュがうなずくと、教師は見るからに嬉しげだった。

毎晩、自室にさがる前に、エンチュはペラルの書斎に連れていかれた。そこで、ペラルは双頭のパイプにウィンタースパイスを詰め、一緒に吸うようにエンチュを促《うなが》した。この夜の面会の間、ペラルがエンチュと会話を交わすことはなく、時折、「円」という言葉を唱えては、彼女に復唱させるだけだった。こうして麻薬を体内に取りこんでから就寝すると、エンチュはほんとうに円を夢に見た。突《とっ》拍子《ぴょうし》もないさまざまなイメージが次から次に現れた。O《オー》の文字を発音する口、ころころ転がる目玉、火の輪に氷の輪、円形の競技場でエンチュ自身と脚のあるドーナツとの間に繰り広げられる熾烈《しれつ》な競走。アービトンの報告によると、この若い女性はどちらかというと授業を楽しんでいた。あるとき、彼女は、円のことばかり考えているのは楽しいことだと、彼に言ったという。かつての生活で、いくら考えても惨《みじ》めな結末以外に予想できず、あがいても何の解決も見いだせなかったことを思えば、円のことを考えるのははるかに心安らぐことだ、と。

ある日の昼食後、エンチュはギャロウとともに勉強部屋に戻るよう指示される代わりに、ペラル自身に連れられて、彼の寝室のクロゼットに連れていかれた。そこには洋服掛けが二台あり、たくさんの婦人服――フォーマルなドレスとカジュアルなドレスの二種類――が掛かっていた。何着でも好きな服を選びなさい、選んだ服はたった今からきみのものだ、とエンチュは言われた。夜には、いつものように、ウィンタースパイスの煙とペラルによる単純で単調な「円」の暗示があった。

エンチュの精神が、光が旅するための円形の通り道を擁する大きなスタジアムに変容していく一方で、ペラルは展望台で懸命に働き、望遠鏡の接眼レンズから、冷却したばば霧の待つ気体室まで光を通すように、外側を黒く塗った硝子チューブの棹《さお》を組み立てた。光線はいくつもの気体室を経て、別の小さな部屋へ行き、一本の管を通って、想定されている光罠に導かれることになる。ペラルは、光を実験に用いるのにちょうどよい星を求めて、何時間も夜空を見つめて過ごした。やがて、彼は完璧な星を見つけたが、それは直接的な観察からではなく、彼のもっている星図帳からだった。たまたま、ある夜、ほかの天体についての情報を探していた彼の目に、マリアンヌスについての記述が目にとまった。この星はとくに明るい星で、晩夏から見え始め、秋の間じゅうずっと見ることができる。その説明には、神話も紹介されていた。この星は、戦士にして女神であるマリアンナが今も勇敢にフラッカスと闘い続けていることを人類に示すために、夜空に輝いているということのようだった。「これで決まりだ」ペラルは自分の発見と最終的な選択について記したあと、そう書いた。

実験のための装置の調整と円についての授業にそれぞれ明け暮れて二か月が過ぎた。だが、この準備期間における〈ダーク・シー〉の日常の詳細についてはほとんど知られていない。わずかに残っている証拠のひとつは、エンチュが妹に向けて書いた手紙の断片である。これはヴェルダンチ古文書館に収蔵されているエリフ・アービトンの古い書き物にまじっていたのを、昨年発見されたばかりのもので、偽造だと考える人もいる。だが、私は内容から考えて、本物だと考えてよいと思う。読者の方々のために、ここに転載しよう。**円、円、円……。わたしの頭は回転してる。わたしの心は回転してる。わたしの夢は竜巻で、わたしの話す言葉は輪になっている。いろんな考えがわたしの頭の内側をぐるぐる回って競走する。テムキンの古い競技場のトラックを走るホフマンハウンドみたいに。わたしはわたしの先生のミスター・ギャロウを愛してる。彼は光る頭をした、不幸せな飲んだくれ。でも**

わたしはそこに惹かれているの。毎日、彼はわたしに贈り物をくれる。大きなのや小さいのや、たくさんの円を。近いうちに、彼にわたしの円をあげたいわ。旦那さまの従僕は焼き餅をやいているみたい、旦那さまは気がついてなくて……

氷点下に冷えこんだ最初の晩、ペラルはエンチュの部屋に行き、彼女が来てから毎晩しているように、火皿ふたつ分のウィンタースパイスを彼女と分かち合った。だが、その晩の彼女は、いつもしていたように単にもうもうと煙を吐き出すのではなく、煙の輪をいくつも吹き出した。これこそ、ペラルが待ちに待っていた兆候だった。彼は喜びに満ちた筆致でこの出来事を記録し、その末尾に「いよいよ、私たちは始める」と書いた。翌日、アービトンは、ヴェルダンチに行って荷車十台分の氷が夕方に配達されるよう手配することを命じられた。エンチュはその日の授業を免除された。彼女はピクニックランチをもって森に行くことにした。ミスター・ギャロウも一緒だった。ペラルは夜明けから夕暮れまで、計算を見直したり、硝子チューブのすべての継ぎ目を確認したりするのに忙しかった。彼は暦《こよみ》を調べ、その晩の天気が晴れかどうか確認した。晴れるだろうということがわかった。そして、次のように言う者もいる。その夕方、エンチュがディナーの時間に間に合うように戻らなかったので、ペラルは彼女を探しに外に出た。そして彼女とミスター・ギャロウが一緒にいるのを見つけた。ふたりは固く抱き合ってキスをしていた。ペラルに見られているのに気づくと、ふたりはぱっと離れた。「私たちは舌で円を描く練習をしているのです」とギャロウは雇い主に対して叫んだ。ペラルは「円」と叫び返して、天文台に戻ったと伝えられている。

実験が再開された。観測室のそばの小さな部屋の、高い平らな台の上に、エンチュは腹這いに横たわった。喉を伸ばし、顎先は台の表面に置かれていた。彼女の顔は、短い透明チューブの先端と向かいあっていて、チューブの開口部は、介在物なく、彼女の左目に接していた。頭部の周りにストラップがつけられ、ストラップから伸びている二本の爪の先がまぶたの内側にさしこまれていた。これはかつて囚人を眠らせない拷問に用いられていた「目押さえ」と呼ばれる装置で、瞬《まばた》き反応を不可能にする。アービトンとペラルはエンチュの両側に立った。「幸運を祈ります、旦那さま」とアービトンは言った。「われわれの運がよいとしても、この実験は運に左右されるものではない」とペラルは答えた。ペラルは懐中時計を再度見て、その星が算出された角度まで上昇する時刻になったことを確認すると、壁の穴を通って巨大望遠鏡の接眼レンズのシャッターにつながっている紐を引いた。

紐が引かれてから、光が現れるまでの時間は、アービトンによれば五分間だった。ペラルは自分が予言したとおりの四分四十五秒であったと述べている。それは輝く糸のようなもので、透明なチューブの中をエンチュの目に向かってじりじりと進んできた。針が肉を刺すように、それは水晶体を文字通り突き破った。虹彩がぷるぷると震え、髪の毛のように細いひと筋の血が流れた。光がはいってきた瞬間、エンチュは火がついたかのような悲鳴をあげた。エンチュの体が小刻みに震え、アービトンは彼女のほうに手を伸ばした。ペラルは「二秒待て」と彼を押しとどめた。アービトンは、のちに、あれは自分の生涯でもっとも長い二秒間だったと語った。必要な時間が過ぎると、ペラルは自ら、エンチュを台から抱き上げ、彼女の部屋へ運んだ。彼女は意識がなく、すでに高熱を発していた。光の研究者とその従僕は、ひと晩じゅう、彼女のベッドのそばにすわり、濡らした布で額を冷やしたり、口に水を滴らせて飲ませたりした。アービトンはのちに語っている。自分は彼女が死んでしまうだろうと思っていて、体がぶるぶる震えたが、まさにそのとき、「彼女の頭の中に星の光がある」とペラルが言った、と。

エンチュは夜明け前に目覚めると、目の後ろで火花が炸裂していて頭がすごく痛いと訴えた。それからまた、浅い眠りに落ちた。午後に再び目覚めたとき、彼女は痛みのあるようすを少しも見せなかったが、まったく表情を欠いた、奇妙な、鈍《にぶ》い顔つきをしていた。「円」という言葉を、ペラルは彼女に対して一時間の間、くり返した。だが、それを見るのにうんざりしたアービトンは、使用人と主人との間の身分の隔《へだ》たりを超えて、もう放っておいてやりましょう、と言った。ここで、アービトンはこの実験の歴史から姿を消す。ペラルが彼を即座に解雇したからだ。そのとき、ペラルはまったく感情を表わさず、「おまえはクビだ」とだけ言った。アービトンは、「しばらく茫然《ぼうぜん》と突っ立っていた」と語っている。だが、ペラルが再び、「円」という語を唱え始めると、アービトンは〈ダーク・シー〉での自分の仕事は終わったのだと悟った。彼はその部屋から出て荷物をまとめると、薄暮《はくぼ》の中、鞄を携えて丘をくだった。

これから先は、ペラルが書いたものに基づいて、真実だとされていることを追っていかねばならない。彼の記録によれば、エンチュが全体的に朦朧《もうろう》とした状態以上の意識レベルを回復することはなかった。手を引かれれば歩き回ることができ、時にはしゃべりもした。しかし、完全に覚醒しているように見えることはなかった。「わたしは競走をしています」と突然大声を出すかと思うと、「わたしの魂《たましい》はくらくらしています」と泣きそうな声で言う。ペラルの記述によれば、両手を彼女の頭にあてると、星々のエネルギーで頭がぶんぶん言っているのがわかったという。実験の翌日の晩、エンチュが就寝してから、彼は日記に、次のように書いた。「彼女の状態は、一生今のままかもしれない。私が愚かにも見落としていたことがひとつある。彼女は私より、ずっと若いということだ。この実験の結果を見ないうちに私が死ぬ可能性は高い。手立てを講じなくてはならない。早く結果を知ることができ、しかもその過程で、あの気の毒な娘の状態を改善できるかもしれない方法がひとつあるのが、私にはわかっている」この文章に続いているのは、エンチュがばば霧に包まれてはいっていられるような容器の綿密な設計プランだった。

ここからの〈理性の夢〉の物語は、さまざまな憶測を呼ぶだろう。残念ながら、信頼するに足る情報はほとんどない。この、前のものよりも大きな気体室の設計プランのあとには、白いページを横切って、ただ一語、「おぞましい」と乱暴な筆跡で書かれているだけだ。起こったことの証拠になりそうな出どころの確かなものには、ほかに、イサク・ハディスタの発言がある。彼は狩人《かりゆうど》で、この実験が有名になってから何年も経ったあとにインタビューに答えて、ペラルに雇われ、展望台の背後の森に出没する奇妙で危険なものを退治するよう頼まれたと語った。「その旦那は髪型が崩れてずり落ちていた」とハディスタは言った。「沈みかけている船のように。旦那が言うには、おれが狩るべきものは、見かけは若い娘のようだが、実際は、その旦那が実験に失敗したために放たれてしまった悪霊だということだった。『そいつを撃つときは、決して頭を撃たないでくれ』と旦那は真剣な顔で言った。頭を撃つとその女の中の古代の霊が空気中に出て、おれの中にはいり、魂を乗っ取ってしまうのだという。『心臓を撃ち抜いてくれ。それが唯一の方法だ』と旦那はおれに言った」

ハディスタは雪の降りしきる中、森に出かけ、冬枯れの白い木々の中を進んだ。地面に雪が積もっているので、その娘の足跡をたどるのは容易だった。夕暮れの暗がりの中から娘がよろめきながら出てきて、悲しげな呻《うめ》き声をあげながら、木から木へと、幹に当たっては、はねとばされるように動いた。ハディスタによると、彼女の肌は淡い緑色だった（それは彼女がばば霧の中でかなりの時間を過ごしたためだという人もいる）。彼女は狩人の存在を感じとったらしく、雪に覆われた小道を歩み、彼に近づいてきた。片手を前につきだし、「助けて」と叫びながら。「おれは悪霊の企《たくら》みに騙されはしなかった」とハディスタは語った。「ライフルをもちあげ、娘の心臓を撃ち抜いた。そして、もう一度、心臓を撃ち抜くとすぐ、娘は倒れて死んだ」指示されたとおり、娘の死体をかついで展望台へ戻る道は「真っ暗で、星明かりだけが頼りだった」と彼は回想した。

ペラルはエンチュ・ジェナワの脳を解剖した。その際の発見は、彼を驚かせた。彼があると思っていたダイヤモンドの微粒子は存在していなかったが、そこに存在していたものが、星々の本質と宇宙の形成についての彼の概念全体を、一瞬のうちに変えた。あの若い娘の脳の灰白質の中心に、ダイヤモンドの代わりに彼が見出したものは無であった。ペラルは実験結果報告書の中に「無」と記した。「当然知っているべきことであったが、これが事実である」そしてのちに〈理性の夢〉と名づけられたこの実験から、人類は星々が無から——硬く、きらきらした無のかけらから——できていると知ることになった。宇宙論研究者たちは今や、すべての始まりのときには無があり、宇宙がにわかに活気づいたとき、その無は砕かれて、暗闇の中にぶちまけられ、太陽と地球に場所を譲ったのだと知ることになった。科学は進歩をとげ、ペラルはヴェルダンチ大学においてたたえられ、報酬金と表彰状を授与された。

　これ以降の一切の実験を不要にしたこの実験のあと、ペラルは研究生活から引退し、かつていたことのあるリブルドスの町に行った。彼はそこで毎夜、カフェに通い、〈ローズ・イアー・スイート〉をがぶ飲みした。ウィンタースパイスを用いることもふえ、ほんの数年で、げっそりとやつれた。髪もちりちりで嵐雲のようにもつれて肩にかかっていた。晩年には神秘主義者になり、自分は霊界とコンタクトできると主張した。長時間にわたる自動筆記で彼が記録した向こう側の世界からのメッセージにおいて、霊たちは、星々は太陽のような、燃える気体の巨大な球である、と彼に告げた。このようなさまざまな妄想によって、彼の理性は押し出され始めた。彼は負債者監獄で生涯を終えた。そこでは完全に気が狂っていて、ぶつぶつひとり言を言いながら、軸の細い片足旋回《ピルエット》を際限なく続けていたという。

夢見る風

夏と秋が同じベッドにいて、日焼けして疲れ切った夏がうとうとと眠りに落ちていく傍《かたわ》らで、秋がコオロギの声と頬をかすめる最初の落ち葉の優しい感触に目を覚ます――そんな短い時期に、毎年必ずやってくるのが〈夢見る風〉だった。どこか北の遠いところから吹き寄せ、どこか南の遠いところへ向かうその風は、通り道のあらゆる場所に、ありえないことが起こったことを示す議論の余地のない証拠を残した。

この大風の通り道の直下にあるほかの町々同様、私たちの町リパラも、〈風〉が通ることで起こる不可解な変化を免《まぬが》れなかった。私たちはできるだけの準備をした。その準備とは、心の準備と頭の準備だった。というのは、床下にもぐりこんで毛布をかぶっていても〈風〉から隠れることはできなかったからだ。窓を板で覆っても、ドアの下の隙間にタオルを詰めても、灯《あか》りを消しても、鉛《なまり》で内貼りした棺《ひつぎ》に飛びこみ、蓋をしめても、いささかの違いも生じなかった。何をしても必ず〈風〉に見つけられ、〈風〉の思うがままにされるしかなかった。

そういうわけで、毎年、大抵は八月の下旬か九月初旬の真っ青な午後、耳聡《みみざと》い人たちが、木々の葉っぱが枝の間でこすれあって音をたてているのに気づいた。最初は囁《ささや》き声に過ぎなかったその音が、やがてせせらぎのような音になる。今や誰もがはっとし、ほかの人たちに警告しなくてはと思う。「風だ。風だ」という叫びが町の通りを行きかう。私たちの保安官、ハンク・ギャレットが事務所を兼ねた自宅の屋根の上の台に登り、手回しサイレンを鳴らして、畑に出ている農民に、混沌《こんとん》の風が来るぞと警告する。リパラの住民たちは皆、急いで家に帰る。防御策を講じるような力はないが、奇妙な試練の重荷を、愛する者たちと分かち合い、子どもたちが、これがいつまでも続くわけではないと確信できるように励まそうと心に決めて。

心臓が一回打ち、瞬《まばた》きひとつすると、〈風〉が私たちを襲った。〈風〉は若木を折り、窓をがたがた揺らし、町の広場で塵《ちり》の柱を旋回させる。〈風〉は、この町にずっと前から吹いていたかのように、私たちの生活のすみずみにまではいりこんだ。地下の根菜貯蔵室に降りて頭上の分厚いオーク板のハッチの閂《かんぬき》をかけ、暗闇の中に身を潜めていたとしても、〈風〉の音は聞こえた。ひとたび聞いてしまうと、顔にも、うなじにも、腕にも〈風〉が感じられるようになる。まるで目に見えない物質に抱きしめられているみたいに。このとき、あなたは知る。〈風〉があなたを夢見始めたのだと。

〈夢見る風〉の名はそれを最初に聞いたときの印象以上に、〈風〉の本質を表わしている。夢とは何か？　眠っている頭にとって、信じることができる程度に日常に基づいている状態でありながら、同時にどんなことでも起こりうるし、実際に起こってしまう場所である。この風が引き起こした驚異や心打ちひしぐ恐怖についての証言は、山ほど記録されている。だが、ここでは私自身がかかわった事例の一部を挙げるにとどめよう。

人間の体は、〈風〉のお気に入りのおもちゃらしかった。〈風〉の不気味な作用が肌の色を、虹を構成する色のいずれに変えるのも、私は見たことがある。体が溶けて、ほかの形に変わるのも見た。頭がカボチャのようにふくれあがったり、脚が伸びて家々の屋根を越えるほど背が高くなったりするのだ。舌が裂けたり、ナイフに変わったり、目が焔《ほのお》を放ったり、風車のように回ったり、破裂したり、鏡になったりするのも見た。おまけにその鏡には、変容した私の姿も映っていて、その姿はトキの頭に火蜥蜴《サラマンダー》の体だったこともあるし、月をかたどったブロンズ像だったこともある。妻のライダと結婚した年には、ライダの長い髪がそれ自身の精神と命を得て、毛束が食器棚からカップをつかみとり、床に叩きつけた。私が十歳のとき、当時の町長ジェイムズ・ミアシュ・ジュニアがゴシン通りを走った際の姿は、肩の上に尻が載っているというもので、そのズボンの尻からはくぐもった叫び声がもれていた。

眼が顔から滑り落ちて掌《てのひら》に落ち着く。口が膝頭《ひざがしら》に旅行する。脚のあるべきところに腕があり、踝《くるぶし》の下に肘が続く。鼻のあるべきところに親指があり、耳のあるべきところで、人差し指がぴこぴこと動く。人間が緑色の猿やロバや犬になる。犬が猫の首を生やし、脚は工作用モールになり、しっぽはたちまちソーセージの連なりに変わり、その先っぽには、噛《かじ》りつく顔がぶらさがっている。小さな女の子から皺《しわ》だらけの老婦人まで、同じ一族の三代の女性が黒い羽根を生やして空に昇り、教会の尖塔の周りを回って、ガアガア声で外国語の詩を朗唱したこともある。ヒンチ牧師が部分的に豚になり、女性教師のメイヴィス・トースの体は椅子に、頭はランプの笠になった。でもこれは……起こったことの百分の一にも満たない。というのは、〈夢見る風〉の本質である無尽蔵の創造エネルギーと狂気そのもののような天才ぶりを言葉で包括するのは不可能だからだ。

肉体が大きく変化した人々が、内面は元の自分のままなのに、外面的にはまったく異なるものになってしまったことに対して、恐怖と苦悩の声をあげていたとき、彼らを取り巻く風景もまた変化していた。記録的な突風によって枝から解放された木の葉は縞模様の魚の群れに変わり、全体がひとつの精神を共有しているかのように空気を突っ切って進んでいった。そして木々はゴムに変わって大きくたわんだり、キリンの長い首になったりした。雲が紫色の綿飴《わたあめ》のようになってゆっくりと降りてきて、煙突にぶつかって跳ね、巨大な転がり草《ターンウィード》のように転がった。通りが生命を得て、ずるずると滑ってよそへ行った。窓がウィンクした。家々は硝子玉《ガラス》になってはじけ、千枚の花弁をもち、ドアや屋根のついている薔薇《ばら》の花になった。草原は決して緑のままではなく、空も決して青ではなく、ほかのさまざまな色に変わった。ときには、粘度が変わって水のようだったり、ジャムのようだったりした。一度などは、金色のガスになって、それが私たちの呼気を凝集させ、亡くなった身内の幽霊を形作った。幽霊たちは町の広場でコンバルーを踊った。そしてこれらのことすべてが、硝子の割れる音、ブリキの縦笛の音、くしゃみ、釘抜きが緑黒板から釘を引き抜く音、マンモスのため息、渦を巻いて排水官に流れこむ水の音など、無数の音からなる不協和な交響曲に伴われているのだった。

混沌と雑多、現実全体のしっちゃかめっちゃか状態――〈風〉の作用は二、三時間続いた。そして生じたときと同じくらい速やかに消えた。風力がどんどん弱まっていくと、それにつれて〈風〉の狂気が変化した。人々は〈風〉が来る前の自分に戻り始めた。通りは申し訳なさそうにこそこそと、本来の道筋に戻った。家は家らしさを取り戻し、雲は色が抜けて、本来の白くふわふわしたものに戻り、降りてきたときと同じようにゆっくりと、空に昇った。〈風〉はリパラよりも南の町々の善良な人々の生活を混乱させるべく、夜には移動を終えているのが常だった。

「どうしてまた、あなたがたのご先祖たちは、それが毎年起こるとわかったあともよそに移らず、その場所に留まったのでしょうね？」と訊く人があるかもしれない。それに対する答えは単純だ。リパラに来て、自分の目で見てくれれば、ここが世界で一番美しいところだとわかるだろう。大きな青い湖。狩りの獲物の豊富な奥深い緑の森。肥沃《ひよく》で耕しやすい土壌の農地。それに、〈風〉の進路から逃れようとすれば、西へ行くか、東へ行くかしかなかっただろうが、西は砂漠だし、東は海だ。そう聞くと、こんな風に言う人もいるだろう。「まあ、終わり良ければ、すべて良しってことでしょうね。〈風〉が通り過ぎたら、何もかも元の状態に戻るとわかっていたのだから」そのとおりだとも言えるし、そうでないとも言える。どういうことかと言うと、大抵の場合、それは真実だった。自分自身が伸びたり、縮んだり、一時的に悪夢のような生き物に変わったりする困惑に数時間耐えれば、一年の残りの時間はまったく快適に暮らせた。ただし、それはあくまでも大抵の場合のことだ。

非常にまれではあるが、〈夢見る風〉自体が南に去ったあとも、〈風〉のいたずらが残ることがあった。町はずれに古いオークの木がある。その木は真夏に奇妙な黄色い果実を実らせる能力を得たあと、その能力を失わなかった。その実は上質の磁器のように脆《もろ》く、大きさはハネデューメロンぐらいだ。熟すとすぐに落ち、地面に当たって割れ、小さな青い蝙蝠が孵化《ふか》する。その蝙蝠は二週間生き、野ネズミを食う。そしてもうひとつ。ヤング家のおばあさんのおしゃべりオウム、プディング大佐《カーネル・プディング》は、〈風〉の気まぐれな指に触れられて以来、頭をヤングおばあさんのひ孫の赤ちゃん人形の頭とすげ替えられたままだ。それは小さな可愛いビスクの顔で、青い硝子の目にはまぶたがあって、瞬きもするし、寝かせれば目を閉じる。オウムはその頭になってもまだしゃべっていたが、キーキー声の発言の前に必ず、録音の再生であるかすれた声で「ママ」と言うようになった。

オウムが少々当惑しているだろうということを除けば、このふたつの事例では、大した害はなかった。それでも、オークの木とオウムの例が示した、変化が弱まらずに永久に続く可能性はリパラの住民たちの心に残り、毎年夏が終わりに近づくと、その不安が絶えず意識にのぼり、ふくらんで、すべての妄想のうちで非常に大きな割合を占めるようになるのだった。数時間の間、腕が羽根ぼうきで脚が人参の、山羊《やぎ》頭の道化になることと、その状態で残りの人生を過ごすこととはまったく違う。〈夢見る風〉はいたずら好きで、気が触れていて、めちゃくちゃで、危険をもたらしかねない存在だった。〈夢見る風〉が、そういうのとはまた違う別な存在になりうると、過去の何世代にもわたって、そして私の長い人生のほとんどにおいて、私たちが考えたことは、ほぼなかった。

ところが、数年前、この奇妙な風は通常とかけ離れたことをして、〈風〉のむちゃくちゃなふるまいに慣れている私たち老練者にさえ衝撃を与えた。その年も、長くてのどかな夏の終わりが近づき、真っ青な昼と涼しい夜が心に強い印象を残す頃、楡《にれ》の葉が丸まり始め、第一陣のコオロギたちが鳴きだして、彼らの冬の夜話を語り始めた。私たちは皆、自分たちなりのやり方で、いたずらな事象の、年に一度の来襲に対して覚悟を固めた。神に祈りを捧げる者もいた。〈風〉は確実に来るが、それと同じぐらい確実に通り過ぎるのであり、私たちは再び、リパラの生活の普通の喜びを味わうことができるのだと、口に出して言うことで、ほかの人を安心させ、それによって、自らを安心させる者もいた。ギャレット保安官は毎年してきたのと同じ手だてを講じた。彼はしっかりした子どもを三人選んで、一日に十セント硬貨一枚を払い、放課後、数時間、森のきわに立って、せせらぎの音が梢《こずえ》の間を通り抜けて聞こえてこないか、耳を澄ましているように言いつけた。町のどこの家庭でも、〈風〉が来たらどこで待ち合わせるか、どの部屋に集まって困難のときをしのぐか、どんな歌を歌ってみんなの恐怖感を和《やわ》らげるか、計画を練った。

何事もなく八月の終わりが来て、何事もなく過ぎていった。〈夢見る風〉の到来への不安は、この遅れによって一層高まった。私たち年寄りは若い者たちに、〈夢見る風〉は遅くとも九月の第二週の半ばまでには来ると経験的にわかっているが、〈風〉は指図によって動くものではなく、自分自身の考えをもっているものであることを肝に銘じよと教えた。この時期、そよ風にカーテンがはためくたびに、また、強い風がタンポポの綿毛を吹き散らすたびに、人々の血圧は上がり、うなじの毛は逆立った。九月第一週の半ばまでに、間違いの警報が四回も出された。ギャレット保安官は何度も屋根の上まで登ったせいで、元々弱いほうの膝が悲鳴を上げ始めた。屋根の上で寝袋にはいって寝たほうがいいかもしれないな、と保安官は冗談を言った。

九月の第二週が終わる頃には、人々は神経をすり減らし、かっとしやすくなった。子どもたちはささいなきっかけで泣きだした。〈風〉を待ち受けることで生まれたぴりぴりした雰囲気のせいで、リパラは〈風〉が到来してもいないのに、いささか常軌を逸し始めていた。ある日、ミス・トースは授業中に、57割る19はいくつか、どうしても思い出せず、黒板に指し棒をとんとんと打ちつけて時間稼ぎをしたが無駄だった。彼女はこの問題の答えを訊くために、年長の女の子のひとりであるペギー・フラッシュを広場の向こうの薬局に走らせなくてはならなかった。

薬剤師のベック・ハーバスはその答えが3であると知っていたけれど、たまたまそのときは役に立てなかった。というのは、彼はちょうど、ヤングおばあさんのためにいつもの心臓の薬を用意しなくてはならなかったのに、誤って便秘を治す錠剤ひと瓶を渡してしまったことに気づいたところで、ペギーの横をすり抜けて通りに出て、ヤングおばあさんを追いかけなくてならなかったからだ。追いかけている最中に、ベック・ハーバスはミルドレッド・ジョンソンと衝突した。彼女は卵を自転車の前かごに入れて市場にもっていく途中だった。鉢合わせの結果、割れた卵の殻や黄身が散乱している路上にすわったまま、ハーバスはミルドレッドに、ぶつかったことを詫びた。ミルドレッドは、いかにもうんざりした調子の大きな声で答えた。「気にしないで、ベック。悪いのは、あの忌々《いまいま》しい風よ」

ヤングおばあさんは、薬剤師と卵農家の主婦が衝突した場所のほんの二、三歩先にいたが、耳が遠いせいで何も気づかなかった。しかし、いつものように飼い主の左肩にとまっていたカーネル・プディングは気づいた。彼は最後に耳にした言葉を携《たずさ》えて空に昇り、その言葉をわめきたてた。「あの忌々しい風よ」と。カーネル・プディングは聞いた言葉が気に入ったときにいつもするように、それを口にした人の声をまねた。事務所の窓をあけて中にすわっていたギャレット保安官は、誰かの声が「ママ、あの忌々しい風よ」と叫ぶのを聞くと、ため息をつき、のろのろと椅子から立ち上がって、屋根の上にあがる段々をのぼり始めた。これで五回目だった。

そんなふうに、人々の困惑した心が引き起こす誤りによる喜劇が繰り広げられた。だが、誰も笑ってはいなかった。事態がどんどん悪化するうちに十月になり、南へ向かう雁《がん》の最後の一隊が頭上を通っていった。リパラの住民たちの神経は子猫がもて遊ぶ麻糸の球のように乱れ、集団的な不安は頂点に達した。そしてそれから、みんな、力尽きて頭が空っぽになった。〈風〉はまだ来ていなかった。数週間後、秋の終わりのごく普通の強風に吹かれて、初雪が北から吹雪《ふぶ》いてきたとき、私たちは〈夢見る風〉が、誰も夢にも思わなかったことをしたのだと確信した。北からの奇妙な訪問者は今年はやってこないのだと、全員がたちどころに理解した。そして、私たちはしばしその場に凍りつき、自分たちはどうなってしまうのだろうとおののいた。

空は曇り、来る日も来る日も、ニオイネズミのような茶色がかった灰色のままだった。気温はひどく落ちこみ、極寒に至った。湖には一面に氷が張った。まるで〈風〉が来ないせいで、世界が陰鬱《いんうつ》な無気力状態に沈みこんだかのようだった。牝牛は通常の半分しか乳を出さず、雄鶏《おんどり》は時をつくらず、犬は真昼に遠吠えし、猫は物臭《ものぐさ》になって家にネズミがはいってきても追いかけなかった。住民たちは〈夢見る風〉が来なくなるようにできたら、魂《たましい》の救済にも似た安堵に満たされるだろうと常々、想像していたにもかかわらず、今は、日常の仕事をするにも、お通夜《つや》のような沈み切った顔つきだった。その憂鬱な気分には、罪の意識がもれなく織りこまれていた。「吹く狂気」である〈風〉が来ていたときに、その比類ないおもしろさを十分に理解していなかったことを罰せられているかのようだった。

冬は雪の毛布と固い氷のコートをまとい、凍りついたまま、まったく静止しているように見え、変化の正反対という印象をもたらした。ヤングおばあさんは病《やまい》の床につき、これ以上、やっていく力がわかないと嘆いた。カーネル・プディングは飼い主のことが心配で気が気でなく、一日じゅう彼女の部屋で彼女につきそい、ベッドのヘッドボードの上を行ったり来たりしながら、動かないビスクの唇の間から、くり返し「ママ」というつぶやきをもらした。ギャレット保安官の弱いほうの膝は――少なくとも本人がぼやくには――かつてないほど悪くなり、彼は毎日の町内パトロールをやめて、事務所に詰め、トランプのひとり遊びをしては負け続けるのだった。ヒンチ牧師はリパラが死後硬直していたさなかの、ある日曜日の説教で、すべての町民に、目覚めて自己変革を達成せよと呼びかけた。しかし祈りの中で会衆が彼に応答して唱和するときが来たとき、彼が受け取った応答の三分の二は、遠慮のかけらもないいびきだった。ライダと私は、台所のテーブルに向かい合ってすわっていても、お互いの背後に視線を向けているのが常だった。どちらも相手が話を始めてくれるのを待ちながら、〈夢見る風〉ではない風がドアの外でうなるのを聞いていた。

やがて春の雪解けとともに、物事がいくらか動き始めた。だが、生活は判で押したようなもので、喜びはなく退屈だった。すべてのものからおもしろみや美しさが抜け落ちてしまったようだった。夜、夢を見ないということを口にしたのは、ベック・ハーバスが薬局に来たお客さんに言ったのが最初だったと思う。お客さんはちょっと考えてからうなずき、自分も夏の終わり以来、夢を見た覚えがない、と言った。この見解は一、二週間の間に広まって、どの集まりでも話題になり、みんなが同意した。やがて町長のジェイムズ・ミアシュ三世が緊急の町民集会の開催を呼びかけた。議題は「睡眠中夢を見ない病気の蔓延《まんえん》」。集会は次の木曜の夜七時にタウンホールで開催されることになった。

結局、その集会が開かれることはなかった。というのは、町長の発表に続く数日間に、よく考えてみると自分はやっぱり夢を見ている、と言いだす人がたくさんいたからだ。実際はどういうことだったかというと、そもそもこの問題の火つけ役であったベック・ハーバスが明瞭に表現した言い方を借りると、彼らの夢の中では、普通でないことは何も起こらないのだった。〈風〉が来なくなってから彼らが見る夢は、ひどく日常的な性質の夢ばかりだった。朝食をとる、歩いて職場に向かう、きのうの新聞を読む、ベッドを整える。そういう類《たぐい》の夢だった。もはや、眠りの世界につきものだったはずの奇想天外な生き物も出てこないし、荒唐無稽《こうとうむけい》な出来事も起こらないのだ。

集会が中止された第二の理由は、集会前の火曜日にヤングおばあさんが亡くなったことだった。彼女はこの数年、非常に弱ってはいたが、誰もがその死に驚き、悲しんだ。ヤングおばあさんは一二五歳で町の最高齢者だった。私たちは皆、彼女を敬愛していた。さっぱりとして思い切りのよい気性の人で、交替で彼女を看取《みと》った隣人グループのひとりであった私の妻に、彼女が最後に言った言葉はいかにも彼女らしかった。「近頃のリパラと比べたら、死のほうがまだしもおもしろいに違いないわ」彼女の葬儀は、打ちひしがれた今の私たちにできる限りの盛大なものだった。そして町長は町の広場に彼女を記念するものを建てるために予算を割り当てた。棺《ひつぎ》が地中におろされると、墓のそばに設けた止まり木にいたカーネル・プディングが赤ちゃん人形の目から涙を流し、たったひと言の弔辞《ちょうじ》を述べた。「ママ」と。それから彼は翼を広げて空に飛び立ち、見えなくなった。

日々は過ぎて夏にはいった。私たちは相変わらず、豆を食べたり、足の爪を切ったりする夢を見ていた。町にかけられた魔法を解く方法はないように思われた。昼間、私たちは夢遊病者のように歩き、人に会うと、曖昧にうなずき、弱々しい笑みを浮かべた。頭上を通る大きな綿雲でさえ、かつてのように、竜や海賊船の形をとることはなかった。停滞がほとんど耐えられないものになったそのとき、何かが起こった。それは著《いちじる》しい変化ではなかったが、川を流されていく小枝にしがみつく蟻《あり》のように、私たちはそれにしがみついた。

ある夜、ミルドレッド・ジョンソンは遅くまで、薄茶色の雌鶏《めんどり》の産卵習性にかんする新刊書を読んで起きていた。夫と娘のジェシカはすでに就寝していた。本はさほどおもしろくなく、ミルドレッドは椅子にすわったまま、うとうとした。しばらくして、彼女ははっと目を覚ました。低くつぶやくような声が娘の部屋から聞こえてきたのだ。娘のようすを確かめようと、ミルドレッドは立ち上がり、子ども部屋の前に行った。ドアは半ば開いていた。中を覗きこんだとき、月光の射す中、ベッドの上のジェシカの枕のそばで何かが動くのが見えた。ネズミかと思って、悲鳴をあげた。それは驚いて上を向いた。そしてその瞬間——それが窓の外に飛んでいく前に——ミルドレッドが見たのは、カーネル・プディングの、滑《なめ》らかで表情の固定した赤ちゃん人形の顔だった。

オウムが戻ってきたこと、そしてオウムが目撃された状況が普通ではなかったことは、厳密に言えば、不可解と呼ぶほどのことではない。しかし、町民の好奇心をある程度そそるのに十分な奇妙さはあった。葬儀以来、オウムはどこに隠れていたのか？　オウムは真夜中に何を告げたのか？　単純に迷子になって、あいている窓から中にはいっただけなのか、それともオウムの行動には何か深い意味があったのか？　これらは、リパラの住民たちのふだんはぼうっとしている頭をいくらか活性化させた疑問の一部である。推測がふくらむとともに、カーネル・プディングがこの町の子どもたちの眠る部屋を訪れたという報告は増えていった。日曜日の礼拝で、夜間、子どもたちの寝室の窓をきちんと閉めておくように、と牧師が助言し、会衆はうなずいた。しかし、実際に行なわれたのは、まさに逆のことだった。親たちも子どもたちも皆、この謎の一部になることを密かに望んでいたのだ。

やがて夜の訪問のほかにも、カーネル・プディングが真昼間から、町の家々の屋根のすぐ上をひらひら飛んでいるのが目撃されるようになった。夏休みの第一週のある午後、彼がメイヴィス・トースの左の肩にとまり、銀行に向かって歩いていく彼女の耳元でしきりにしゃべっている姿が見受けられた。何かが起ころうとしている。私たちはそう確信した。だが、それが何なのか、誰も見当もつかなかった。いや、正しくは、大人たちは誰も手がかりをもっていなかった、と言うべきだろう。その一方で、リパラの子どもたちは、ひそひそ話をしたり、寄り集まって興奮してしゃべっていたのに大人が近づくと黙りこんだり、といったことをし始めていたから。紙つぶての達人のアルフレッド・レサートのような、学期中は授業をよくサボっている連中までが、楽しみのために算数の問題を解くという名目で、夏休みの日々を学校の校舎で過ごし始めた。そういったようすを見て、秘密の企《くわだ》てが始まっているのだと考える人もいた。親たちは何気ないふうを装って子どもたちを言いくるめ、少しでも何か聞きだそうとした。しかし、男の子も女の子も、親たちの狙いがわからないふりをしているのか、それともほんとうにわからないのか、困ったような顔で親を見つめるばかりだった。ミス・トースも厳しい詮索の対象となった。彼女はまともに答える代わりに、しきりにうなずき、老眼鏡を首にかけている鎖をいじった。そしていよいよどうにもならなくなると、無理やり笑い声をあげた。

学校の建物と町の子どもたちを巡る謎は、夏の間じゅう、大人たちの興味を穏やかに引きつけていた。とはいえば、商売上の重要な用件や家事のあれこれが優先されて、結局、それで頭が一杯になってしまうのが常なので、古新聞や何カップもの小麦粉が見えなくなっても誰も気づかなかった。凧が来なくなって丸一年になろうとしている今、私たちは今年はどうなるかについて憶測を述べるのを極力控えていた。だが、誰しも心の中では、再び町に〈凧〉が吹き荒れて、現在の宙ぶらりんの状態が破られるのだろうか、それともまた、何事もなく時が過ぎ、〈凧〉はもうやりたいことをやってしまい、二度と戻ってこないのだと信ずる根拠が増すのだろうかと思い惑っていた。

八月下旬のある金曜日の朝、郵便受けを見に行った私は、折りたたんだ紙がはいっているのを見つけた。緑色に彩色され、オウムの羽根の形に切られていた。私はそれを開いて読んだ。「カーネル・プディングがあなたを〈夢見る凧〉祭りにご招待します」とあった。書いてある日付は翌日で、時間は日没、場所は町の広場だった。招待状には続けてこう書いてあった。「もってきていただきたいのは、あなたの夢だけです」私は笑みを浮かべた。前の夏の終わり以来初めてのことだった。笑みを忘れて久しかったので、顔の筋肉が少し痛くなった。年寄りで動作ののろい私だが、このときは家への小道を駆け抜け、ライダに呼びかけた。ライダは招待状を見ると、声をあげて笑い、手を打ち合わせた。

翌日の午後遅く、薄暗くなる直前にライダと私は家を出て、町の広場に歩いていった。美しい夕暮れだった。太陽が地平線の下に半分沈んでいる西の空は、ピンク、オレンジ、紫に染まっていた。その上の空は紺色で、ぽつぽつと星が出始めていた。わずかだが、そよ風が吹いていて、そのおかげでブヨや蚊が出てこない。ライダと私は手をつなぎ、黙って歩いた。道々、同じように祭りの場所に向かうほかの人たちと一緒になった。

町の広場は様相を一新していた。金色の紙テープが、杭垣の上から垂れたり、街灯の柱に巻きついたりしていた。南の隅に折り畳み椅子が何列も並べられ、何枚もの木製のパレットから成る、少し高くなったにわか仕立ての舞台と向き合っていた。舞台の両側に立つ高い柱が、たくさんの古いキルトを安全ピンでくっつけた継ぎはぎの幕を支えている。上演場所全体を囲んで、六本のたいまつが燃えている。空が暗くなるにつれて、たいまつの柔らかい光がいやが上にも魔術的な雰囲気を盛り上げる。口の隅に大きな葉巻をくわえたギャレット保安官が、派手な色使いのムームーを着て、髪に蝶結びのリボンをつけた姿で案内係を務め、私たち参加者に列をつくらせて、座席までの短い通り道に並ばせた。私たちは彼の装いを褒《ほ》め、よく似合ってとても素敵だと言った。すると彼はいつものようにくたびれきった顔でうなずいて「そりゃそうだろう」と答えた。

お祭り会場のどこでも、リパラの子どもたちがそれぞれの仕事をもって忙しく動き回っていた。そしてこの大騒ぎの真ん中にミス・トースがいた。彼女の肌は青く、彼女の髪はゴムの蛇をたくさんくっつけてつくったカツラだった。ミス・トースは囁き声で指示を出したり、かがみこんで耳を寄せ、子どもたちの提案や質問を聞いたりしていた。突然、あたりが静かになり、ぴたりと動きがとまった。動いているものと言えば、たいまつの火のゆらめきぐらいだった。「皆さん、チケットをお手元に用意してください」とギャレットが言った。そして、どうぞ前へと私たちに手をふった。席につく前に、私たちは三卓の長いテーブルのところに案内された。テーブルの上には、動物の顔や家庭にある品々や貝殻などをかたどり、彩色した張り子のお面が載っていた。お面をつけるには、針金の輪を耳にかけるようになっている。お面にまじって、新聞紙の帽子もあった。そして各テーブルの端に、厚紙のうちわが積んであった。

私は迷った末、豆の缶詰のお面を選んだ。ライダはヒヨコのお面にした。ミルドレッド・ジョンソンの顔は、熊の手になった。彼女の夫の顔は、明るく輝く黄色い太陽だ。ベック・ハーバスは犬のお面を選んだ。そして町長のジェイムズ・ミアシュ三世は、テーブルに背を向けてこちらを向いたときには、緑色の猿になっていた。私たちは、それぞれに自分ではないものに変わったあと、新聞紙の帽子を頭に載せ、うちわを手にとり、舞台の前の席についた。ショーはすぐに始まった。ミス・トースが幕の後ろから帽子掛けを手に登場し、それを自分の隣に置いた。彼女は私たちみんなに歓迎の挨拶をして、来場を感謝し、この〈夢見る風〉祭りの発案者にして創設者のカーネル・プディングをご紹介すると述べたあと、退場した。ほどなく頭上から羽ばたきの音が聞こえ、カーネル・プディングが帽子掛けのてっぺんにとまった。彼は三度、甲高い声で鳴き、翼をもちあげて、二度、頭を上下に動かした。そして「ママ。『夢見る風の物語』。昔、昔……」と言うと、飛び去った。ジェシカ・ジョンソンが幕の後ろから走り出てきて、止まり木の帽子掛けを舞台から下げた。そして芝居が始まった。

その芝居は、山奥の城に妻と娘とともに住む偉大な魔法使いについてのものだった。彼は良い魔法使いで、白魔術だけを行なう。苦しい旅をして自分に会いに来た人の願いは、ほかの誰かのためにもなる限り、叶えてやる。彼が決して叶えない願いがふたつだけある。それは富を求める願いと力を求める願いだ。幼い子どもたちから成る合唱隊が、山の上の生活の詳細を伝える歌を歌った。白い紙吹雪が舞台に舞って、雪を表わし、時の推移を示した。

それから魔法使いがとても愛している妻が、悪寒《おかん》を伴う風邪を引き、それがひどくなって肺炎になった。じきに、彼女が死にかけていることがはっきりした。魔法使いがどんな魔法を使っても、彼女を癒《いや》すことはできなかった。妻が死んでしまったとき、魔法使いは深く悲しんだ。娘も同様だった。魔法使いは、世の中には自分の魔法で制御できないこともあると悟り始めた。そして彼は娘をかまいすぎるようになった。娘も母親と同じ不運に屈するのではないかと恐れたのだ。彼は娘をずっと愛し、守り続けると、妻に約束していた。彼の心の中でその責任感がふくれあがり、すべてに影を落とすようになった。娘が指をちょっと切っただけでも、膝小僧をすりむいただけでも、彼はひどくつらい思いをした。

時が経って、女の子は大きくなり、自分自身の考えをもつようになった。彼女は山を下りてほかの人たちに出会うことを望んだ。魔法使いは世の中に出ていけば、あらゆる危険が彼女を待ち受けていると知っていた。いくら言っても旅立ちを止められなくなるであろう年齢に娘が達する前に、魔法使いは娘に魔法をかけ、深い眠りにつかせた。娘を守るため、魔法使いは彼女を大きな莢《さや》に入れた。それには窓がついていて、見たいときには娘の顔を覗き見ることができた。そこで娘は年を取ることなく眠り続けた。魔法使いはようやく幾ばくかの安堵を得た。

娘が彼女を守るための眠りについてから一年が経った頃、魔法使いは娘が夢を見ているに違いないことに気づいた。窓から覗いたときに、娘の夢のさまざまな姿や形が娘の周りに渦巻いているのが見えたからだ。何らかの方法で夢を吸い出さなくては、いずれ夢が莢にいっぱいになって、莢を破裂させてしまうだろうと、魔法使いにははっきりわかった。そこで彼は魔法を使って、莢のてっぺんに栓を設けた。年に一度、夏が秋に変わる頃、魔法使いは脚立に登って栓を回し、閉じこめられていた娘の夢を解き放った。夢はまるで間欠泉のように勢いよく噴き出し、寄り集まって一種の雲になり、しっかり形ができたところで、城の窓から飛び出した。山の風が娘の夢をつかまえ、南に運んだ。そこでは、それらの夢の活力が夢の触れるものすべてに影響を与えた。

目の前の舞台で物語が繰り広げられるのを見て、私は作品の質の高さと小道具の独創性に驚嘆した。魔法使いの娘がはいっている莢は、スパンコールで飾られた大きな布鞄で、切り取られた窓から娘の顔が見えた。莢の中で舞っている彼女の夢は、色紙を小さな形――さまざまな動物や人や物――に切り抜いたもので、細い棒の先についていて、娘を見事に演じている美しいペギー・フラッシュが見えないところで手を動かして操っている。目を閉じている彼女の顔の周りを、夢が優雅に舞っているのが私たちには見える。栓がひねられて解放されると、夢は色鮮やかな衣装を身に着けた年少の子どもたちの姿をとって、舞台をめまぐるしく回り、やがてひとまとまりになって、南へ向かう。そして、それ以上に驚いたのは、赤毛のもじゃもじゃ頭でそばかすだらけの顔をした問題児のアルフレッド・レサートが、芝居の域を超えて真に迫った哀感を漂わせ、悩める魔法使いを演じたことだ。

劇の残りの部分では若者がひとり、願いを叶えてもらおうとこの北の城にやってきて、娘を発見して解放し、娘の父親である魔法使いと闘う。魔法使いは死の呪文で若者を殺そうとしたが、娘の懇願《こんがん》に負けて寸前で思いとどまり、若者の命は奪わず、若いふたりが自由を求めて山をくだるのを許す。その物語をすわって見ているうちに、私の心の中の木製パレットの舞台でも、私がリパラで過ごした長い年月の物語が繰り広げられ、私はそれに見入った。はっと気づくと、実際の目の前の舞台は大詰めを迎えていて、魔法使いが吹雪の中で最後の長いせりふを言って、若いふたりを祝福しているところだった。「いとしい者よ、世の中には」と、魔法使いは、観客席の私たちのひとりひとりを見ながら、去っていく娘に呼びかけた。「美しい風も厳しい風も吹く。枝が折れたり、葉がかさこそいったりするときに、どちらの風なのか知るすべはない。確かなことはないという以外に、確かなことは何ひとつない。お互いにしっかりつかまっていること、そして恐れないことだ。ときにはもっとも暗い夜に、風が夢をもってきてくれるかもしれないから」

劇が終わると、万雷のような拍手喝采《かっさい》に応えて、役者たちはお辞儀をした。それから私たちはうちわを高く掲げて力一杯あおぐように指示された。客席と舞台上の誰もが懸命に空気を揺り動かした。二百の小さな突風が一緒になって、大いなる強風になった。その風は慰めを与える風で、風がやんだあと、変化していない人はいなかった。そのあと、ギャレット保安官がハーモニカを吹き、それに合わせてコンバルーを踊る人たちもいた。一方、子どもたちは暗がりでかくれんぼをした。誰もがパンチを飲み、遅くまでしゃべったり、笑ったりした。夜が更《ふ》けて、たいまつが燃え尽きるまで。

星明かりを頼りに家路をたどっていたとき、ライダが私のほうを見て、打ち明け話をした。ほかの隣人たちとともにヤングおばあさんの家の片づけをしていたときに、ライダはベッドの下に、この祭りの計画と劇の粗筋が書かれた紙の束を見つけたのだそうだ。「そのときすでに、カーネル・プディングは、ヤングおばあさんに教えられた企てを実行し始めていたの。それでわたしは折角の驚きを台無しにしないよう、誰にも話さなかったの」とライダは言った。黙っていてくれてよかったよ、と私がライダに言ったちょうどそのとき、私たちは青い蝙蝠を生み出す奇妙なオークの古木の下のベンチのそばを通りがかった。アルフレッド・レサートとペギー・フラッシュがキスを交わしているのが、ちらっと目にはいった。「決して変わらないものもあるね」と私は囁いた。

その夜、私たちはへとへとになってベッドにもぐりこんだ。私は横たわって目を閉じたまま、長い時間、ライダの規則正しい寝息と窓の網戸を通るそよ風の音に耳を澄ましていた。最初のうち私の考えは、祭りで見たものや聞いた音——たいまつの輝き、お面、笑い——に満たされていたが、やがてそれらはたったひとつのイメージに場所を譲った。それは、あの老いた魔法使いがはるか北の山の上でひとりでいる姿だった。降りしきる雪の奥に彼の顎鬚《あごひげ》が見えた。そして皺だらけの顔を見て彼だとわかった。何か呪文をつぶやきながら、彼は魔法の杖をもちあげた。それから一度うなずき、私の願いを叶えてくれた。そして私は自分が夢を見ていることに気づいた。

珊瑚の心臓《コーラル・ハート》

彼の剣の柄《つか》は艶《つや》やかな血の色の珊瑚《さんご》で、握りの両側の二本の枝はいずれも大動脈そっくりだった。王冠の形に造られた、繊細な銀細工の鍔《つば》の中で、その二本の枝が一緒になり、鍔から先には剣の心臓である剣身が伸びている。わずかに反《そ》っているその剣身には、誰にも読めない言語で呪文が刻まれている。彼は斬る技術の修行者であり、彼がこの剣を操《あやつ》るときは剣身の向きが動きの方向と完璧に一致しているので、動きによる微風を血溝がとらえて、梟《ふくろう》の鳴き声のような音をたてた。彼はその技を山岳地帯に住む世捨て人から学び、そこで、人の死骸を用いて練習を重ねたのだった。

その剣には彼、イズメット・トーラーの手に渡る前の来歴があった。その剣をいかにして入手したか、イズメットは決して語らないと誓っていた。伝説によれば、その剣は最初、あのメドゥーサの首を刎《は》ねたかの古代の英雄の持ち物だった。メドゥーサといえば、その眼差しによって人間を滑《なめ》らかな大理石に変えたという怪物だ。かの英雄はメドゥーサの首を刎ねたあと、その目玉を剣先で突き、両眼から流れ出る霊液《イコル》に、刃を浸した。剣の特質にメドゥーサの眼差しの魔法が加わり、それ以来ずっと、犠牲者の肉がこの剣に切られたり、突かれたりして血が流れると、その不運な人間はたちまち珊瑚に変わるのが定めとなった。

トーラーの能力を示す珊瑚像は、この王国の至るところに見られた。首のない体が三つ固くなってロープリー丘のてっぺんに横たわっていて、斜面には、固くなった頭が三つ転がっている。墓地庭園の入り口に女がうずくまっている。キャミアの市場の真ん中には二十人の兵隊。夏広場の南東のすみで恐怖のあまり身をよじって逃れようとしている片腕を失った子どもは、片方の踵《かかと》だけを地面につけて完全にバランスをとった姿で、永遠に立っている。どの像も真紅で、光を反射して輝いている。珊瑚の戦士たちが殺戮《さつりく》されて凍りついている広大な戦場を生み出す理由になりうるのは、狂気だけだろうと考える人々はいたが、それを口にする勇気のある者はひとりもいなかった。

珊瑚の心臓《コーラル・ハート》は、剣の名であるとともに、その持ち主であるイズメット・トーラーの異名でもある。キャミアのヴァラターがかつてコーラル・ハート、すなわちイズメット・トーラーについてこう言った。「彼は悪人を殺し、少数派である世の中の善人たちのために働いている。一方、多数派である悪人たちは、自分が真理だと思うもののために人を殺す」そのヴァラターは今では彼自身、真紅の珊瑚になっていて、彼の頭は、炙《あぶ》ったソーセージが裂けたように縦に割れている。トーラーは献身的に、そして驚くべき迅速さで邪悪な行ないをばらまいた。この剣の運命は、世界の運命と結びついていると言われていた。珊瑚に変えられた剣の犠牲者が十分な数になれば、彼らの重さの総計がこの惑星の自転に影響を与え、軌道から外れて闇の中に飛んでいってしまうというのだ。

コーラル・ハートについての物語は無数にある。そしてそのほとんどが同じ物語だともいえる。名前と精神を自分の武器と共有した男の話である。それらの話は常に、倒された珊瑚の男たちであふれ返っている。その珊瑚像の一部は、大騒ぎの中で彼に蹴られて粉々になった。それらの話に裏切りや欺瞞《ぎまん》はつきものだ。彼が師とした世捨て人のからむ話も少数ながらある。大方の話には、彼の従者であるガローンの名が出てくる。ガローンはトゥルパである。トゥルパとは思念が形をとったもので、ガローンはコーラル・ハートが意識を集中して想像したものが物理的に凝集して生じた存在だ。これらの古典的な物語における殺戮の描写は、念入りで残酷であり、予想されるとおりの栄誉に包まれている。

しかし、コーラル・ハートの物語で闘いの場で終わらないものも、わずかながらある。それを耳にすることはあまりない。ほとんどの人は、コーラル・ハートという人のなしとげたことより、同じ名の剣がなしとげたことに魅了される。いわゆる一般市民は、いわゆる一般市民は殺しの物語を聞いて楽しむ。だが、私の判断が誤りでなければ、あなたはきっと、殺人を犯させる人間の心の本質をも理解し、剣身に刻みこまれた呪文を読み解くよりも、その剣の持ち主である剣士の夢を解き明かしたいと思うだろう。

では、物語を始めよう。アザミの年の夏の終わりの日々のことだ。ワイラワン砂丘でイグリドット人の軍隊を珊瑚の森に変えたあと、イズメット・トーラーは寒さだけを求めて、北へ向かった。乗っているのは古く希少な種類の栗毛の乗用馬で、名をノッドという。脚の先には蹄《ひづめ》の代わりに指があり、前髪の両脇から螺旋《らせん》状の短い角が出ている。トーラーのそばを歩き、風に吹かれる雲の後ろの月のように現れたり、消えたりをくり返しているのは従者のガローンだ。この従者は、姿が見えているときには、手を体の前で組み合わせ、やや猫背気味の姿勢で、漂うように歩いている。茶色いローブのフードに隠れて、顔つきは判然としない。彼の黄色い目の片方がちらりと見えることがあっても、両方の目が同時に見えることはない。

一行が高くそびえる木々の下にぐねぐねと続く小道をたどっていたとき、どこを見ても木の葉《こ》がしきりに落ちている中で、トーラーがノッドの手綱《たづな》を引いて止まった。「今のは風か？　ガローン」

トゥルパはいったん消えたが、すぐまた姿を現した。「さように存じます」彼は、主人にだけ聞こえる囁き声で答えた。

さっきのよりもはっきり感じられる風が小道を吹きおろし、一行をなでていった。風が通り過ぎたとき、トーラーはため息をついた。「人を珊瑚に変えるのはもううんざりだ」と彼は言った。

「気がつきませんでした」とガローン。

トーラーは笑みを浮かべ、わずかにうなずいた。

「この先の黄色い森の中に、宮殿があります。あなたさまはそこで恋に落ちることになりましょう」と従者は言った。

「おまえが自分の知っていることを教えてくれなければよいのに、と思うことがある」

「私も知らなければよいのに、と思うことがございます。顔をはっきり見せるようにと私にお命じになれば、私は姿を消し、二度と現れません」

「いや」とトーラーは言った。「それはまだよい。だが、そういう日がいつかは来るだろう。私はおまえに約束する」

「案外に早く来るかもしれませんね、ご主人さま」

「そうでないかも知れぬ」トーラーはそう言うと、脛《すね》でノッドの脇腹を軽く締めた。再び小道を進む剣士の脳裏に、ワイラワンでの犠牲者たちの凍りついた表情が浮かんだ。ひとつひとつの顔が皆、同じ恐怖と驚きの色を帯びている。

午後遅く、道が分かれているところに出た。ガローンが言った。「その宮殿に到達するには、右の道を行かねばなりません」

「左の道の先には何が待っている?」トーラーは尋ねた。

「苦難と確実な死が待っています」従者が答えた。

「右へ行こう」と剣士は言った。「休んでいいぞ、ガローン」

ガローンは水のように透きとおった、ちろちろ燃える焔《ほのお》になった。そして消えた。

夕闇が迫る頃、トーラーはふたつの塔のシルエットがオレンジ色の空に浮かびあがるのを見た。夜になる前に宮殿の門に着きたいと思い、彼はノッドを励まして早駆けさせた。森を抜け、不毛の地を横切り、飛ぶように走った。近づく夜の冷気に気持ちが爽《さわ》やかになり、彼はふと思った。「私は恋をしたことがない」かつて口説《くど》き落とした女たちのだれかれの顔を思い浮かべようとしたが、そのたびに心に浮かぶのは、おのれの犠牲者たちの顔だった。

トーラーが到着したのは、ちょうど宮殿の衛兵たちが濠《ほり》にかかる橋を上げようとしていたときだった。その四人の男は彼が近づいてくるのを見て剣を抜いた。

「一夜の宿を願いたい」トーラーは安全な間合いをとって呼びかけた。

「何者だ?」男たちのひとりが叫んだ。

「旅の者だ」と剣士は言った。

「痴《し》れ者め。名をなのれ」同じ男が言った。

「イズメット・トーラー」

しばしの沈黙のあと、さっきとは別な衛兵が、前の男よりははるかに穏やかな口調で言った。「コーラル・ハートですか?」

「そうだ」

高飛車《たかびしゃ》にものを言った衛兵はひざまずいて許しを乞うた。ほかのふたりは剣を鞘《さや》に収め、トーラーが馬から下りるのを手助けしようと進み出た。四人目の衛兵は急いで宮殿に向かった。彼は走りながら、周りのすべての人に、コーラル・ハートが門に来ていると告げた。

トーラーは下馬して、衛兵たちのひとりにノッドの手綱を渡した。そして地面にひざまずいている衛兵に近づくとこう言った。「今夜は誰も殺さない。殺すには疲れすぎているからな。明日のことは明日にならないとわからない」その衛兵は立ち上がった。そして三人の衛兵たちは巨大な木製の車輪を回して、濠の橋を引き上げた。トーラーも力を貸した。

宮殿の中にはいると、衛兵たちはトーラーを残して、ちりぢりになった。トーラーは最初の広間の始まるところに立っていた。広間の上には、アーチ形を描く天井が続いている。何もかもが青いライムストーンでできていた。ひっそりと行き来する人々は、トーラーとの間に距離を保ちながら、彼を盗み見た。やがて、彼に近づいてきたのは、非常に年を取った男だった。とても背が低く、蟇蛙《ひきがえる》のような口先とぶつぶつだらけの肌をしていた。その小男が口を開くと、やはり蛙のようなゲロゲロ声だった。「ようこそ」そう言って、歓迎の印にじとっとした手を差し出した。

トーラーは怖気《おぞけ》を震いながら、その手を取った。「で、あなたは？」

「顧問官のグレッペンです。どうぞこちらへ」その奇妙なやつは先に立って、広大な広間を奥のほうへと案内した。はだしの偏平足《へんぺいそく》で、じれったいほどのろのろと歩いていく。足裏がぺたぺたという音がずっと先まで反響した。

「あなたはどういう種類の生き物なのか、うかがってもよろしいかな？」とトーラーは言った。

「人間ですとも、もちろん」と顧問官は言った。「で、あなたは？」

「人間ですよ」

「いやいや。私が耳にしたところでは、あなたは死の天使で、いずれ世界を珊瑚に変えてしまうとか」

「聞いたことを鵜呑《うの》みにするなんて、あなたはどういう種類の顧問官なのだろうか？」

グレッペンは頬をふくらませ、それから声をたてて笑った。げぼげぼという笑い声にはずるがしこそうな響きがあった。彼は足をひきずるようにして左のほうに寄り、角を曲がって、長く伸びている別の広間にはいった。その広間の真ん中には、人の流れに沿って豪華な噴水の列が続いていた。「〈涙の間〉といいます」とグレッペンはゲロゲロ声で言った。そしてふたりは、きらきら光る霧の中を通った。

グレッペンのあとについていくつもの広間を通り抜けていくうちに、トーラーは年寄りのグレッペンの歩調に合わせるのが楽になってきた。いつ着くのかわからないまま長い道のりを歩き続けていると、時間というものが不意に意味をもたなくなった。トーラーはすれ違う人々をしげしげと眺め、衛兵の配置に気づき、噴水に泳ぐ色とりどりの魚や頭上を飛ぶ鳥、高い硝子《ガラス》天井から覗きこむ満月を見て驚嘆した。顧問官の湿った手が腕に触れたとき、剣士はまるで急に目が覚めたかのように、はっとわれに返った。

「着きました」とグレッペンが言った。

トーラーはあたりを見回した。彼は宮殿の側面から突き出たバルコニーの上にいた。星々は明るく、冷たい微風が吹いていた。それはまさに、ワイラワンから北を目指したときに、望んでいたとおりの風だった。トーラーはバルコニーの手すりに近いところにある長椅子に腰をおろし、グレッペンの足音が遠ざかっていくのに耳を傾けた。目を閉じて、これが今宵《こよい》の宿なのかなと思った。座面のクッションがとても快適だった。彼は体を倒して横になった。

目を閉じていたのが束の間だったのか、一時間だったのか、定かではない。目をあけると、空中に浮かんだ何かがバルコニーに近づいてくるのが見えて驚いた。鳥ではない。瞬《まばた》きをすると、星明かりでそれがはっきりと見えた。それは女だった。上質の金色の衣裳をまとい、王座にすわるように木製の椅子にすわり、夜の中から滑り出てこちらに近づいてくる。彼女がバルコニーに到達し、頭上に浮かんだので、トーラーは挨拶するために立ち上がった。

「コーラル・ハートですね」長椅子と向かい合う位置に椅子が着地すると、女は言った。「おかけなさい」

トーラーはわずかに頭を下げてから長椅子に腰を下ろした。

「わたしはレイディー・マルトマスです」と女は言った。

剣士はふいに漂ってきたレモンの花の香りにふらっとなり、次いで、貴婦人の目に――きらきらと輝く大きな目にふらっとなった。どんなに目を凝らしても、彼女の目の色は見極められなかった。彼女の唇の両隅に、ほんとうにかすかな笑みがあった。明るい褐色の髪は翡翠《ひすい》のビーズで飾られ、編まれていた。首の周りには翡翠の細いチョーカーがはめられていた。そこから剣士の視線はすばやく動き、胸のふくらみの間の谷間へ、金色のドレスのこみいった紋模様へと下がった。

「イズメット・トーラーと申します」剣士はわれに返って言った。

「今宵、この宮殿に宿泊する許可を与えます」

「かたじけなく存じます」と彼は言った。そしてぎこちない沈黙のあと、「あなたのその家具は誰がつくったのですか」と尋ねた。

相手は声をたてて笑った。「この椅子のことですね。わたしの父はすぐれた学者でした。父は研究調査の際、カーディラ＝ダヴュのある修道院の廃墟に埋もれていたこれを発見しました」

「聖職者が魔法に手を染めるとは意外です」とトーラーは言った。

「神の御業《みわざ》かも知れませんでしょう?」

剣士はうなずいた。「そういえば、あなたの顧問官の――グレッペンでしたか? あれも、奇跡の産物ですね」

「誉《ほま》れ高きグレッペンです」と貴婦人が言った。

「失礼を承知で申し上げますが、レイディー・マルトマス、かの男は顔色が悪いですな」

「それには魔法はかかわっていません」と彼女は言った。「彼の種族は沼地から生まれ出たのです。わたしたちとは異なった歴史をもっていますが、わたしたち同様、人間です」

「それでは、あなたの身の上話をお聞きしたいものです」とトーラーは言った。「あなたは魔法あるいは奇跡でしょうか？」

彼女はほほえんで、彼から目をそらした。「その質問はこちらがいたします」と彼女は言った。「携《たずさ》えていらっしゃるその剣がコーラル・ハートですか？」

「ええ」と彼は答えて、剣を鞘から引き抜こうとした。

「抜くには及びません」と彼女は言った。「今のままでも珊瑚が見えています」

「大方の人は剣身を見たがりません」と彼は言った。

「失礼を承知でお尋ねしますが、コーラル・ハート、あなたはその剣で何人殺害しましたか？」

「いやというほど」

「その言葉は、後悔の表明でしょうか？」

「後悔は、最初の千人について感じたことです」

「あなたはおかしな剣士ですね」

「それはお褒《ほ》めの言葉でしょうか？」

「いいえ」とレイディー・マルトマスは言った。「トゥルパをおもちだそうですね」

「ええ。私の従者でガローンといいます」

トーラーの左側の空気がもやもやとした。そのもやもやは煙の柱となって渦を巻き、凝集して、フードをかぶった従者の形をとった。

「ガローン。こちらはレイディー・マルトマスだ」とトーラーは言い、彼女のほうに腕を伸ばした。

トゥルパはお辞儀をすると、すぐに消えた。

「興味深いこと」と彼女は言った。

「空飛ぶ椅子ほどではありませんが」と彼は言った。

「実はわたしもトゥルパをもっていますのよ」

「ご冗談でしょう」とトーラー。

「マムレッシュ」と彼女が言うと、たちまち、空飛ぶ椅子の右手に女の姿が現れた。

その女は裸で、たくましい体つきをしていた。「戦士だな」剣士は心の中でつぶやいた。彼女が姿を消す前に彼が受けた印象といえば、そのことのほかには、彼女の豊かな髪の色が真紅だということだけだった。

「あなたには驚かされます」彼は貴婦人に言った。

「明日もご滞在なら、興味をもたれそうなものをお目にかけます」と彼女は言った。「正午過ぎに庭園の柳の木立で」

「私の心はもうそこにいます」

貴婦人はにっこりした。すぐに椅子がバルコニーの床からゆっくりと上がっていき、やがて空中で方向を変えると手すりの向こうへ漂い出た。「お休みなさい。イズメット・トーラー」彼女がふり返って叫んだ。

椅子が暗闇の中に消えると、顧問官のグレッペンが近づいてきた。彼は剣士をバルコニーの近くの広々とした部屋に案内した。顧問官は何も言わず、たくさんの蠟燭《ろうそく》に火をともした。それから、部屋を出ていき、ドアを閉めながら、「ごゆるりとお休みなされ」と挨拶した。

トーラーは服を脱いだ。旅の疲れとレイディー・マルトマスという麻薬の作用の余韻《よいん》でぐったりとしていた。ため息をつきながら横たわると、従者を呼び出した。トゥルパが寝台の足元に姿を現した。「ガローン。この宮殿全体が寝静まっている間に動き回って、あの貴婦人について探り出してくれ。謎めいたひとだ。私はあのひとにかかわることなら、何でも知りたい。だが、用心してくれ。あのひともトゥルパをもっている」そう言うと、トーラーはコーラル・ハートの鞘を右の掌《てのひら》で包み、左手で柄を握って眠りに落ち、柳の下でレイディー・マルトマスに接吻する夢を見た。

あくる日、トーラーは早めに庭園に着いた。庭園の入り口は葡萄《ぶどう》のアーチに続いていた。蔓《つる》が生い茂り、葡萄の房がたれさがる、その長いアーチを抜けると、広い地面が対称形をなす区画に分かれ、それぞれの区画は遠くまで続いて、色彩豊かな花壇やきつい匂いを放つ薬草の畑になっている。それらの匂いが大気の中で混じりあった複雑な香りに、トーラーは束の間混乱した。周りの至るところに、蜜蜂《みつばち》や蝶《ちょう》がいた。そして、グレッペンの属する奇妙な種族の人々が、雑草を抜いたり、水をまいたり、肥料をやったりしていた。剣士はそのうちのひとりに、柳の木立はどこかと尋ねた。するとその蟇蛙男は、一本の狭い小道のはるか先を指さした。

まんなかに噴水がある池のほとりの柳の木立にトーラーが立ち入ったのは、正午を過ぎていた。苔《こけ》で緑色になっているところもある古色蒼然たる石のベンチを見つけて腰を下ろし、鞭《むち》のような柳の枝がつくる網の目越しに、水面《みなも》に日があたってきらめくのを眺めた。爽やかな微風が吹き、オレンジ色の鳥がのどかに鳴きながら飛び交っていた。

「ガローン」とトーラーが言うと、従者が彼の前に現れた。「かの貴婦人について何かわかったか?」

「宮殿をくまなく歩き、豪奢《ごうしゃ》な広間のすべてを行ったり来たりしましたが、かのひとの秘密は、ひとかけらも見つかりませんでした。真夜中、かのひとの居室を見つけましたが、はいることがかないませんでした。居室を囲む壁を通り抜けることはおろか、壁に近づくことさえできなかったのです」

「あのひとの周りに呪文が巡らされているのか？」剣士は尋ねた。

「呪文ではありません。かのひとのトゥルパ、マムレッシュです。これが強すぎて、私には歯が立ちません。マムレッシュは目に見えない意思の力で、私が貴婦人の居室に近づくのを妨《さまた》げています。私は力をふり絞って頑張りましたが、マムレッシュに嘲笑《ちょうしょう》されただけでした」

トーラーが話そうとして口を開いたちょうどそのとき、柳の木立の奥深くから、彼自身の名が呼ばれるのが聞こえた。ガローンは姿を消し、剣士は立ち上がって声のしたほうへ向かった。触手のように絡みつく柳の枝を脇へ払いながら進むうちに、小さな空き地に出た。その真ん中に、空飛ぶ椅子にすわったレイディー・マルトマスがいて、その向かいに、さっきのと同じような古びた石のベンチがあった。

「遠くで話し声がしたので、あなただろうと思いました」と貴婦人は言った。トーラーは歩み寄って、彼女の向かいに腰を下ろした。

「ゆうべはよくお休みになれたでしょうか」と彼女は言った。

「実のところ、あなたの夢を見ました」とトーラー。

「あなたの夢の中でわたしは、愚かなのは嫌いだとあなたに申しましたかしら？」

「そうだったかもしれません」と彼は言った。「だが、私がしかと見たのは、私たちが接吻している場面だけでした」

彼女は首をふった。「お目にかけたいと言っていたものはこれです」と言うと、小さな本をもちあげた。その本の装丁にはグレッペンの皮膚を四角く切り取ったものが用いられているように見えた。

「その表紙には蟇蛙が用いられているのでしょうか？」と彼は尋ね、それをもっとよく見ようと前かがみになった。

「厳密に言えば違います。でもお見せしたかったのは表紙ではありません」彼女は本を開き、ある箇所を出した。そして本の向きを変えて彼に手渡した。「どう思われます?」彼女は左側のページを指さした。

そこに描かれているデザインは、彼にはぴんとくるものだった。彼は上体を引いて剣を抜いた。自分の目の高さに剣身を掲げて、刻まれている文字のデザインをじっと見つめた。それから、本に目を戻した。彼の目が剣身と本の間を三度往復したとき、貴婦人が言った。「確信をもって言いますが、そのふたつは同一です」

「どのようにして、これを?」トーラーはそう尋ねて、剣を鞘に収めた。「私はこの剣が自分のものになってからずっと、肌身離さずもっているのですが」

「それはそうでしょう。でも、その剣は古いもので、持ち主が何回も変わっています。たとえば二世紀前の所有者であった民族は、それを世間に野放しにしておくのは危険すぎると考えました。彼らは剣を破壊するのではなく、研究しました。彼らが興味をもったことのひとつは、剣身に刻まれた呪文でした。大層努力をしたにもかかわらず、彼らが読み解くことができたのは、そのうちのふたつの単語だけでした。くるくると輪を描くこの書体の中には、おそらく十ほどの単語が含まれているでしょうに。わたしの父はジェンシャス採石場の北にある泥炭沼地で発掘調査をしていて、震える穴から二枚の粘土板を取り出しました。重くて古い粘土板文書には、剣への言及、剣にまつわる言い伝えへの言及、剣身に刻まれた文字への言及がありました。そのふたつの単語の訳語も含まれていたのです」

「どういう意味の単語でしたか?」トーラーは再び、剣の柄を手で包んで尋ねた。

「父は粘土板に記されていることを研究し、その呪文の中の単語をさらに三つ、読み解きました」

「それらはどういう意味でしたか?」

「父が確信をもっていた単語は次のとおりです――ザンリー、メルトモス、スティルサリー、クエイザム、ピック」

「いずれも、ありふれた薬草の名ですね」

貴婦人はうなずいた。「父は、それらの薬草すべてが、ある種の薬の成分になるのではないかと考えていました――調合し、あなたの犠牲者の珊瑚の口に入れれば、その剣の力を打ち消し、犠牲者たちを生身の体に戻すような、そんな薬の。もちろん、剣のもたらした傷自体が致命的であった場合もあるでしょう。その場合、犠牲者が生き返る可能性はありません。でも、ほんのかすり傷やひっかき傷、わずかな切り傷で血を流して珊瑚になった者は再び肉と骨の体に戻り、息をするでしょう」

「この刻まれた文字のことは、しばしば気になっていました」とトーラーは言った。「お父上は賢者ですな」

「その本は差し上げます」と貴婦人は言った。「あなたが門に現れたと聞いて、父が自分の発見について語っていたのを思い出しました。その本は、その剣を帯びている人の持ち物であるべきです。わたしにとっては何の使い道もありません」

「剣の効果を打ち消す解毒剤にかかわることが剣身に刻まれていて、かつ、誰にも理解できない言語で記されているのは何ゆえでしょうか」とトーラーは尋ねた。

「その事実から考えられる動機は十指に余ります。けれど、ほんとうの動機は、これからも謎のままだろうと、わたしは思います」彼女はトーラーのほうに本を差し出した。それを受け取ろうと彼が身をかがめたとき、彼女もまた前かがみになった。そして彼の手が本をつかんだとき、彼女の唇が彼の唇に触れた。彼女は口を開いて、むさぼるように彼に接吻した。ふたりはいったん離れ、彼は石のベンチの前のほうに体をずらした。そして両手を彼女の両肩に置き、優しく引き寄せた。

「待って。今の気配はグレッペンじゃないかしら。きっと覗き見しているんだわ」彼女がふたりの体の間に、両腕を上げて言った。トーラーは立ち上がってふり返りざまに剣を抜き、防御の構えでふり回した。グレッペンがいるという印は何も目にはいらなかったし、柳の枝をかすめて何かが動く音もしなかった。代わりに彼の耳に聞こえたのは、レイディー・マルトマスの笑い声だった。彼女のいたところをふり返ると、姿が消えていた。顔を上げると、あの椅子が青空へ昇っていくのが見えた。木立の上に漂っていく彼女に、トーラーは叫んだ。「次はいつ会える?」

「またすぐに」という返事が返ってきた。

レイディー・マルトマスから何の連絡もなく、二日が過ぎた。その間、トーラーが考えることができたのは、ふたりの最後の会合のことだけだった。彼は宮殿の壁の中で忙しくしていようと努めた。そして宮殿の美しさは半日ぐらい、彼の注意を引きつけてくれていた。しかし、結局のところ、安楽で優雅な宮殿の暮らしは、人生のほとんどを戦闘に費やしてきた者にとって空虚に感じられるのだった。

その二日目の夜、食事のあと、トーラーは顧問官のグレッペンを呼んだ。グレッペンは彼のすべての要望に対して、気を配るべき立場にあった。ふたりはトーラーの部屋で会った。蟇蛙男はブランデーひと瓶にグラス二個を携えてきた。グレッペンは自分とコーラル・ハートのためにグラスに酒をそそぎながら、「あなたの満たされない思いがぷんぷん匂っておりますな、イズメット・トーラー殿」と言った。

「そうか、わかるか、蟇蛙候殿。あの方に言ってくれ。私はあの方に会いたいのだ」

「準備が整い次第、あちらから声がかかります」

「いかなる点でも完璧な女性だ」トーラーはブランデーをすすりながら言った。

「完璧さは、見る者の目に宿ります」とグレッペンが言った。「もしもあなたがわが妻をごらんになることがあったら、妻はわが種族の中ではなかなかの美人とみなされているのですが、あなたはその見方に同意なさらないかもしれません」

「奥さんはきっと素敵な人だろう」と剣士は言った。「だが、私はすぐにレイディー・マルトマスと逢引きできるのでなければ、気が触れて世界を珊瑚に変えてしまいそうな気がする」

グレッペンは笑った。「背中がふたつある獣《けだもの》*になりたいと？　あなたがたの種族は、情欲にかられると滑稽《こっけい》味を帯びますね」

「そうかもしれん」トーラーは言った。「あなたがたの種族はどういうふうにやるのかね？　思い立ったらすぐ、かね？」

「まあ、それにかなり近いですね」とグレッペンは言い、酒瓶をもちあげて、トーラーのグラスを再び満たした。

「ところで、顧問官。ひとつ尋ねたいことがある」トーラーは言った。「あの方は例の椅子を離れることがあるのだろうか」

「寝にいかれるときだけです」とグレッペンは答えた。「すべての人のうちで、あなたが一番よく理解できるのではないかと思います。あの方はあの椅子と一心同体です。あなたがあなたの剣、コーラル・ハートと一心同体であるように。あの方は雲の上から見る世界をご存じです。空が飛べるのですから」

トーラーは二杯目のブランデーを飲み干し、グレッペンにもう休むと告げた。部屋から出ていくときに、顧問官はふり返って「ご辛抱を」と言った。寝台に横たわってから、トーラーはまたガローンを呼び出し、探れる限りの秘密を探りに行けと命じた。それから、トーラーは剣の鞘と柄を握って、悩み多い眠りについた。

彼は輾転反側《てんてんはんそく》した。貴婦人に対する欲望が彼の夢の中にはいりこんできた。真夜中、彼女の顔が地平線から昇った。その顔は月よりも大きかった。彼は彼女の目を覗きこみ、目の色がわかるか確かめようとした。だが、彼女の目の中に見えたのは、月光を浴びて柳の木立の石のベンチの上にいるガローンとマムレッシュの姿だった。ガローンのローブの裾はウエストまでまくれ上がっていた。マムレッシュは彼に背を向けて、その膝にすわり、彼の脚の両側に脚を垂らしていた。彼女は喘《あえ》ぎながら、せわしく前後に動き、彼は呻《うめ》き声をあげていた。やがてガローンは顔をのけぞらせ、フードが後ろにずれ始めた。

トーラーはふいに目を覚ました。従者の顔を見ることを避けたのだった。汗をびっしょりかき、呼吸が荒かった。「ここから立ち去らなくては」と彼はつぶやいた。そう思いながら、さらに三日居続けた。三日目の夜、彼は厩《うまや》の男たちに、明朝早く発つからノッドの用意を整えておくように、と指図した。寝る前にバルコニーに出て、すわって星空を眺めた。「ガローン、おまえの言ったとおりだった」トーラーは声に出して言った。「私は恋に落ちた。だが、苦難と確実な死を選んだほうがよかったのかも知れぬ」彼はふと、うとうととした。

二、三分後、目を覚ますと、遠ざかっていくグレッペンの足音が聞こえた。身を起こしたとき、薄黄色の封筒が膝にのっているのに気づいた。封筒の表には「コーラル・ハートへ」と記されていた。裏面は、蠟で封がしてあり、マルトマス家の正式の印章と思われるものが捺《お》されていた。くねくねと

＊　対面位で性交中の男女をさす言葉。起源の古い英語表現で、シェイクスピアの『オセロ』にも出てくる。

動く蛇を嘴《くちばし》にくわえた梟の絵の周りを飾り文字で囲んだデザインだ。トーラーは封筒をあけて、手紙を読んだ。「今すぐ、わたしの居室においでなさい。レイディー・マルトマスより」

トーラーははじかれたように長椅子から立ち上がって、ガローンを呼び出し、案内をさせた。彼らはたくさんの広間を、次々にすばやく通り抜けた。ガローンは青い大理石の床すれすれに浮かび、幽霊のように移動する。彼らは〈涙の間〉から階段を四階分のぼった。のぼりきったてっぺんに居間があり、その奥に大きな木製のドアがあった。ドアはほんのわずか開いていた。トーラーはガローンに見張りに立って、誰か近づく者があれば知らせるよう指示した。トーラーは慎重にドアを開いて暗い室内にはいった。その部屋は広間に続いていて、広間の向こうに灯りが見えた。トーラーは左手で剣の柄を握り、前に進んだ。

灯りのついた部屋に到達する手前で、彼はオレンジの精油とシナモンがまじりあった曖昧《あいまい》な匂いに気づいた。広間の暗がりから出たとたんに、彼の注意を引いたのは、レイディー・マルトマスその人だった。彼女は大きな絹のクッションにもたれて、天蓋つきの寝台の上で上体を起こしていた。上掛けが腹部までをおおい、その上は裸だった。彼女の乳房を見た驚きでトーラーの歩みは止まった。

「剣をふるってくださる？」レイディー・マルトマスは言った。

トーラーはごくりと唾を呑みこみ、「御意《ぎょい》のままに」と言おうとした。

彼女は彼の仰天ぶりを見て笑った。「近くにいらして」彼女の声は和《やわ》らいでいた。「そして、着ているものをみんな脱いでおしまいなさい」

トーラーは彼女の目の前で手早く服を脱いだ。だが、彼女の前に裸で立ったとき、剣帯と鞘にはいった剣だけはまだ身に着けていた。

「ここで役に立つのはひと振りの剣だけ。もうひと振りの剣はいらないわ」と彼女は言った。

「肌から離したことがないんだ」と彼は言った。

「さあ早く。それはこのベッドサイドテーブルに置いて」

トーラーは渋々剣を外した。それからベッドのふちにすわり、両腕を彼女の肩に回した。ふたりは柳の木立の空き地で交わしたよりも激しい接吻をした。彼は彼女の髪に指を通し、彼女は彼の背中で両手を組み合わせ、胸に口づけした。彼は両手を彼女の乳房まで下げ、彼女は陽根に手を伸ばした。ふたりの欲望が十分に燃え上がった頃合いで、彼女は彼からいったん体を離し、ゆっくりと前のめりになって耳元に囁いた。「わたしが欲しい?」

「もちろんだ」と彼は言った。

「じゃあ、来て」彼女はそう言うと、上掛けの隅をめくって彼のほうへ投げた。

イズメット・トーラーの顔にしばし浮かんだのは、彼の犠牲者の顔に永遠に刻まれているのと同じ驚愕の表情だった。レイディー・マルトマスのウエストから下は血の色の珊瑚だったのだ。彼女の脚の間の凍りついた割れ目を見て、彼は呻いた
彼の傍らにガローンがふいに現れて叫んだ。「罠です」トーラーがガローンのほうを見ると同時に、マムレッシュが笑みを浮かべて現れ、ガローンのローブのフードを引き下ろした。剣士が一瞬見たのは自分自身の顔だった。黄色い目が両眼とも見えた。そして、彼の思念が形をとったものであるトゥルパは、蠟燭の火が消えるように消えた。ガローンを突然失って、トーラーは心に深い打撃をこうむった。そのとき、隅の暗がりから彼の顔に拳《こぶし》が飛んできた。

床の上で意識を取り戻したとき、トーラーは水の中にいるような息苦しさに喘いだ。グレッペンがいて、トーラーが床から立ち上がるのに手を貸した。足元がしっかりして意識が明瞭になるとすぐ、トーラーは寝台に顔を向けた。

「想像してごらんなさい」レイディー・マルトマスが言った。「あなたの欲望の器官が化石になったと」

トーラーは返す言葉がなかった。

「数年前、父に連れられてキャミアの市場に行きました。父はその前から、あなたの剣に刻まれた文字の解読に努めていました。そして、キャミアの市場で酒を飲ませる商人のもとにあなたがよく行くと聞いたのです。父は古代人が残した研究をもとに、その剣に刻まれた文字について自分が知ったことを、あなたに伝えたいと考えていました。わたしたちが市場についたとき、五人の剣士とあなたとの間で闘いが始まりました。あなたは彼らを倒しました。けれど、混乱の中で、若い女がひとり、巻添えをくってあなたの剣の突きを受け、珊瑚に変わりました」

「まさか、そんなばかな」とトーラーは呻いた。

「イズメット・トーラー。あなたは傲慢な愚か者ね。その若い女はわたしだったのよ。父は珊瑚の像になったわたしをここに連れ帰り、研究の結果判明していた五種の薬草を調合して特効薬をつくりました。わたしの固い喉にその薬を注ぐと、治療に必要な成分の半分しかはいっていなかったので、わたしの体の半分だけが元に戻りました」

グレッペンがトーラーの腰をとんとんと叩き、トーラーが見下ろすと、〈コーラル・ハート〉を手渡した。

「さあ、わたしのトゥルパと闘いなさい」と貴婦人は言った。

トーラーはマムレッシュが近づく風の音を聞いて、剣を抜き、鞘はそのままベッドに落とした。彼は身を低くしたり、左右に寄ったりしながら、絶えず剣を動かした。気配を感じてふり返ったとき、顔を二回、胸を一回殴られた。よろめいたが、倒れはしなかった。マムレッシュが再び向かってきたが、今度は、彼女のぼんやりとした輪郭が見え、トーラーは彼女の胴を斬った。剣身が彼女の体を通り抜けた。彼女は彼の睾丸《こうがん》を蹴った。彼は体をふたつに折り、再び床に倒れた。

「立ち上がれ。いやらしい蛇め」レイディー・マルトマスが寝台から叫んだ。

「立ち上がりなされ、イズメット・トーラー」グレッペンが言った。グレッペンはトーラーの真ん前に立っていた。

トーラーはなんとか立ち上がり、再び防御の前傾姿勢を取った。剣を動かし続けてはいたが、手の震えが止まらなかった。マムレッシュが攻撃してきた。今では、彼女の固い拳が体の至るところで同時に感じられるようだった。トーラーが剣を何度ふっても何も変わらなかった。

ひとしきりマムレッシュに痛めつけられて、トーラーはふらふらになり、前後左右によろめいていた。鼻と口からは血が流れていた。

「彼女には、死ぬまで殴りつけてよいと言いました」とレイディー・マルトマスが言った。

たくましい腕のぼんやりとした輪郭が空気を切って押し寄せた。トーラーはその下に滑りこみ、向きを変えると、その幽霊のような人影の背筋を、見事な剣さばきで斬った。剣身は少しも速度を落とすことなく弧を描いた。

マムレッシュはトーラーの左目のまぶたをはれあがらせ、蹴りによって彼の脛にひびを入れた。トーラーが焦りと不安で何も考えられなくなりかけたとき、隅に立っているグレッペンが小さな拳を突き上げて、殺せとマムレッシュを促《うなが》しているのが見えた。トゥルパは今度は左側から来た。剣士は彼女の息の音に気づいていた。彼女が襲いかかる前に、トーラーは首をすくめて、グレッペンがいる片隅に転がった。真後ろに彼女の気配があった。

トーラーは空いているほうの手を伸ばし、グレッペンの足首をつかんだ。そして、立ち上がりながら剣をふりあげ、寸分の狂いもない正確さで、グレッペンの首を見事に刎ねた。トーラーは速やかに方向を変えた。グレッペンの遺体から間欠泉《かんけつせん》のように血が噴き出し、しぶきをふりまいた。マムレッシュはその血をまともに浴び、その姿がトーラーに見えるようになった。ちょうどそのとき、マムレッシュはトーラーの左目めがけて拳をくり出した。トーラーはしなやかな身ごなしで脇に寄り、今は珊瑚となっているグレッペンの遺体を、マムレッシュに向かって投げた。それは彼女の顔をかすめ、一時的に、彼女の視界を妨げた。トーラーは血のおかげでマムレッシュの居場所がはっきりとわかり、剣をふりあげて、突っこんだ。

マムレッシュは喘いだ。はっきりと見える彼女の顔が恐怖に歪む、その間にも彼女はぱきぱきと音をたてて珊瑚に変わっていった。トーラーは寝台をふり返った。貴婦人はじっと動かない。トーラーは初めて、彼女の目の色を見てとった。彼女の目は真紅だった。トーラーは、彼女のトゥルパを打ち破ったことで、彼女の心を珊瑚に変えてしまったのだ。トーラーは剣を捨て、彼女の傍らに横たわった。抱き寄せて口づけしようとした。だが、彼女の歯は固く嚙み合わせられていた。そして、涎《よだれ》が口の隅から、ゆっくりと流れ落ちた。

トーラーは厩の床に、腹を裂かれ、首を斬られたノッドの残骸がうずたかく積もっているのを見つけた。そのあと、彼はただのひとりも容赦しなかった。たくさんの広間を通り、庭園を抜けながら、動くものすべてを殺戮した。真夜中過ぎ、彼は空飛ぶ椅子に乗って宮殿を去り、西の山々の間に消えた

のちに世間の人々はコーラル・ハートはどうなったのだろうかと考えた。凍傷で死んだと言う者もいれば、熱病で死んだと言う者もいた。うっかり自らを傷つけ、珊瑚の像になったと言う者もいた。七年もの年月が過ぎ、世界の暴力は半減した。その後、氷の年に、騎馬郵便配達人が早駆けでキャミ

アの町にはいり、人々に告げた。トーテンハスからキャミアに向かう街道筋で、六人の盗賊が珊瑚に変えられているのを見た、と。

マンティコアの魔法

その生き物についての当初の報告は、単なる目撃情報に過ぎず、ばかげたものだった。部分部分の特徴をごっちゃにしていた上に、あの笑みを描写できる言葉がなかった。色は焔《ほのお》みたいだ、焼けた石炭みたいだ、花のようだ、と人々は言った。そいつの歌うような声を誰もがまねしようとしたが、誰ひとりうまくできなかった。魔法使いのワトキンに仕えているぼくは、それぞれの目撃者の言うことを言葉と絵で記録に残すよう、彼から命じられた。この仕事をぼくらにわりふったのは王で、そのときの王のせりふは、「連中のたわごとなど片方の耳で聞き流せ。私の指示でこの問題に取り組んでいるのだと連中に思わせればそれでよい。ただの悪い噂に過ぎないのだから」だった。ワトキンはうなずきながら笑みを浮かべたが、王が部屋を出ると、ぼくをふり返ってささやいた。「マンティコアだ」

ある日の遅い午後、王の狩人《かりゅうど》たちが広い芝生を横切って宮殿に戻ってくるのを、ぼくらはバルコニーから見ていた。緑の草の上に、マンティコアの犠牲者たちの真っ赤な血が尾を引いていた。「おそらく最後の一頭だ」とワトキンが言った。「とても年を取ったやつだ。馬はむしゃむしゃ食うが、人は手足を一、二本、食いちぎられたぐらいで済む例が多いことから、それがわかる」ワトキンは針の目にハチドリの羽根を通しながら、その怪物の身を護《まも》る呪文を唱えた。

「そいつに生き延びてほしいんですか?」とぼくは尋ねた。

「天寿が尽きるまではな」というのがワトキンの答えだった。「王の狩人に殺されるようなことがあってはならぬ」

秋の気配の漂い始めた夜、月と星の光の下で、ぼくらは宮廷のほかの人たちと共に塁壁沿いに坐り、フルートのトリルのような怪物の声に耳を傾けていた。その声は音階を行きつ戻りつ、遠くの暗い森の木々の間を縫って流れてきた。その響きはクリスタルガラスの酒杯を震わせた。高く結い上げた髪に髪粉を吹きつけた貴婦人たちは、蠟燭《ろうそく》の光を頼りにトランプをしていた。貴紳たちはそっくり返ってパイプをふかし、あの獣を倒す仕事が自分に回ってきたら、どうやって仕留めるかを話題にした。

「魔法使いよ」王が言った。「そなたが手を打ってくれたものと思っていたが」

「手は打ちました」とワトキンは答えた。「とはいえ、難しいことなのでございます。魔法で魔法に対抗するというのは。それに私は老いておりますゆえ」

わずかな間を置いて、王に仕える技師が王の傍らに姿を見せた。その男は象牙《ぞうげ》でつくった矢を撃ち出す機械仕掛けの武器を携《たずさ》えていた。「鏃《やじり》を酸に浸しておきます。酸があいつの肉を溶かします」技師は説明した。「狙うのは首から上ならどこでもよろしいのです。中の仕掛けにたっぷりと油を差しておくことが肝要です」国王陛下は顔をほころばせてうなずいた。

それから一週間後、夕食前の日課として王が国内の状況を聞いて判断を下す時間に、その怪物が馬二頭と狩人ひとりを食らい、技師の助手の右脚を食いちぎったという報告がなされた。技師のつくった新しい武器は捻《ね》じ曲げられ、ぐしゃぐしゃにされ、その結果、怪物に撃ちこむように仕掛けられていた毒矢が方向違いに飛んで、武器の発明者の耳に刺さったという。たしかに技師の耳たぶはとろけた蠟のようだった。

「あの怪物が卵を産む心配があります」と技師は言った。「森を燃やすことを進言いたします」

「森を焼き払うわけにはいかぬ」と王は言い、魔法使いをふり返った。ワトキンは居眠りをしているふりをした。

　ぼくはワトキンが椅子から立ち上がるのに手を貸し、石段をおりて、ぼくらの部屋に続く廊下に出るまでつきそった。そこで離れようとすると、ワトキンはぼくの襟《えり》をつかんでささやいた。「呪文の力が弱くなっている。歯茎にそれを感じる」ぼくはうなずいた。それから、彼はぼくを脇へ押しやり、部屋まで自力で歩いていった。そのあとを追いながら、ぼくは背後をふり返った。王は自分の魔法使いが、自分にそむいて技を用いていることに気づいているに違いないと思った。

　作業部屋の西側に仕切られた自分の寝場所にはいって横たわった。コブザルの毛のないピンクの死体が隣の部屋の天井から逆さにぶら下げられているのが見えた。このコブザルの死体は、ワトキンがパルジェリアから取り寄せたものだ。少なくとも記録の上ではそうなっている。だが、いざそれが届いたときの彼の反応から察するに、彼はそれをどう使うつもりだったか、忘れてしまったようだった。結局、ワトキンはぼくのところに来て「このコブザルの使い道を考えてみろ」と言った。ぼくは何も思いつかないまま、その死体を作業室の天井から吊るしたのだった。

　五年前、ワトキンに仕え始めた最初の日から、彼は毎朝、ぼくに前の晩に見た夢について語らせた。「おまえに害意をもつ者が、おまえの存在の護りを侵すのは夢からだ」と彼がぼくに言ったのは、雷雨のさなかだった。それは八月半ばのある日のことで、ぼくらはツガの木の枝の広がる下に少しも濡れずに立っていた。周りには強い雨が降り、水のカーテンをなしていた。

　王の技師が森でマンティコアに遭遇した日の夜、ぼくは夢の中で、ひとりの女が紫色の花の咲く野を抜けていくのを追っていた。野は下《くだ》り斜面になり、崖っぷちに至った。眼下には、巨大な黒岩があり、呼吸しているかのように規則正しくふくらんだり、すぼんだりしていた。岩がふくらむときには、岩肌のひびや裂けめから、内側の朱色の光がもれ出ているのが見えた。夢の女はふり返って言った。

「魔法使いのもとに来た日のことを覚えていますか?」と。

それからその光がぼくの目の中にはいり、ぼくは自分が目覚めているのに気づいてはっとした。ワトキンが手にしたランタンでぼくの顔を照らしていた。「あれの命が潰《つい》えた。早く来い」そう言うと彼は踵《きびす》を返してベッドから離れ、ぼくを再び暗闇の中に放りこんだ。ぼくは震えながら服を着た。かつてワトキンが宮廷の貴婦人のひとりの鼻の穴から、唾を吐いて抵抗する悪魔の霊を歯で挟んで引きずりだすのを見たときのことを、なぜか思い出した。ワトキンの力は計り知れない。ワトキンのローブの花柄は、雪の中に芍薬《ピオニー》の花々が咲く輝かしい意匠だ。だが、ぼくはもはや日の光を信用していなかった。

作業室にはいると、ワトキンは巨大なテーブルの上に散らばったものを片づけているところだった。ふだん彼が粉を調合したり、トカゲを解剖して、その小さな脳から、すりつぶして乾燥させると薬の作用を促進する働きをもつ部分を取り出したりするのに使うテーブルだ。「ペンと紙をとってこい」とワトキンは命じた。「すべてを記録するんだ」ぼくは言われたとおり、筆記用具を用意した。そのあとワトキンが青い粉のはいったクリスタルの大きな丸い鉢をもちあげようとしたとき、彼の細い手首は重さに耐えかねるかのように震えた。クリスタルの鉢が彼の指から滑り落ちる寸前、ぼくはそれを受け止めた。

ふいに、あたりに薔薇《ばら》とシナモンの香りが満ちた。ワトキンは空気を嗅ぎ、到着が迫っているぞと警告した。六人の狩人が亡骸《なきがら》を運んできた。亡骸は戦場用担架三本に掛けわたされ、〈柳の戦い〉を描いた古いタペストリーで覆われていた。そのタペストリーは宝物庫から〈哀れみの泉〉へと直接通じている通路に掛けられていたものだ。ワトキンとぼくが脇に寄って見守る前で、その濃い口髭《くちひげ》の男たちはうなり声をあげ、歯を食いしばって、担架をテーブルの上に載せた。彼らが列をなして退出していく際に、ワトキンはリボンで口を結んだ小さな粉袋をひとりひとりに手渡した。媚薬《びやく》だろうな、とぼくは思った。狩人たちの最後のひとりは、その報酬を受け取って立ち去る前に、タペストリーのすみを高くもちあげてテーブルの周りを足早に歩き、マンティコアの全身をあらわにした。

ぼくはちらと見てすぐ、本能的に目をそらした。目をそむけても、耳にはワトキンが猫のように喉を鳴らしたり、豚のようにキーキー声をあげたり、カチカチと歯を鳴らしたりするのが聞こえてきた。マンティコアの香りが分厚い雲になってぼくの両肩にのしかかった。そしてぼくはふと、蝿《はえ》の羽音がしているのに気づいた。そのときワトキンがぼくの顔をひっぱたき、無理やり直視させた。彼はぼくの首の後ろをしっかりとつかみ、有無を言わせなかった。

そいつの色は深紅《クリムゾン》だった。さまざまな色合いのクリムゾンだった。色に気づいた次に、歯が目にはいった。するとしばらくはそれから目が離せなくなった。口もとに浮かんでいるのは、苦悶《くもん》の表情と笑みの両方だった。やがてぼくは鉤爪のあるライオンの足先から乳房へ、そして長く艶《つや》やかな髪へと目を移した。つやつや光る分節からなる尾の先にはつるりと鋭い針がある。針の尖端には緑の毒液のあぶくがついている。「書き留めろ」とワトキンが言った。ぼくはペンをつかんだ。「メスのマンティコア」と彼は言った。ぼくはページの一番上にそう書いた。

ワトキンは何分もかかったかと思うぐらいのろのろと一歩踏み出した。それから、もう一歩、また一歩と踏み出して、テーブルの周りをゆっくりと歩き始め、その亡骸をあらゆる角度から観察した。右手に、魔法使いの頭部の彫刻がてっぺんについた杖を握っているが、杖の先は床に触れていない。「絵にかけ」と彼は指図した。ぼくはその仕事にとりかかった。だが、絵をかくというのは、ぼくの苦手とする技能だった。それでも仕方なくかいた。人間のものである頭部と胸と腹、力強いライオンの体、サソリの尾。結局、それまでかいた絵の中で一番いい出来になった。とはいえ、やっぱり恐ろしく下手くそな絵だ。

「マンティコアというものを私が初めて目にしたのは学童期だった」ワトキンは語り始めた。「クラスで、湖に遠足に行ったときのことだ。果樹園を通り抜け、黄色い花の咲く広い野原に出た。クラスの担任はレヴュという名の女性で唇の脇にほくろがあったが、その先生が片方の手を私の肩に置き、遠くを指さしてささやいた。『ごらんなさい。マンティコアの夫婦よ』クリムゾンのふたつのしみのように見えるものが、草原の端で、木の低いところにぶらさがっている果物を食べているのが、私にもわかった。夕方になって町へ戻る途中、あの独特のトリルが聞こえ、私たちは二頭のマンティコアに襲われた。彼らは三列の歯をもっていて、完璧にタイミングを合わせて噛んだ。私の目の前で、先生が食われた。先生は私に対して懸命に、死に臨んでの罪の告白をしている最中だった。私が先生のために祈っている間、怪物たちは知らない国の言葉で詩を吟《ぎん》じ、唇についた血を舐めた」

ぼくはワトキンの語ったすべてを書き留めた。そうするのが当を得たことなのかどうか自信はなかったが。ワトキンは決してぼくの目を見ず、マンティコアの亡骸の周りをゆっくり移動して、杖で軽くつついたり、片目を狭《せば》めてそいつの体の奥まったところの暗闇を覗きこんだりした。「顔が見えているか?」とワトキンは尋ねた。見えています、とぼくは答えた。「おぞましい笑みさえなければ、美しい顔だ」と彼は言った。ぼくは笑みを伴わない彼女を見ようとしたが、心の目に映るのは彼女を伴わない笑みだった。彼女の肌が被毛と同じクリムゾンで、彼女の目が黄色いダイヤモンドだということはわかった。そして長い髪は、彼女が生きていたときには、それ自身の心をもち、彼女の命令のままにしなう赤紫の鞭《むち》のようだったろうと思った。けれどやはり、今も口もとに浮かぶ笑みが彼女の美しさを見えなくさせた。

「私が子どもと大人の間の年齢だった頃、隣の家に若い娘が住んでいた。これと同じくらい長い髪をしていたが、娘の髪は金髪だった」ワトキンは指さして言った。「今のおまえと比べると、私は少し年下で、娘は少し年上だった。たった一度だけ、一緒に海岸の砂礫《されき》地に出かけて、砂丘の間の地下道を降りていったことがある。そこの地下の廃墟に、コブザルの顔を石に彫ったものがあった。私たちはその前に横たわり、キスを交わし、眠りに落ちた。その頃には、親たちや近所の人たちが私たちを探していた。夜遅く、娘が眠り続けているときに、コブザルの石の顔のすぼめた唇から風が吹き、〈裏切り〉と〈時間〉に気をつけろと私に警告した。やがて目を覚ました娘は、眠りの中で海へ行き、マンティコアと一緒に漁をしたと私に話した。私たちが次にキスをしたのは、結婚式のときだった」

ワトキンは叫んだ。「絵にかけ」ぼくは自分の最善を尽くした。だが、マンティコアが海辺で娘といるところを描いたらいいのか、それともワトキンが砂丘の地下で娘と一緒にいるところをかいたらいいのか、わからなかった。「マンティコアの笑みについて、もうひとつ」とワトキンはつけ加えた。「あれは滑《なめ》らかに動く顎《あご》の有機的回転機構によって、絶え間なく永遠に回り続ける。そして三列の歯は、死後、墓の中でさえ、真っ暗闇を咀嚼《そしやく》する」

「それを絵にかきますか?」とぼくは尋ねた。

ワトキンは歩きだしていた。ちょっと間を置いて「いや」と答えた。

彼はテーブルのふちに杖を置くと、マンティコアのライオンの前足の片方の先を両掌《りようてのひら》でもちあげた。「この鉤爪をごらん」と彼は言った。「この鉤爪がいくつの頭を体から切り離したと思う?」

「十ぐらいでしょうか」とぼくは答えた。

「一万だ」と答えて、ワトキンは前足を置き、杖を手に取った。「さて、これから先、いくつの頭を切り離すだろう?」と彼は尋ねた。ぼくは答えなかった。

「ライオンらしさは被毛、筋肉、腱《けん》、鉤爪、スピードだ。それこそが計り知れない存在の五つの重要要素だ。かつてドリーシャの王が、まだ幼い兄弟のマンティコアをつかまえて馴《な》らしたことがある。王はそいつらを千の輪からなる長い鉄鎖につないで戦場に連れていった。そいつらは突撃してくるイグリドット兵の列を切り裂いて進んだ。わが国王陛下がもっとも大きな焼き菓子を食べるときにだけ発揮なさるのと同じ、巧妙な技と粘り強さでな」

「それも書き留めますか?」

「ああ、一言一句たがわず、最後の言葉まで」ワトキンは語り終えると、ひとりうなずいてゆっくりと進んだ。ようやく杖がこつこつと床を叩き始めた。「信じられているところによれば」と彼は言った。「マンティコアのしきりのない心臓の内部には、もうひとつ、より小さな臓器が浮かんでいる。この小さな臓器の真ん中にさらに小さな金の球がある。この球は想像しうる限りのもっとも純粋な金でできている。まったく混じり物がないので食べることもできる。食べた場合には、空を飛ぶ美しい夢が百万、もたらされるそうだ」

魔法使いはなおも言葉を続けた。「私のおじのひとりはマンティコアを狩り、一頭仕留めた。おじはその胸を切り開いて金の球を取り出し、ひと呑みにした。その後、おじは一日に五回しか、正気に戻らなかった。常に両手を上にあげ、際限なく舌を動かし、視線を細かく震わせていた。ある夜、おじは誰も見ていない隙に家を抜け出し、森にさまよいこんだ。しばらくの間は、ぼろぼろの服をまとった修行者を見たという話を何度か聞いた。だが、あるとき、おじの指輪と時計を家族に戻すために訪ねてきた人があり、おじの頭部のそばでそれらを見つけたと語った。おじの頭部がぶじにガラスのケースに収められたとき、私は初めて魔法を使って、おじの頭部に語らせ、マンティコアと過ごした最後の時間についての話を聞いたのだ」

おじの物語を終えると、ワトキンは「この仕事が済んだら、この髪をひと束もっていくといい」と言った。「年を取ったら、結んでチョッキのポケットに入れて身につけていろ。災難除けになる……いくらかはな」

「マンティコアはどのくらい速く走るんでしょうか」ぼくは尋ねた。

「どのくらい速くだと」とつぶやいて、ワトキンは立ち止まった。そよ風が作業部屋の窓やポルティコを通り抜けた。彼はさっとふり返って窓の外を見た。嵐を呼ぶ黒雲。生い茂った垣根。薔薇とシナモンのねっとりした香り。蠅はいまや群れをなしていた。「風の運ぶ匂いに蠅がたかるのと同じぐらい速《すみ》やかに」と彼は言った。「絵にかけ」

「気がついているか、外傷がないことに」とワトキンは指摘した。「狩人たちに殺されたんじゃない。老衰で死んだのを狩人たちが見つけたのだ」彼は口をつぐみ、背中の後ろで手を組んでじっと立っていた。言うことが種切れしたのかな、とぼくは思った。やがて彼は咳ばらいをして口を開いた。「ある時点で、苦悶の表情と笑みとは同じ形と激しさを共有し、意味するものもまったく同じではないにしても、ほぼ等しい。その時点で、そしてその時点においてのみ、この獣のもつサソリの尾への理解が兆《きざ》すのを感じ取ることができる。滑らかで黒く、毒をもち、針のように鋭いそれは、稲妻の速さで動いて肉と骨を突き刺し、すべての記憶作用を止める化学物質を注入する。尾の針に刺されると、人は金切り声をあげて走りまわりたくなり、刺した相手の紅紫《マゼンタ》の心臓を弩《クロスボウ》で狙うことを切望する。しかし、悲しいかな……忘れてしまうのだ」

「今、絵にかいています」とぼくは言った。

「よろしい」とワトキンは言い、杖を握っていないほうの手で、サソリの尾の滑らかな分節のひとつを撫でた。「忘れることも絵にかけよ。忘れずにな」彼はひとり笑いをした。「マンティコアの毒がある種の鬱《うつ》病の治療薬として用いられていた時代がある。鬱病の中心には、非常にしばしば過去の何らかの出来事がある。マンティコアの緑色の毒を細心の注意をもって量り、スポイトで目の隅に注入すると、たちまちにして記憶を麻痺《まひ》させ、悲しみの原因を打ち消す。聞くところによると、注入する薬の量が多すぎて、忘れることを忘れた男がいたそうだ。その男はあらゆることを記憶し、何ひとつ忘れられなかった。彼の脳は毎日毎秒満たされ続け、ついには爆発した。

だが、この毒自体に人を殺す作用はない。この毒は、獲物の思い出す能力を封じてぼうっとさせ、マンティコアの歯がたやすく嚙み切ることができるようにするだけだ。尾の毒針に刺されたが、食い殺されずに済んだ者が少数ながらいる。そういう者は皆、同じ幻想体験を語る。瞬《まばた》きをひとつする間に古い夏の別荘に移動していて、その別荘の四つの階は客用の部屋に占められている。そこでは日も沈むし、蚊もいる。毒の効き目が続くおよそ二日の間、毒針の犠牲者はこの隠れ家に滞在する――もちろん、心の中での話だ。夕闇が下りる頃に吹いてくる涼しい風、網戸に張りつく蛾《が》、遠くの潮騒。そして、犠牲者は自分がひとりぼっちだと気づく。私が想像するに、毒が効いている最中に死ぬことは、永遠に、その海辺の美しい場所にひとりでいることだと思う」

ぼくは思わず言った。「マンティコアのあらゆる側面が人を永遠へといざなうのですね――笑みも、もっとも純粋な金も、毒針も」

「それを書き留めろ」とワトキンは言った。「ほかに何かおまえが言えることは?」

「あなたに仕えるために来た日のことを覚えています」とぼくは言った。ぼくの乗った馬車がポプラの木立の中を走っている途中で、急に速度を落としました。道に死体があったためです。馬車がそこを通るときに窓から外を見ると、地面が血だらけになっていました。そのときの人だかりの中にあなたがいました」

「おまえには理解できないだろうが、私とマンティコアたちとの間には目に見えないつながりがある

――一種の共生関係のようなものだ。私は自分の腰のあたりにそれを感じる。魔法はどんどん小さくなるピンホールを通って未来に向かうのだ」

「この怪物を生き返らせることができるのですか？」ぼくは尋ねた。

「そうではない」と彼は言った。「魔法はそういうふうには働かない。私には別の考えがある」彼は作業台のひとつに歩み寄り、杖をそこに置いて、手斧《ておの》を取り上げた。そしてマンティコアの死体のところに戻ってくると、ゆっくりと尾のほうに回った。「あの日おまえが路上に見たのは私の妻だったのだ。妻はマンティコアに殺された――まさにこのマンティコアに」

「それはお気の毒に」とぼくは言った。「でもそうなら、もっと一途《いちず》にこいつを殺そうとなさるのがふつうでしょうに」

「わかろうと思うな」とワトキンは言い、手斧を頭上高くふりあげると、一撃のもとにマンティコアの尾から針を切り離した。「私は毒の魔法によって夏の家に行き、妻を永遠から救う」

「お供します」とぼくは言った。

「おまえは行ってはならぬ。妻と私とともに、永遠の中に閉じこめられてしまいかねないんだぞ。とんでもない話だ」とワトキンは言った。「おまえはだめだ。それに、私が毒の作用のもとにあるときに、私に代わってしてほしいことがほかにあるのだ。このマンティコアの頭部をもって森に行き、埋めてくれ。マンティコアの頭部は木の根になり、その木には、マンティコアの赤ん坊が実る。おまえが携えていくのは最後の種だ」ぼくが身支度をしている間にワトキンは手斧を用いて、マンティコアの首を切った。

　ワトキンのもとに来るまえに練習したことがあり、馬には乗れた。だが、夜の森を行くのは怖かった。黒い毒針が刺さったワトキンの掌や、急にぐったりとしてえずき、白目をむいているワトキンの顔が頭から離れなかった。ぼくはマンティコアの首をウールの袋に入れ、鞍《くら》に結びつけて運んでいた。ワトキンが間違っていて、頭と毒針を失って作業部屋のテーブルに横たわっているあのマンティコアが最後の一頭ではなかったらどうしようかと、ぼくはおののいた。ぼくの身の護りのために、ワトキンは必要になったら使えと、魔法の道具を与えてくれた。それはひと握りの黄色い粉と六つばかりの単語だったが、その呪文をぼくはすでに忘れていた。

馬に乗って暗闇の中を数分進むと、もうそれ以上は耐えられなかった。馬から下り、たいまつを道の柔らかい土に突き刺した。地面を照らす大きな光の輪ができた。もってきたシャベルと首の袋を馬からおろした。穴を掘り始めて半時間近くたった頃、微《かす》かな声がどこか近くから聞こえてくるのに気づいた。誰かが森の奥から、ぼくを盗み見しているのではないかと思ったが、やがてその声が袋の中から流れ出ているのだとわかって、恐怖に凍りついた。袋の中を見ると、マンティコアの笑みがまともにこちらを向いていた。目が大きく見開かれ、口の裂け目が開いて、三列の象牙のような歯が光った。そして彼女は異国の言語で話した。

ぼくはマンティコアの首を袋から出して、たいまつの光の輪の真ん中に置き、彼女の髪を後ろになであげ、歌うような美しい言葉に耳を傾けた。そして言葉の流れがもたらした一種の恍惚《こうこつ》状態から、はっと我に返ったとき、ぼくはワトキンがくれた魔法の品を思い出した。粉を掌に載せ、注意深く狙いを定めて、マンティコアの顔に吹きつけると、マンティコアは咳きこんだ。呪文は忘れてしまっていたので、それらしい響きの音をでたらめに口にした。するとマンティコアがぼくに話しかけ、ぼくには彼女が言っていることがわかった。

「永遠」と彼女は言い、何度もくり返した。まったく同じ抑揚で、正確に、何度も何度も何度も……。

ぼくはシャベルをつかみ、穴掘りに戻った。穴が十分な深さになる頃には、マンティコアのくり返しに、ぼくの神経はすっかり参っていた。穴に首を投げこみ、夢中で土をかけた。自分の手の動きののろさが、もどかしかった。首がすっかり土に隠れてもなお、その際限のないくり返しは、くぐもった声で土の下から聞こえていた。ぼくは土を叩いて固めたあと、握り拳《こぶし》のような奇妙な形の緑色の石を見つけて、のちの目印のためにそこに置いた。

ワトキンが海辺のその場所から戻ってくることはなかった。毒の効き目が消える頃、彼の体は命を失っていた。そののち、ぼくは魔法使いになった。ぼくが魔法について何も知らないのを誰も気にしてはいないようだった。「何でも思いついたことをしていれば、そのうちやり方がわかる。そうなったら、それを広めればよい」と王は言った。ぼくは王の卓見に感謝した。しかし、王が例の純粋な金を食べていて、今では夢で空を駆けているとき以外は、ほぼ正気を失っていることもわかっていた。それから長い年月が流れた。ぼくはできる限りの努力をして、ワトキンが記録に残していた仕掛けや薬や現象を学んだ。そういったものの中に何らかの魔法が含まれていたのだとは思うが、どこが魔法なのかは容易にわかることではなかった。

ぼくは魔法の鏡を用いて、ワトキンの運命を目にすることができた。その鏡はワトキンの寝室で見つけ、使い方を身につけたものだった。その鏡に簡単な指示を与えれば、存在するいかなる場所も見ることができた。ぼくは海辺のあの静かな場所を選んだ。するとたちまち、美しく掃《は》き清められた通路や花盛りの藤や、板がささくれた灰色の塀が眼前にあった。宵闇《よいやみ》が迫っている。網を張ったポーチで金髪の女が籐《とう》製の揺り椅子にすわり、床板の軋《きし》む音に耳を傾けている。夕暮れ時の微風が日焼けした肌に心地よく、この一日が際限なく続くように感じているのだろう。やがて夜が訪れると、女は籐椅子を揺らして眠りについた。ぼくは女の夢を見せるよう、鏡に命じた。

女は浜辺にいる夢を見ていた。波が穏やかにうねりながら砂に打ち寄せている。あのマンティコアが水際にいて——晴れた日の青空にクリムゾンの体が鮮やかに映え——錘《おもり》のついた網で漁をしている。金髪の女は恐《おそ》れ気《げ》もなく、マンティコアに近づいた。マンティコアは笑みの上に笑みを重ねて、網を打つのを手伝ってくれないかと丁寧に頼んだ。女はうなずいた。網が遠くに投げられ、ふたりは待った。やがて引きがあった。金髪の女とマンティコアは獲物を引き寄せるために、懸命に網を引いた。やがて網にからまり、髪に海草をつけたワトキンが浜に引き上げられた。女が駆け寄り、手伝って網から出した。ふたりは抱き合い、キスをした。

ぼくは今、森の奥で奇妙な獣を見たという話が出ないかと、耳をそばだてている。馬や人が行方不明になれば、ただちに森に駆けつけねばならない。狩人たちとも毎日、言葉を交わすようにしている。その生き物についての目撃報告はいずれも曖昧《あいまい》だが、件数が増えている。今ではわかっている。ぼくとマンティコアとの間には目に見えないつながりがある。まるで、あの柔らかくくぐもった声がぼくの心臓の心室の中で執拗《しつよう》にささやき続けているかのようだ。「永遠」と。

巨人国

昔、ある巨人がひとつの鳥籠《とりかご》に三人の人間を飼っていた。その鳥籠は巨人国の木の小枝でつくられて、巨人の台所の隅の回転式肉焼き器の真上に吊り下げられていた。そこにはしょっちゅう蒸気が昇ってきた。ときには火の粉《こ》が飛んで人間たちの服に火がつくこともあった。人間たちは、今自分は夢を見ているのかもしれないと思いながらも、必死になって焔《ほのお》にコートをはたきつけ、火を消した。

巨人はその人間たち――ふたりの男とひとりの女――を夜、つかまえた。州間高速道路から、それぞれが乗った車ごとつかみとり、麻袋に入れて持ち帰ったのだ。誰にも姿を見られることなく、日の出までには山の住まいに戻っていた。巨人は逃れようとうごめく人間をそれぞれの車からつまみだし、鳥籠に入れた。彼は毎日、人間たちに脂《あぶら》っぽいスープとじゃが芋とチョコレートをやっていた。十分に太ったら食べるつもりだ。

ある夜、女が眠っていて、巨人がのんびり台所仕事をしていたとき、鳥籠のふたりの男が巨人を呼んだ。巨人はつかまえている人間たちと話すのを嫌がらなかった。大抵の場合、礼儀正しくさえあった。「なんだね、おふたりさん」巨人は囁《ささや》き声で言った。その息が男たちの髪を吹き上げた。

「美人だと思わないかい?」背の高い男が、眠っている女を指して言った。

巨人は女をじっと見た。やがてその口もとがほころんだ。

「この女を説得して、喜んであんたと結婚するようにしてあげよう。ただし、おれたちを自由にするのが交換条件だ」

「どうやってそんな奇跡を起こすと言うんだね」巨人は尋ねた。

「二、三週間、おれたちがあんたを褒めまくる」白髪の男が言った。「彼女の目に、あんたが王子さまに見えるようにしてあげよう」

「二週間やろう」と巨人は言った。

女が目を覚ますとすぐ、ふたりの男は女の気持ちを動かそうといろいろ言い始めた。「あの巨人について、ひと言だけ言うならば……」「巨人であるということは、なかなか誇らしいことだろうね」「彼があのヤギに一発食らわせるのを見たかね？」「あの人は船団の船が全部、重みで沈むぐらいたくさんの金貨をもっているんだよ」

だが、のっぽと白髪頭が巨人のことを話題にするたびに、女は言うのだった。「そんなこと、わたしにはどうでもいいわ。あんなやつ大嫌いだから」女は鳥籠の桟《さん》にしがみつき、「何さ、このでか物《ぶつ》の糞野郎」と甲高い声で巨人を罵《ののし》るのが常だった。

巨人は、木の桟に押しつけられてはちきれそうな女の体をながめてはにやにやし、手元の仕事を続けるのだった。毎朝、子牛の腎臓《キドニー》パイを食べたあと、金貨を数えるのが彼の習慣だった。真昼になると、巨人はツィードのスーツに着替え、シルクハットをかぶり、人間の頭部の化石を磨きあげたものが持ち手としてついているステッキを手にして、仕事に出かける。彼の仕事は、魔法の豆を訪問販売することだ。その魔法の豆は、彼が雑誌の広告を見て取り寄せたもので、空の雲に届くほど、ぐんぐんと茎が伸びるというふれこみだった。毎夜、巨人はオペラのレコードをかける――「〈犬の背骨〉の歌姫」こと女巨人のイビラが歌うアリアだ。そして鳥籠の人間たちは、この家のほかの部屋から廊下を漂ってくる物悲しい旋律を、それに伴う大音量のむせび泣きとともに聞く。

ふたりの男は、巨人もそう悪くないということを女に納得させようと、思いつく限りのことを言った。自分たちにとっていわば父親代わりだとまで言った。しかし、嘲笑《ちようしよう》が女の顔から消えることはなかった。日がどんどん経ち、鳥籠の人間たちは体が重くなっていくのを感じた。発汗するときには、粘っこい琥珀《こはく》色の玉が毛穴から出てきた。みんな、体が服より大きくなってしまって、服を脱がなくてはならなかった。巨人は時折、長く伸ばした小指の爪の尖《とが》った先っちょで、人間たちの腹や太ももをつついた。そのようにつつかれると、ふたりの男は、二週間という期限が残り少なくなっていることを思い出すのだった。

いよいよ明日の朝食に食われることになるという前の晩、ふたりの男は鳥籠の桟のきわに女を追い詰めて威嚇《いかく》した。「われわれが生き延びる唯一の道は、あんたが巨人との結婚を受け入れることだ」と白髪頭が女に言った。のっぽが大きな手で女の喉元を包んだ。「うんと言わないなら、今すぐおまえを殺す」と彼は言った。女はのっぽの顔に唾を吐いた。のっぽは女の頸《くび》を絞め始めた。白髪頭が女のたぷたぷした腹にパンチを入れた。ぐったりとした女の体を、ふたりの男は床に落とした。「イエスか、ノーか」ふたりはかわるがわる訊いた。女はうなずいた。

その朝、巨人は胸元に布をかけてやってきた。「さてさて」巨人は雷のような声をとどろかせた。「私を待っているのは食事かな? それとも結婚かな?」

ふたりの男は女を見やった。女は彼らに笑顔を向けた。

「妻になってくれるかな?」巨人はチョッキのポケットから単眼鏡《モノクル》を取り出しながら訊いた。前に歩み出てくる女の全身を、巨人は上から下までじろじろ見た。

女は鳥籠の扉のすぐ脇に立って言った。「あんたと結婚するぐらいなら、ナメクジと結婚するほうがましだわ」

モノクルが巨人の目から落ちた。

ふたりの男は女に詰め寄ろうとした。巨人は鋭い苦悶の声をあげると、鳥籠の扉を拳《こぶし》で突き破り、まだ女のところに到達していないふたりの男をつかみとった。巨人はまず、白髪頭の男の右脚を食った。血が雨のように降って肉焼き器の下の石炭に落ち、音をたててはじけた。いくつかの悲鳴があがったが、この広大な台所では、死にかけているネズミの悲鳴のようなものだった。女は、次いで背の高い男が巨人に首を食いちぎられるのを見て、鳥籠にあいた穴から飛び出し、串に刺さって回転している牛肉の厚切りの上に落ちた。女は肉の回転に合わせて、一歩ごとに足にやけどを負いながら、つるつるした肉の表面を駆けおりた。そして下の石炭をよけて飛び、玉石を敷き詰めた床に着地した。

巨人はまだ口をもぐもぐさせながら、女を踏みつぶそうとした。だが、体重がふえた今でも、女は巨人にとってすばしっこすぎた。台所の巨大な出口に向かう女を、巨人は追いかけた。女が猪《いのしし》の頭が並ぶ廊下に出てさほど進めないでいるうちに、巨人は血にまみれた手で女を掬《すく》い上げた。だが、巨人は女を食いはせず、ポケットに入れて家を出た。

巨人は小道を進み、やがて一軒の家の前に来た。彼がドアをノックすると、もうひとりの巨人が出てきた。

「はいってくれ」と第二の巨人は言った。彼の頭は鸚鵡《おうむ》の頭で、彼の指はゴムでできているかのようにしなやかだった。

第一の巨人はポケットから女を出し、目の高さに掲げた。「いらないかい?」と彼は尋ねた。「私は満腹なんだ」

第二の巨人はちょっと考えてから言った。「ジュースにしよう」ふたりは、鸚鵡頭の巨人が魔法の薬や病気を治す薬を調合する台所に、女をもっていき、ジューサーのスイッチを入れた。第一の巨人が女を、下でステンレスの刃が回転しているジューサーの開口部にぶらさげて、「さよなら。結婚してくれたら、かわいがってやったのになあ」と言った。

最後の瞬間になって、女は言った。「あんたたちふたりのうち、闘って勝ったほうと結婚するわ」

巨人たちは顔を見合わせ、うなずいた。彼らはコーヒーテーブルの上の硝子《ガラス》の箱に女を入れ、蓋の留め具をかけた。そしてそれぞれの武器を取りにいった。一時間後、森の中の開けた場所の切株の上に、女のはいった硝子の箱が置かれた。闘いのようすがよく見える位置だ。鸚鵡頭の巨人はクロム鋼の棒を構えた。尖った先端が日の光を浴びてきらめいた。海のような緑色の首筋の羽根が逆立ち、オレンジ色の丸い鳥の目が上下にぴくぴく動き、黒い舌がちょろちょろ出て下の嘴《くちばし》の先とからまりあう。もうひとりの巨人は棘《とげ》の突き出た棍棒を構えている。その棍棒はたいまつを兼ねるよう先端が改造されていて、火がともっている。

近くの木から葉が一枚落ちた。それが闘いの開始の合図となった。両者はがっちりと組み合って闘った。クロム鋼が膝の関節を打ち、羽根の生えた頭の上を焰が横切った。けたたましい叫びや地響きのような呻《うめ》き声が森の空き地を満たした。肉のかけら、血のほとばしり、焦げた羽根、水の夢のように柔らかな青い羽毛が、ふたりの巨人から飛んで出て、森の地面に散らばった。鸚鵡頭の巨人が相手の心臓に嘴を突き刺したとき、闘いは終わった。だが、そのときまでに、鸚鵡頭は手の施《ほどこ》しようもなく焦げていた。彼はよろよろとあとずさりしながら、弱々しい鳴き声をたてると、息絶えて倒れた。

女は硝子の箱に閉じこめられたまま、痩せていった。女の目の前で、豚ほどの大きさの蠅《はえ》がふたりの巨人の死骸にたかった。猛禽《もうきん》がまっすぐ下りてきては、死骸から肉の塊《かたまり》を食いちぎってもっていった。ある日、一羽の鴉《からす》がやってきて、巨人たちの目玉を食べたあと、硝子の箱を鉤爪でつかんで飛びたった。鴉はどんどん高く飛んで空を昇っていき、青空を越えて、その上の夜にはいった。そして複雑な鳴き声で歌い、その歌が箱の硝子を震わせた。火星を過ぎ、木星を過ぎ、鴉は悠々と飛び続けた。箱の中の女は星々を見て、さまざまな世界の有り様に驚嘆した。

それから、ひとつの恒星が爆発し、その衝撃波が鴉と女を呑みこみ、忘却のふちに沈めた。はっと気づいたとき、女は、とある台所の床に膝をついていた。

「どうしたんだい？」かがみこんで手を差し伸べながら、夫が尋ねた。

「何でもないわ」と女は答えた。「何でもない」

「医者に行かなきゃだめだよ」夫は女を椅子にすわらせながら言った。

「あした行くわ」と女は約束した。女は夕食の用意を終え、一家は食卓についた。自分のつくった夕食はローストチキンと別焼きのスタッフィングとトウモロコシだということを、女は発見した。

夕食が終わってコーヒーを飲んでいたとき、女は夫のほうを向いて尋ねた。「わたしの名前は何というの？」夫は答えようとしたようだったが、すぐに目をそらし、遠くを見た。質問されたこと自体を忘れてしまったかのようだった。女自身はどうかというと、夫の名前を思い出せなかった。

「わたしの名前は何というの？」女は子どもたちのひとりひとりに訊いた。だが、どの子も肩をすくめて首をふるだけだった。そのときになって初めて女は、花柄の壁紙にまったく見覚えがないこと、猫がいつもの一匹だけでなく、二匹いることに気づいた。わずかに覚えていることは、とりとめのない、ばらばらなことばかりだった。だが、まだ結婚していないはずだというのは、確信に近いものだった。女は恐怖を隠すために声をたてて笑った。夫と子どもたちも笑った。

女は手早く食器を洗うと、ごみを出してくるわと宣言した。そして、ごみ袋をさげて居間でテレビを見ている家族のそばを通りながら、「すぐに戻るわ」と言った。外に出てドアを閉めるとすぐ、女は袋をその場に落として走り出した。

夜が明ける前に、車内にキーが残っている無施錠の乗用車を見つけることができた。女は町をあとにし、州間高速道路にはいってどんどん行った。走り続けて、ようやく止まったのは、車の前の砂に海の波が打ち寄せてきていたからだ。女は車を降りて浜辺を歩いた。

その日のうちに、海を見下ろす砂丘の上に、人の住んでいる気配のないあばらやを見つけた。暖炉と煙突があり、打ち寄せる波に面したふたつの窓には、外の景色がゆがんで見える硝子がはまっている。そして鯨《くじら》の骨やマンタの軟骨からつくられた快適な家具がある。部屋は居間と寝室と台所。家の中にバスルームがないかわりに、砂丘のふもとに屋根のない木造の外便所がある。外便所は棘のある低木の茂みと背の高い海辺の草の中に隠れている。女は少しも時を無駄にせず、着いたその日から、この小さな家を整頓し始めた。流木の棒と海辺の草から箒《ほうき》をつくり、くまなく掃《は》いて、クモの巣や砂を取り除いた。

寝室の壁に、古い釣道具がかかっていた。太い釣糸、ベールのないタイプのリール、*そして水中を動く銀色の小魚に見えるようにつくられた、どっしりと重い三股フック付きルアーが釣竿にとりつけられていた。午後遅く、女はこの釣竿を浜辺にもっていき、沈みかけた太陽のほうに釣糸を投げた。釣糸は二度もつれ、女は二度とも、辛抱強くもつれをほどいた。釣糸を投げては巻き取り、投げては巻き取った。夜の闇がおりて、月が昇る頃、女はようやく釣糸の先が引っ張られるのを感じた。その突然の手応えによって、女は生き延びられると知った。

女が初めて釣った魚は、人間の目のような目に、分厚い唇をもち、背びれは婦人用の扇《おうぎ》のようだっ

＊　ベールはある種のリールにおける、スプールに糸を巻きつけるためのパーツ。ベールのないタイプのリールは、主に砂浜からの投げ釣りに用いられる。

た。女が糸を巻き上げて魚を砂浜に引き寄せたとき、魚は月光を浴びてきらめき、大気に溺《おぼ》れながら、目玉をくるんと上に向けて、女と目を合わせた。魚が無言のうちに命乞いをしているのが、女には感じられた。魚が死んでいくのを見るのは女にとってつらかったが、空腹のせいで体に力がはいらず切羽《せっぱ》詰まっている今、ほかにやりようがなかった。女は獲物をもち帰ったあと、砂丘を探し回って流木を拾った。その棒切れを円錐形《えんすいけい》に組み合わせると、その中に、さっき家の中を掃除したときに見つけた黄ばんだ新聞紙を丸めて詰めこんだ。ジーンズのポケットにはいっていたライターを使って火をつけると、ぱっと燃え上がった。夜の闇の中で火はまばゆいオレンジ色に燃え、紙の燃え殻が輝きを放って漂いながら真っ暗な空を昇っていった。

魚の肉はサフランの味がして、女に元気を与えてくれた。その夜、鯨の骨のベッドに横たわり、女はあの煙草用ライターはどこで得たのだろうか、自分の真の過去につながっているのだろうか、と思いを巡らした。眠りに落ちると、あの魚の夢を見た。魚は女と一緒にベッドに横たわっていて、ぜいぜい息を切らした瀕死《ひんし》の声で、巨人にさらわれたとき、あなたは逃げていたのだ、と女に告げた。

「逃げていたって、何から?」と女は訊いた。

「小さな人たちから」と魚は答えた。それから、魚は一対の翼を生やし、空中に浮かぶと、女の顔の上を輪を描いて飛び回った。

ふいに目覚めた女は自分の真上で、一匹の蝙蝠《こうもり》が同じように輪を描いて飛んでいるのに気づいた。転がってベッドから下りると、手作りの箒を置いた場所まで這うようにして行った。箒を握ると、女の心に勇気がわいた。女は箒で激しく宙を叩き、蝙蝠を居間に追い出した。片手で箒をふり続けながら、女はどうにか、家の正面のドアをあけた。侵入者は女の脇を通って夜の闇の中へ飛び去った。女はベッドに戻らず、外の砂丘の砂の上に足を踏み出した。月光のもと、そよ風が草原《くさはら》を通り抜け、海の波がぴちゃぴちゃと浜に打ち寄せている。女は自分の見た夢のことを考え、しばし思い出した。都会のアパートの部屋、燃える蠟燭《ろうそく》、ステレオから流れるアリア、割れたワインの瓶、時計の針、スーツケース。そして、いくつかの瞬間の固まったつぶつぶ、全体としての意味のないばらばらな日々の残骸が列をなして続き、最後は巨人の喉で終わった。

嵐のあとには、有用で、しかも目を瞠《みは》るほどすばらしいものがたくさん打ち上げられる。女は毎朝、浜を歩いて、そういう賜物《たまもの》を拾い集めた。蠟燭、ラム酒の樽《たる》、角《つの》が一本あり、眼窩《がんか》が三つある見知らぬ動物の頭蓋骨《ずがいこつ》、裏面のブリキ板に龍の模様が型押しされて浮き出ている中国の鏡、マンゴーの実、世界の半分ぐらい離れたジャングルの町から来た蔓《つる》を編んだ服。薬臭い茶色い瓶もあった。中には指輪をはめた指が一本と「助けて！」という手紙とがはいっていて、蠟で封印がしてあった。女はルビーの指輪を自分の指にはめ、残りは埋めた。けっして刃がなまらないナイフを見つけたこともあった。油布で包まれた『星座の文法』という標題の革装の本もあった。夜ごと、砂丘の虫たちが鳴く声を聞きながら、女は蠟燭の光でその湿ったページをめくって読んだ。

その夏の残りと秋の初めにかけて、女は毎日、海で泳いだ。この活発な運動と、魚と貝と近くの森で見つけられる小果実《ベリー》からなる単純な食生活の組み合わせによって、女の健康はゆっくりと回復した。時間、それ自体はしなびてほころび、引き潮によって運び去られた。まったく穏やかな長い午後、女は水際にすわり、想像力が花開くに任せて、浜辺を探索する間に見つけた品々が暗示する途方もない物語を追った。大体は裸でいたので、女の肌は褐色に日焼けした。髪は長くもじゃもじゃと伸び、腕と脚には筋肉が形よく盛り上がった。女はもともと龍の鏡を寝室の窓台に鏡面を伏せて置いていたが、雁《がん》の群れが南へ向かう頃には、壁にかけたその鏡に、毎日自分の姿を映すようになっていた。自分の名前を知らないまま、女は鏡に映った自分の姿に、名前はアンナにしようね、と告げた。

秋も半ば、泳ぐにはあまりに海が冷たすぎるようになる直前のある朝、アンナは目覚めて海を見た。岸から百メートル足らずのところに、帯状に砂が堆積したものがひと晩でできていて、大型木造帆船の残骸が乗り上げていた。彼女は何も考えず、波間に飛びこみ、泳いでいった。近づいていくうちに、船腹に大穴があいているのがわかった。そのばかでかい船はかしいでいて、ひびのはいった長いマストが水平線と斜めに交叉《こうさ》していた。そこに着く頃には、潮が引いて、船体の大部分が水の上に見えていた。傷口のように船腹にあいた大穴から、船の中にはいった。

スポットライトのように太い光の筋が射しこんでいるのを別にすると、この木造の巨船の内部は暗かった。小さな波が寄せてくるたびに、板がきしみ、板の下の隙間から水がはいりこむ。船内の水に濡れた積み荷の上を蟹《かに》が這い回っている。上にあがる通り道を見つけ、アンナは体を傾け、段々をよじ登った。出たところは中甲板だった。そこには調理室と、姿の見えない船員たちのための寝棚があった。船員たちの寝場所の先に、アンナは船長室と思われるものを発見した。地球儀、羅針盤《らしんばん》、海図、たくさんの本が散らばっていて、その小さな部屋にミニチュア台風が吹き荒れたかのようだった。

アンナは家にもって帰って役立ちそうなものはないかとあたりを見回した。探索しているうちに、船長の日誌が目にとまった。アンナは真ん中へんを開いて、上の甲板にあいた小さな穴から漏れてくる光を頼りに読み始めた。最初にわかったのは、この船の名はロンリート号といい、ネアリーというところから来たということだった。アンナはページをめくり、最後の記述を見つけて読んだ。

「私は部下たちを救命艇に乗せて送り出した。ジャンク*、〈翡翠花《ジェイド・ブルーム》〉の海賊たちが龍頭砲で船腹にあけた穴から、船内にどんどん水がはいってきていたからだ。海賊たちは、巨人国との交易の旅から戻る途中の私たちに攻撃をしかけてきた。私たちが確実な死の運命を免《まぬが》れたのは、ひとえに、突然嵐が来て、彼ら自身が自分の命を守るのに精一杯になり、戦意を失ったおかげである。私たちはマル・エル・マルの切断された首を入れた大きなクリスタルの球という普通ではない積み荷を積んでいたせいで、呪われたのかもしれない。あるいは、普通の人間にとって、巨人たちとの交易自体、してはならない忌《い》まわしいことだったのかもしれない。上の甲板を吹きすさぶ風の音から判断して、おそらく私にはそのどちらが当たっているのかわかる機会はないだろう。

私の希望することは、せめて部下たちの一部がこの嵐に負けず生き延びてくれることだ。私はこれから操舵輪に体をくくりつける。もしかしたらどこかの浜辺に船を着けることができるかもしれない。万一、この災難を生き延び、ネアリーに帰ることができたら、忘れず神に感謝するように、それを思い出すよすがを私は自分に与えた。時刻を書きたいところだが、残念なことに海賊どもとの戦いの中で、私は懐中時計を失ってしまった」

アンナは拾い読みしながら、初めのほうへとさかのぼった。日誌の中程に、巨人国で船長と乗組員たちが歌姫のイビラの歌を楽しんだという記事があった。彼らは一日中、山登りをして〈犬の背骨〉と呼ばれる高い尾根まで行かなくてはならなかった。そこには大岩をくりぬいてつくった円形劇場があり、優雅な巨人の歌姫が「わたしの名前は何というの？」というアリアを歌った。彼女の歌声は船員たちの心に、甘く切ない憂鬱《ゆううつ》をもたらし、彼らは阿片《アヘン》に溺れる遊興者の状態に似ていないこともない状態に陥《おちい》った、と船長は証言している。「私は自分の半生をふり返った——航海、人々、さまざまな場所、喜びと悲しみを。そして自分の内側に広大な海を発見した」と彼は記した。

＊　中国の伝統的な帆船。

主甲板に上がり、ぼろぼろに裂けた帆が浜風にはためいている下で、アンナは船長の骸骨に出会った。それは革ベルトで操舵輪にしばりつけられていて、水平線を見渡していると思わせる姿勢で直立したままだった。ようやく船を着ける場所が見つかったのに、船長がそれを知らないことを、アンナは残念に思った。彼はポケットの上に金糸の縫い取りのある上着を身につけ、帽子をかぶり、長靴をはいていた。左手の人指し指に結びつけられているロイヤルブルーの糸は、神に感謝することを思い出すためのようすがに、違いなかった。アンナは、立派な船長の悲劇的な最期に心を痛め、満ちてくる潮の中に頭から飛びこむことで船から逃げ出した。翌朝、ロンリート号は消えていた。

冬になり、夜空はいつもよく晴れていた。アンナは星座の文法にのっとってそれを読み解いた。その氷のような散文が彼女に告げたのは、彼女が今、眠っていて夢を見ているというのはただの夢に過ぎず、実のところは、海や星々や砂丘の凧によって実在化した現実の夢の中で目覚めているのだということだった。アンナはよく理解できなかったが、それが真実だと心で感じた。そしてある晩、焔のヴェールを曳《ひ》いて星が流れ、シューという明確な音をたてて海に落ちた。一片の煙が昇り、乳白色の月の周りにからまった。この出来事が星座の文法を根本的に変えて、古い規則は偽りとなり、凍《い》てつく寒さがやってきた。

海は氷と化した。蔓でつくられた服や、はるか以前に死んだ女王の持ち物であったと思われる紋織のペイズリー柄のショールや、シェルパの帽子、アザラシの毛皮のブーツなど、ありったけの衣類に身を固め、くまなく晴れた青空の下、アンナはクリスタルのような凍った波が立つ中に足を踏み出した。波を登って越え、登って越えして歩き回り、ようすを調べた。岸から三百メートルばかりのところに木箱があった。蓋はなくなっていた。木箱の中には、蠟でできた人形が横たわっていた。それは優美な女の姿をしていて裸だった。栗色の馬の毛のかつらをつけ、眉とまつげと陰毛は繊細に描かれていた。

水が凍っている間に数日がかりで、アンナは木箱を岸まで押していった。アンナは蠟の女を家の外に立たせた。家の中にいれると暖炉の熱で溶けてしまわないか心配だったのだ。アンナは新しい相棒を〈モードの女王〉と呼び、毎日会いにいった。海が運んできた宝のコレクションの中から選んで、スミレ色のすとんとしたワンピースを着せ、ドライフラワーを髪に飾り、トウモロコシの軸を火皿に使ったパイプをくわえさせ、希少な孔雀《くじゃく》石のペンダントを首にかけた。最初のうち、ふたりは他愛のないおしゃべりをするだけだったが、やがて、〈モードの女王〉が身の上話を始めた。

「わたしは巨人の人形職人につくられて、巨人の子どものドールハウスの居間に立たせられたの。正面の窓から、わたしのふたりの蠟の子どもたちを眺めるために。子どもたちはシーソーの両端に分かれてすわっていたわ。マックスウェルはいつも上にあがる途中で、両腕を大きく広げて笑顔なの。一方、クロエはいつも地面に向かって下がる途中よ。自分に夫がいるのはわかっていたけれど、夫を目にすることはなかったわ。声はよく地下室から聞こえてきた。彼は地下室で何か厄介な作業をしているの。そして何週間も過ぎても、わたしは相変わらず窓の外を眺めていた。だってほかにやりようがなかったもの。

それからある晩、いたずらな巨人の女の子が遊びの中で、わたしをつかみあげて、夫婦の寝室のベッドに寝かせたの。そして、すぐに、わたしの上に夫を置いたの。女の子は灯りを消すと、わたしたちをそのままにして立ち去ったわ。わたしたちがセックスをして、蠟の子どもがもうひとり生まれてくると期待したのじゃないかしら。部屋が暗くなる前のほんのわずかな間だけ、夫が見えたわ。美男子で、顎鬚《あごひげ》をはやし、黒い髪を長く伸ばしていた。『重たいだろう。すまないね』と彼は言ったわ。『興奮してる?』とわたしは訊いたの。

『いや』と彼は答えた。『蠟でできてる身だからね。だが、おれはきみが逃げられる方法をずっと考えてきたんだ』

『あなたは地下室で動いたり、音をたてたりできるのに、わたしは指一本動かせない。どうしてかしら』

『きみが聞いている騒音は、おれの頭から出ている。とことん集中することで、おれは考えから、ある機械をつくりあげた。それは、きみの周りに、いかなる巨人も無視できない魅力のオーラを投げかける機械だ』

『子どもたちはどうするの?』

『おやおや、彼らが本物じゃないって、わかっているよね? あの子たちはただの人形だ。耳垢《みみあか》を丸めて形をつくったのと変わらないよ』

『どうして、わたしが逃げられる方法を考えているの?』とわたしは尋ねた。

『おしゃべりはもういい』と彼は言った。『考えなくてはならない』

そのあと彼の頭は騒音を発し始めたの。ぶつけるような音。ベッドのヘッドボードをくり返し壁に打ちつけるような。ぶつぶつ言う声や呻きや長いため息もまじっていた。すごい発明をしていたに違いないわ。やがてわたしは眠ってしまったの。その晩のいつ頃だったかわからないけれど——夢の中だったかもしれないし、そうではないかもしれないけど——脚の間に何か温かいものがあって、無意味な動きをしているようだったわ。

二日後、鸚鵡の頭の巨人がひとり、巨人の女の子の家に来たの。茶色い瓶にはいった心臓の薬を訪問販売している旅の商人よ。女の子のお父さんがお金の袋を取りにいき、その男はドールハウスのある居間にひとりきりになったの。そのとき、わたしはすでにドールハウスの居間の正面の窓のそばに戻されていたわ。鸚鵡頭の巨人は窓の外を眺めているわたしを見ると、玄関のドアをあけてゴムのような指をわたしの家に突っこんだ。そいつはわたしをつかみとって、女の子のお父さんが戻ってくる寸前にズボンのポケットに隠したのよ。

鸚鵡頭の巨人はすぐに町を去り、旅をして野外の市《いち》が開かれているところへ行ったわ。鸚鵡頭は顎鬚を生やした巨人に、金貨五枚でわたしを売ったの。その巨人は魔術師だった。マル・エル・マルというこの魔術師はわたしを開けた場所に連れていき、テーブルの上に置いたチェス盤の真ん中に立たせたの。わたしは、周りのチェスの駒とようよう同じくらいの背の高さだったわ。魔術師は声を張り上げて、こちらへ来て奇跡をごらんなさいと、市に集まった人たちに呼びかけた。人だかりができると、魔術師は黒っぽいローブの袖をたくしあげて、ウェンダタムという言葉で始まる呪文を唱えた。するとたちまち、わたしは命を得たの。

取り囲む巨人たちが一斉に息を呑んだ。わたしにとっては、耳をつんざくような音だったわ。わたしは両手で耳を押さえた。生きてるということは、初めて知るすばらしい経験だったわ。動けるってこと、息ができるってことは。わたしの体の蠟は肉になった。そして、自分の喉から出る甲高い叫びが自分に聞こえた。でもその素敵な状態は、それが得られたのと同じくらい突然に、奪われてしまった。巨人の王の親衛隊が群衆を押し分けてやってきて、魔術師をとらえたの。彼らは魔術師をその場にひざまずかせた。親衛隊の隊長が、魔術師は邪悪な技を行なったことについて有罪であると宣告したわ。マル・エル・マルは玉石を敷き詰めた地面に唾をはいて、『王の妻が王国を去り、世界をさまようように』と言ったわ。そして親衛隊が彼の首を斬りおとし、命がわたしから去った。

わたしはチェス盤から払い落とされて、あるおばあさんに渡された。おばあさんは鍛冶屋の炉にわたしを投げこむように命令されたの。おばあさんは言われたとおりに鍛冶屋に行って焔の前に立ったけれど、わたしをどろどろにしてしまうことに耐えられなかった。それでおばあさんはわたしを家に連れていき、遠い昔、娘のために買った人形が着ていた上等な服を着せてくれたの。その娘は、おばあさんがたった一度だけ身ごもったときの子で、生まれてまもなく亡くなったらしいわ。おばあさんはわたしを小箱に入れ、真夜中に、町の南の境界に沿って流れる川まで行ったの。そして、わたしのために子守歌を歌ってくれたあと、目に涙を浮かべて、海に至る流れにわたしを託したの」

「そのおばあさんが着せてくれた服は？」

「とても長い間、航海していたから、朽ちてしまって、少しばかりのただの糸になってしまったの。今ではロイヤルブルーの糸が世界中の海に散らばっているわ」

次の夏が来てほどなく、灼《や》けつくような酷暑の中で、〈モードの女王〉は溶けた。声にならない苦悶の叫びとマル・エル・マルへの魂乞いのさなかで、彼女はぽたぽた滴《しずく》を垂らしてどろどろに溶け、やがて砂にしみこんでいった。彼女を救う手だてはなかった。よく晴れて風の強いある午後、スミレ色のワンピースは海の上に飛んでいった。一匹のハマネズミがトウモロコシパイプを盗んでいき、あとには、砂の上に残された孔雀石のペンダントが、いなくなった親友がかつていた場所を示しているだけだった。友を失ったアンナは激しく泣いた。

南には海がある。北には二、三百メートルの砂地が続き、それから巨石が一列に並んでいて、その向こうに森が広がっている。東には、どのくらいの距離かは定かでないが、いくらか離れたところに、もしまだ海に流されていないとしたら錆びた車があり、そして州間道路に至る道があるはずだ。だが、西にあるのは砂丘ばかりだ。なだらかに起伏する砂の丘が果てしなく続いていく。遠くのほうに見えるいくつかの砂丘の頂上は非常な高みに達している。蠟の友人が溶けてしまった今、自分の悲しみと寂しさを一掃してくれるのは旅だけだろう、とアンナは思った。

ある朝早く、真西に向かって出発した。一泊するのに十分なだけの魚の干物とベリーを絹のスカーフに包んでくくったものを携えている。体力を温存するために、最初のうちは砂丘には近寄らず、海岸沿いに進むことにした。そうすれば、家から大分離れてから砂丘の間を登っていくときに、十分元気が残っているだろうから。アンナは歩く行為、単純に移動すること自体に癒しの効果があることに気づき、日が傾き始めるまでに、かなりの距離を歩いた。午後遅く、方向を変え、砂丘の間へと足を進めた。

夜になる直前に、非常に高い砂丘のふもとに着いた。そこからは頂上が見えなかった。その砂丘を登るという挑戦こそ、自分が求めていたものだとアンナは悟った。登り始める前に体力を回復しようと、すわりこんで食事をとった。夜の闇が降りた頃、アンナは斜面を登り始めた。その夜の星々は溌《はつ》剌《らつ》とした美しい光を放っていて、アンナは星々に向かって登っているような気がした。ありがたいことに涼しい風が吹いていた。

頂上に近づくにつれ、足元の砂が岩に変わっていくのが感じられた。頂上に達すると、それまで遮られて見えなかった月が見えた。月は空に低くかかっていた。その薄明かりでアンナは、自分がうねうねとした小道のような、尾根の上に立っていることに気づいた。その道をたどっていくと、ほどなく砂の動く気配も遠くの波の音もなくなり、両側に山脈が続いた。

この奇妙な場所を通り抜けている最中に、前方から、女のすすり泣きに似ていないこともない物音が聞こえてきた。それは耳をつんざくほどの音量になった。そしてアンナは、通り道の真ん中で、行く手を阻《はば》む障害物に遭遇した。それは巨大な丸石で、奇妙なものが生えていた。長い糸状の苔《こけ》のようなものが、髪の毛のように石のてっぺんを覆っているのだった。嘆きをはらむ震動は、その巨大な形成物の内部から発せられているようだった。アンナは一歩近づいて、それの上に手を置いた。そのとたん、それは石ではないと気づいた。

さっと後ろにさがったとき、その塊にふたつの裂け目が生じ、大きく開くのが見えた。目だとすぐにわかった。巨大な丸石だと思ったのは、巨人の頭部だったのだ。アンナは鳥籠にとらわれていたときのことを思い出して、恐怖に凍りついた。その巨人――女だった――は、目を上げて道に立っているアンナを見た。すすり泣きがふいに止まった。

「こんばんは」巨人の女はそう言うと、上体をもちあげて肘をついた。彼女は目から涙をぬぐった。「起こしてしまってごめんなさい」どうか食べられませんようにと思いながら、アンナは言った。

簡単な会話がそれに続き、アンナはほどなく何も恐れる必要はないと悟った。というのは、この女は巨人の歌姫イビラで、アンナがたどってきた道は有名な〈犬の背骨〉だったのだ。

「あなたはどうして不幸せなの？」とアンナは訊いた。「あなたは偉大な歌い手だと聞いているわ」

「それはそうだけど」と巨人は言った。「でもわたし、どうにかしてこの牢屋から逃れたいの」

「ここを離れられないの？」

「わたしの夫、魔術師のマル・エル・マルは嫉妬《しっと》深い男で、この辺鄙《へんぴ》な尾根から下りていけないように、わたしに魔法をかけたの。わたしの歌を聴きたい人は誰でも、とんでもなく険しい崖を登ってこなくてはならないの。きみを信用することができないから、ほかの巨人たちと自由に交際してほしくないのだ、と夫は言ったわ。でも夫の本心は別にあるの」

「どういうことなの？」とアンナは尋ねた。

「わたしの歌の技術は、彼の魔術の技術よりも完璧なの。彼はそういう意味で、嫉妬深いってわけ」

「何か手だてはないの？」

ここで、イビラは起き上がり、あぐらをかいてすわった。そしてアンナのほうに身を屈めて囁いた。

「わたしには計画があるの。ある日、旅の商人がここにやってきたの。マル・エル・マルが山を下りて、世間で悪さをしていたときにね。その巨人は魔法の豆を売っていたの。地面に蒔《ま》くと芽を出して、幹が雲まで伸びていき、巨巨人たちの住んでいるところまで届くという豆よ。もちろん、夫はわたしのもとにお金を残してはいかなかった。でも、わたしはほかのものを豆の支払いに使ったの。世界の海のあちこちに浮いていて、たまたま見つかる、特別な種類のロイヤルブルーの糸があるのよ。それはあらゆる企《くわだ》てにおいて幸運をもたらすと言われていて、非常に価値があるの。わたしはその糸のとても長い束を三束も、〈ジェイド・ブルーム〉というジャンクをもっている人間の海賊船長からもらっていたの。彼は以前、ここまで来てわたしの歌を聴いたとき、わたしの声に夢中になって、称賛の気持ちをこめて、わたしにその糸をくれたのよ。わたしはそれを、豆売りとの物々交換に使ったの。最初のうち、商人は受け取りたがらなかった。でも、そのうち、人間の世界を襲うことを思いついたと言い出したの。ロイヤルブルーの糸の三つの束が自分が人間界から手にいれたいと願う三つのものに、それぞれ対応しているのかもしれないって。そういうわけで取引が成立したの」

「その豆を蒔いたの？」

「ええ。でも、発芽するのに何年もかかるのよ。発芽したらひと晩で雲の中にまで伸びるんですって。たったひと晩のうちにね。マル・エル・マルはわたしが下りていくのを阻んだわ。でも、わたしは上にのぼっていける。わたしの声のことを考えたら、わたしが下じゃなくて上に行くのは当然だわ」

「あなたの歌のレコードを聞いたことがあるわ」とアンナは言った。

「じゃあ、わかるわね」

アンナはうなずいた。

イビラは深く息を吸いこんでから、十八番《おはこ》の歌、「わたしの名前は何というの？」を歌った。アンナは地面にあおむけに寝て、星空を眺めながら歌を聴いた。その巨人の女の声の力、歌詞の意味の力が強靭《きょうじん》なそよ風のようにアンナの周りを巡った。最初の一節が終わる前に、アンナの体は空気のクッションにのって地面から浮かび上がっていた。アンナは〈犬の背骨〉に沿って、巨大な砂丘の頂上まで戻っていき、そのあと羽根のように下降した。最後のフレーズが終わると同時に、アンナは砂丘のふもとに、ふんわりと着地した。いつしかアンナは眠っていて、遠く波の音がした。

翌日、アンナは海岸沿いに家への帰路をたどりながら、イビラに会ったのはほんとうにあったことなのか、巨大な砂丘を登ろうとして疲れ切ったせいで見た夢に過ぎないのか、どちらだろうかと自問した。というのは、急な斜面を数十センチ登ってはふもとまでずり落ちたという記憶がくり返し脳裏によみがえったからだ。しかし、巨人の歌姫についての記憶はそれよりもずっと生々しく、アンナは聞いた歌の旋律をハミングするだけで、あの旅についてのいかなる疑いも吹き飛ぶのに気づいた。

ある日、アンナは壁の鏡にうっかり突き当たって落とし、割ってしまった。そしてその日の夕方、森でベリーをつんでいる自分自身に出会った。アンナそっくりの薄気味の悪い影がブラックベリーの茂みのそばで、アンナに会ったのだ。彼女は彼女自身にためらいがちなお辞儀をした。すると彼女はお辞儀を返した。影は話さなかったが、アンナの言葉を理解した。アンナは自分自身を住まいに連れて帰り、そこで、ブラックベリーソースでウナギを料理したすばらしい夕食を整えた。アンナと彼女自身は樽からラム酒を飲んだ。オルゴールのネジを巻き、クリスタルのように澄んだ音がぽろんぽろんと奏でる「思い出のパリ」のメロディーに合わせて、ふたりはワルツを踊った。オルゴールの真ん中では、疲れを知らぬ小さなバレリーナが片脚を軸にくるくる回っていた。虫の声がやむ頃、ふたりはシングルベッドで眠りについた。翌朝、日の出のずっと前、真夏でも涼しい時刻に影は旅立った。月光の道を通って海を越え、都会のアパートの部屋に戻るのだ。

海のそばの小さな家で、さらに何年もが過ぎた。巨人にとって人間が比喩《ひゆ》的な意味をもつことについてのアンナの驚くべき発見や、砂丘ネズミやカモメや、秋の夜に残飯を求めてアンナの家の裏口にやってくる野犬についての博物学的研究については語る必要がない。また、柳の木の間に落ちていた石化した丸太――幹に近いところで切り落とされた枝が、アンナがときおりまたがって欲望を満たすのにうってつけの形の瘤《こぶ》をなしていたもの――については、口にするのも不作法であることは言うまでもない。アンナが激情にもだえて動いているさなかに、彼女の爪がこの丸太に残した傷は、長い年月を経て、なめらかな灰色の木肌に、ひとつの顔を描き出した。それは顎鬚を生やした顔で、やがて彼女は、その顔は生の世界と死の世界を行き来する魔術師マル・エル・マルの顔だと悟った。

アンナがこの巨人の魔術師を認識した瞬間から、彼は常にアンナの思考の中にいるようになった。彼は大きな黒いマントを蝙蝠の翼のようにはためかせて、アンナの頭の端から端まで飛び移った。彼がいるためにアンナは少しも安らぐことができなかった。そしてアンナは、彼が自分に魔法をかけようとしているのだと知っていた。アンナが彼から逃れるための計画を考えようとすると常に、彼は、アンナの頭の中の、まさにその考えが形成されつつある場所に姿を現し、考えがまだほんの小さな火花であるうちに、踏みつぶして消してしまうのだった。

ある夜、アンナが居間にいると、暖炉から、魔術師の声がとどろくばかりに聞こえてきた。

「アンナ」と彼は言った。

「ほっといてちょうだい」アンナは彼に言った。

「アンナ。私はおまえに命を与えたい」

「どうして?」

「頭部をクリスタルの球の中に入れられたまま、私はずいぶん長い間、おまえの想像力の世界を旅してきた。私は自由になる必要がある」

「わたしに命を与えることが、どうしてそういう結果をもたらすの？」

「説明するのは不可能だ。だが、おまえの誕生に続いて起こるさまざまな事象が、長く複雑な連なりをなして、一、二世紀のちに、私という存在の解放へとつながるのだ」

「わたしは現に生きているわ」

「明日」とその声は言った。「浜で拾い物をしているときに、おまえは小さな箱を見つけるだろう。その箱は螺鈿《らでん》細工で覆われている。その箱をあけると、次の瞬間、おまえは車に乗って州間道路を走り、家に向かっているだろう」

「わたしの家はここよ」

「そこにはおまえを待っている人がいる」とマル・エル・マルは言った。それっきり彼の声は沈黙し、ほどなくアンナは、自分の頭の中を彼が蝙蝠のように旋回しているのに気づいた。

　魔術師の予言どおり、アンナは螺鈿細工の小箱を見つけた。アンナはそれを家にもち帰り、居間のテーブルの上に置いた。その間じゅう、魔術師は彼女の耳の内部から、箱をあけろと囁いていた。アンナは箱をあけたい誘惑にかられた。第一に過去を思い出すため、第二に魔術師を黙らせるために。しかし、アンナはなんとか、小箱から離れていることができた。一日、一日過ぎていくうちに、箱を開きたい衝動に抗うのは、ますます難しくなっていった。魔術師がじわじわと自分を支配し始めていて、いずれは彼の思うがままにされてしまうだろうと、アンナにはわかっていた。

　一週間経った朝、アンナの小さな居間で、マントルピースにかけてあった溺れ死んだ船長の懐中時計が突然、時を刻み始めた。そしてアンナは、マル・エル・マルが彼女の考えを消すことができる頭の中ではなく、心の中で、何か素晴らしいことが起こるかもしれないと予感した。その朝の釣果《ちょうか》はさっぱりだった。何度糸を投げて巻き戻しても、釣針には何もかかっていなかった。最後に試みたときも魚はかかってこず、釣針の先端近くに、ロイヤルブルーの糸が結びついていた。アンナは何も考えず、糸をつまみとり、小さく丸めて呑みこんだ。

　青い糸がアンナの体内にはいるとすぐ、マル・エル・マルは何が起こったかを知った。だが、そのときはすでに遅かった。というのは、幸運をもたらす青い糸がアンナの想像力の世界に到達し、クモの巣が蝿をとらえるように彼を縛ったからだ。

　アンナの目の奥で、彼女のもっているあらゆる考えが、ゆるやかな灰色の竜巻となって旋回している最中に、アンナは家に火をつけた。そして、残っている力をふりしぼって、転がるように海に出て、深みのほうへ水の中を歩いていった。アンナを見下ろすように波がそそりたち、アンナは恐れを感じることなく、眠りにつくように安らかに溺死した。アンナの体は湾流の潮に乗って、長い間漂った。アンナの目鼻立ちは〈モードの女王〉のそれよりも完璧に保たれた。もちろん、アンナの体が鯨に丸呑みされたこともあった。アンナの体は鯨の内臓の中にはいったまま何十年も旅をしたのち、北極圏で鯨が死んだときにようやく解放されたのだった。氷山の上でひとつの季節を過ごしたこともあれば、蟹のすむ環状サンゴ礁に一週間、打ち上げられていたこともあり、また、クラーケン*から束の間の抱《ほう》擁《よう》を受けたこともあった。そして、アンナが極から極へ、回帰線から回帰線へと移動し、大洋に出たり湾にはいったりをくり返して平らかな航海をしている間、世界の底では、マル・エル・マルがクリスタルの牢屋の中で、目玉を上に向けて眺めていた。

　アンナは織物列島の南側の沖合を漂っているところを、ジャンク、〈ジェイド・ブルーム〉の海賊

＊　北欧の伝説上の海の怪物。

たちによって発見された。彼らはアンナを、ひと財産に相当する孔雀石と引き換えに、ある巨人に売った。巨人は硝子の箱に乾燥したスミレの花びらを敷いてベッドにして、そこにアンナを寝かせた。それは彼の持ち物の中で一番美しいものだったから、彼は夜、寝る前に箱を開き、その前で祈るのが常だった。この珍らしい宝物が幸運をもたらしてくれることを、彼は信じていた。そしてほかの巨人たちに、彼女の名はマザー・パラダイスだと言った。後年、春の農産物が不作であったとき、犠牲を払って彼女の霊に願い事をするという意味で、巨人は美しいルビーの指輪のはまった彼女の薬指を切り落とし、その指を自分の心臓の薬がはいっていた茶色い小瓶に、指輪ごと入れた。そして「助けて！」というメモを一緒に入れて、瓶の蓋を蠟で封じ、海に流した。

レパラータ宮殿にて

ジョゼット王妃の逝去《せいきょ》を初めて知ったとき、自分がどこにいたか、誰もが覚えている。私は薄暮の中、肘鉄崖《ひじてつがけ》と呼ばれる崖のふちに立ち、釣り糸に毛鉤《けばり》をつけて蝙蝠《こうもり》を釣っていた。眼下には宮殿の灯《あか》りが見えた。その柔らかい輝きは古びた建物の難を隠して美に変えていた。そこへ南風がふわりと吹いて、海上の嵐の名残《なごり》を伝えた。流れ星がひとつ尾を曳《ひ》いて遠くの山並みの向こうに沈んだかと思うと、釣り糸がぐいと引っ張られ、その直後に大地の叫びのような悲鳴が宮殿から昇ってきた。私はまず、それをこの胸で聞いた。言葉で知らされても信じはしなかっただろうが、あの絶望の叫びによって、王妃が死んだのだと悟ったのだ。

ジョゼットは旅芝居の一座が宮殿の門に置き去りにしていった孤児だった。そのときは、すでに子どもではなく、といってまだ成熟した女にもなっていない年頃だった。しなやかに、巧みに動く体をもち、緑色の目をして、黒っぽい髪を男の子のように短く切っていた。私が思うに、旅芸人たちが彼女を置き去りにしたのは、彼女がその美しさと聡明さによって、漂泊の暮らしよりもよい暮らしを手に入れられるのではないかと期待してのことだったろう。それはまだ、インゲスが王として社会のはみ出し者から成る宮廷をつくり始めたばかりの頃だった。インゲスはジョゼットを見るなり、この子を〈鏡の間の貴婦人〉とすると宣言した。だが、私たちは皆、わかっていた。いつの日か彼女はその称号を失い、王妃の称号を得るだろうと。ジョゼットをこの国家的出来事へと導いた劇的な展開を、宮廷の誰もが終始、楽しみに見守り、好んで話題にしたのだった。

　やがて長く伸びたジョゼットの髪は、私たちを絡めとって、彼女の魅力と無邪気さの虜《とりこ》にするかのようだった。彼女が宮殿の門のところに来てから五年経った夏の終わりの涼しい日に、インゲスは彼女を娶《めと》った。ふたりのキスを合図に、〈気配り手配り担当官〉が千の蝶《ちょう》を飛ばせた。私たちは皆、彼女を娘のように愛し、私たちの中の幼い者たちは、彼女を母のように慕った。王妃になってもジョゼットは、決して高い身分を鼻にかけたり、いばったりせず、レパラータ宮殿の精髄《せいずい》である心の平静さを誰よりもよく理解していた。ジョゼットの親切さは、インゲスの滑稽味のある気前のよさと好一対《こういっつい》だった。

　王妃の逝去とともに、「お殿下」――自らの要望で、インゲスはそのように呼ばれていた――の心はプリズムの分光のように、ばらばらになった。私は四晩続けて、インゲスにつきそって庭園にすわっていた。インゲスの泣き声を聞きながら、パイプをふかして日が昇るまで過ごしたのだ。ものすごい量の涙を流したせいで男ぶりが損なわれ、インゲスは憔悴《しょうすい》した廃人そのものになった。輝く金髪を別にすれば、まるで老婆のようだった。

「インゲス、ほどほどに」と私は言ったが、それ以上何も言えなかった。彼が悲しむのはまったく当然のことだから。

　彼は私の言葉を拒むように手をふって、顔をそむけた。

　そういうわけで、インゲスが海賊だった先祖から受け継いだ黄金でつくりあげた彼の王国は、突然、意味のないものになった。ジョゼットが蛇に咬まれて倒れる以前には、レパラータは、放浪の物乞いがいつでも迎え入れられ、〈財政担当伯爵《カウント・アカウンタント》〉や〈木曜天文台長〉になれる場所だった。宮廷を構成する廷臣たちの誰もが、お殿下に与えられた称号をもっていた。レパラータには困窮《こんきゅう》というものが存在せず、それゆえにこそ、レパラータは、私たち誰もがそれぞれに知った世間――失望と残酷さに満ちた海――のただなかにあるオアシスだった。

王の供ぞろえが、こんなに多くの卑《いや》しい虫けらたちから成るということは、かつてないことだった。女伯爵《カウンテス》フラウチは、もとは近くの港町ガイルで「ヤムイモ姫」という名で知られていた娼婦であった。国王殿下は何の価値判断も下さず、彼女を温かく迎えた。丸々太って眼鏡をかけた頭のいかれた男、テンドン・ダーストに対しても同じだった。ダーストは、片目を共有している結合双生児の兄弟がいると、固く信じていた（ただしその姿は人の目には見えない）。ある日、さすらいの旅を始めたとき、彼は折り紙付きの狂人だったが、その日の夕方には宮殿に専用の部屋をもち、〈哲学の長《おさ》〉の肩書を与えられていた。私たちはそれまで、口の両端から同時にしゃべる人を見たことがなかったが、その夜、ダーストは眠りながら歩き、口の両端から同じことを同時に、つまり一度に二度、私たちに告げた。自分は決してレパラータから去らないと。私たちも皆、彼と同じ気持ちだった。

もと追いはぎだったリングラットさえも、法の手から隠れて、王のために大僧正としての役割をきちんと果たしていた。私たちはそれぞれに、パンの耳や朝食のオポッサム料理の目の部分欲しさに宮殿の門のところに来て、初めて王の前に立った。そのとき、王の頭に浮かんだ社会的地位と、奇妙きわまる職務とによって、私たちの生活は激変したのだ。当時どこでも景気が悪かったが、インゲスは非常に豊かで、レパラータは世界のほかのところと、まったくかけ離れていた。たまたまそこに来た者で、何かを求める勇気をもつ者が追い返されることはなかった。レパラータの私たちは本の中の人たちのように、日の長い、輝かしい日々を送った。ところが今、眠気にかられた読者が目を閉じ、眠りに落ちたかのように、その輝かしい日々はふいに終わったのだ。

私たちに、お殿下から財産を巻き上げようという気持ちがいくらかでもあったら、彼が王妃の死を嘆き悲しんでいた時期は絶好の機会だったろう。だが、私たちは一層、献身的に職務を果たし、肩書きにふさわしい者であろうとした。そして、悲しみに暮れる王を交替で見守った。私の正式な称号は〈高貴にして英邁《えいまい》な来週閣下〉だった。それは、インゲスの風変わりなユーモアのセンスの表われでもあるが、それだけでなく、それが、私の衝動をなだめるのに十分な曖昧《あいまい》さをもつ唯一の地位であることを、インゲスは知っていたに違いない。それまでの半生で、まっとうな仕事を何ひとつしたことのない私が、宮廷における自分の重要性を規定するために一連の儀式的な職務を創造し、かつ実施するはめになったのだから。庭園の蚊を駆除するために蝙蝠をつかまえることは、その職務のひとつに過ぎない。ほかにはたとえば、宮殿の屋根裏の品々の塵を払う仕事がある。

毎週月曜には、午前中を費やして布告をするのが常だった。ジョゼットの逝去ののちの最初の月曜、私は、お殿下のために何らかの医学的な助けを探し求めるべきだと布告した。王は若い妻の 魂《たましい》がふわふわと浮かんでいるのを至るところで見るようになっていた。そして、強い酒と不眠症と悲しみによる自滅への道を歩もうとしているようだった。

「フラム。こうしてしゃべっている間にも、〈イルカの噴水〉のそばに彼女がいるのが見える」ある夜、庭園にいたときに、王が私に言った。

噴水のほうを見たが、私には何も見えなかった。

医学的な助けを求めることについての布告は、私の布告としては初めて、実行を伴うものになった。私は来週を待たず、高貴にして英邁にその問題に取り組んだ。喪失の悲しみを癒《いや》すことができる者はいないかと問い合わせるために、周囲の王国のすべてに向けて伝書鳩が飛ばされた。王を癒す報酬として、ひと財産にあたる金が約束された。私は自分の称号を〈王の良心〉に改めた。王自身のためというよりは、この国のために、インゲスを治すべく全力を尽くす覚悟だった。

私たちが布告に応える動きが出てくるのを待っている間にも、お殿下はしきりにうわ言を言い、宙を見つめ、時折、何もないところを撫でさする仕草をした。その嘆きぶりはヒステリーと呼ぶにふさわしいものになり、これは正常な反応の域を超えているのではないかと私はいぶかった。私は宮廷の運営を円滑に進めるために、〈王族出世頭〉こと前科五犯の元詐欺師、チン・モークスに、王室の購入品の納品書にサインする仕事を引き継がせた。貴婦人たちのひとりがおしろいをふんだんに塗って、かつらをかぶり、ジョゼットのように着飾って庭園の薄暗いところに佇《たたず》み、インゲスに、悲しむのはおやめなさいと言うという計画も生まれた。だが、女伯爵フラウチに、森を丸ごと枯死させるような冷たい声で笑われて、私たちは自分たちのもくろみの浅はかさを思い知ったのだ。

暗鬱《あんうつ》にどっぷり漬かった悲惨な二か月がカタツムリが這うようにのろのろと過ぎた頃、ようやく、遠い地の出身の旅回りの治療師が最近、船でガイルに到着したという知らせがはいった。フラウチと私はその治療師を捜すために、王室馬車で夜の闇を抜けた。馬を御《ぎょ》したのはテンドン・ダーストその人だった。私はこの哲学者の方向感覚を疑っていたが、目に見えない彼の兄弟のほうは、おおむね信頼できるのだった。私たちは夜明けとともに海辺に着いて、漁船が出ていき、カモメが泳ぐのを目にした。「あんたがここに戻ってきたのは、いい考えだったのかなあ」馬車を下りるとき、私はフラウチに言った。

「町に行ってみなきゃ、わからないわ」とフラウチは言い、ごたくのごとく、ぐるぐる巻きあげた髪のてっぺんのティアラの位置を微調整した。ハイヒールはガイルの遊歩道の歩み板や通りに敷き詰められた丸石の上を歩くのに最適な履物とは言えなかったが、フラウチはかまわず履いてきていた。ミンクのストールは少々やり過ぎではないかと私は危ぶんだが、私にそんなことが言えるだろうか。私だって〈王の良心〉らしく見せるために、王がもっているうちでも上等なスーツの中にウィングカラーの絹のシャツを着こみ、それらにふさわしいマントをはおっている。おまけに、ダイヤモンドで飾られた印章付き指輪まで借りてきたのだ。私たちは深い瞑想《めいそう》の淵に沈んでいる〈哲学の長〉を馬車に残し、魚の骨の山の脇を通って、酒場に通じる遊歩道に向かった。

酒場の主人は昔の女伯爵を知っていて、彼女が羽振りのよいのを見て喜んだ。異国の治療師を見かけたかと訊くと、見たとのことだった。

「背の低い男で長い顎鬚《あごひげ》を生やしている。身に着けているのはローブと長靴だけだ」酒場の主人は声をたてて笑った。「毎日、日が沈んで少ししてから来て、〈プリンセス・チャンの涙〉というカクテルを私につくらせる。このカクテルはその男自身が私に教えたものなんだ。出来上がりは、一番上に泡の雲があり、晴れた空のようなジンの中を緑色の雨がグラスの底に向かって降り続けているという情景になる。私が思うに、あれはなかなか物を知っている男だな」

私は自分たちのためにそのカクテルをふたつ注文し、支払いに金貨を使った。酒場の主人は狂喜した。私たちは波止場と入江が見渡せる正面の大きな窓のそばにすわった。ふたりとも無言だった。私は歓迎されざる浮浪者から、王国の行政責任者へと境遇が変わったこの年月に思いを巡らした。フラウチの目の表情から察するに、彼女も同じようなことを考えていたに違いない。奇妙なカクテルはほろ苦い甘味があり、悲しみの雲の下に爽《さわ》やかな柑橘《かんきつ》が感じられた。そのとき、ドアのベルが鳴り、件《くだん》の治療師がはいってきた。

酒場の主人が私たちを彼に紹介した。治療師は深々と頭を下げた。星型の禿《は》げが私たちに見えた。彼は自分の名前などはどうでもよいが、自分の評判は伝説的で、遙《はる》か吠《ほ》え子《こ》島にまでとどろいていると私たちに言った。

「広範囲にご活躍なのね」女伯爵が彼に言った。「でも、喪失の悲しみは癒せるかしら」

った。

三人全員に〈プリンセス・チャンの涙〉をつくってくれた。私たちは再び、窓際のテーブル席にすわ
一杯一緒に飲んだら、宮殿に同行してもよいと治療師は言ってくれた。酒場の主人が店の奢《おご》りで、

「死は病気ではありません」と彼は答えた。

「死も癒せるかな」と私が訊いた。

「私は何でも癒せます。女伯爵《カウンテス》」というのが彼の答えだった。

「あなたがこの場所と強いつながりをもっているのを感じます。女伯爵《カウンテス》」と治療師が言った。

「棒状のバターと同じくらい鋭いわね」とフラウチは言って、紙巻煙草に火をつけた。

「ここで過ごした日々を後悔していますか」治療師が彼女に尋ねた。

「そうだとしたら、生きてきたこと自体を後悔しなくちゃならないでしょうね」と答えて、フラウチは窓の外に顔を向けた。その朝落ちた涙は、プリンセス・チャンの涙だけではなかった。

治療師はうなずいて、自分のカクテルを手に取った。そのようすから、彼自身も後悔の種のひとつやふたつ、もっているようだと私には思われた。私としては、その失望が患者の健康状態に由来するものでないことを願うばかりだった。

宮殿に戻る馬車の中で、私たちはまったくしゃべらなかった。治療師はフラウチの隣にすわり、私は彼らと向かい合ってすわった。ガイルからの悪路で馬車が跳ね上がるのに耐えながら、私は自分たちが雇った男を観察した。顔は灰色の顎鬚に半ば隠れながらも、年齢を示していた。だが、同時に穏やかな生気に輝いてもいた。彼が唇を動かさずにほほえんでいるのが、私にはわかった。彼の両掌《りょうてのひら》には、とぐろを巻く蛇の刺青《いれずみ》があった。身に着けているロープは外国風の特別な衣装のようには見えず、漁師のおかみさんが着る安物のネルのバスロープのように見えたし、実際にそうだった。首には

紐につけたお守りがぶらさがっていた。それはド派手な模造ルビーをガラスの模造ダイヤで囲み、金色のペンキを塗った錫《すず》の星の中にはめこんだ奇妙なものだ。彼の持ち物を入れた小さな麻袋が私の足元でもぞもぞと動いている。

「思い切った手段をとらなかったら、あの青年は悲しみに蝕《むしば》まれてしまうでしょう」一日かけてお殿下を観察したあと、治療師は私に言った。とても長くて大きいので宮廷の皆が「島」と呼んでいるテーブルの西の端に、私たちはすわっていた。遅い時刻で、人々のほとんどが眠りについていた。私はコーヒーをちびちび飲み、治療師は天然の蜂蜜《はちみつ》をかけたひと椀《わん》のイナゴをぼりぼり食べていた。この夜食は、宮廷の料理長、すなわち〈高貴なる厨房大将〉を務める、以前は有名な暗殺者であったグレニス・セント＝ギードンが親切にも寝床から起き出して整えてくれたものだった。

「悲しみに蝕まれるとは、どういう意味だ？」と私は尋ねた。

「私が今、このひと椀の神聖な滋養物に対して何をしているかわかりますか？」と治療師は言った。彼の口の右隅からはイナゴの脚が突き出ていた。「悲しみは彼の魂を平らげるでしょう」

「王は死ぬのだろうか」

「それは、最悪の事態ではありません」と老治療師は答えた。

「思い切った手段というのはどういうものだ？」

「遠慮なく言わせてもらえば、私がそれを始めたあと、あなたはきっと頼まなければよかったと思う――そういう手段です」

「王を治せるのか」

「そのことは」そう言うと、治療師は椀をもちあげて舐めた。「天地創造の最初の瞬間から決まっている確実なことです」

この男は馬鹿なのか、それとも高度に発達した外国の文化に精通していて、そのことが方法や態度に出ている偉大な医師なのか。服装や食事の仕方から考えると後者だとは思えなかった。けれど、ついさっき見かけたインゲスの姿――大廊下を夢遊病者のように歩いていた――を思い出すと、治療師の診断の正しさを確信せずにはいられなかった。夢と現《うつつ》をさまよう日々のなかで、インゲスの美しかった金髪さえも、分解して塩となり、漂って散るかのようだった。

私の決意を聞いたら、女伯爵があの笑い声の鞭《むち》を浴びせるだろうとは思ったが、私はその恐れをふり払い、治療師が椀をテーブルに戻すとすぐに、彼に言った。「するべきことをしてくれ」

すると、老治療師の唇が動いて大きなにやにや笑いを形作り、ぼろぼろの歯が丸見えになった。治療師は胸元のお守りをもちあげ、大胆不敵なルビーの真ん中にキスした。「一生、後悔するはめになりますよ」と彼は私に言った。「もう後悔しているさ」と私は答えた。

翌朝、私は一堂に会したレパラータ宮廷の王族たちの前で、インゲスの容体と治療について話さなくてはならなかった。私たち五十二名全員が宮廷劇場に集まっていた。私は自分の言葉の権威を増すための一助として、再びお殿下の上等な服に身を包んで、舞台に立った。一同に決意を述べたとき、奇跡的なことにフラウチは私を見逃してくれたが、ほかの人たちは疑いの気持ちをあらわにした。無理もない――彼らは治療師の外見も言動もすでに、見知っていたのだ。

「あいつはインチキ野郎だ」とチン・モークスが叫んだ。それでほかの人々は興奮をつのらせた。〈王族出世頭〉である元詐欺師はインチキについて、誰よりもよく知っているはずだからだ。

「虫を常食にしているやつだぞ」と〈高貴なる厨房大将〉が唾を吐き吐き言った。噂では、彼はかつて、自分の犯罪の犠牲者それぞれの額に唾を吐いたそうだ。

〈無駄ごと大臣〉はまっすぐに急所を突いた。「あれは医者なんかじゃない。頭のおかしい爺さんだ。あいつには何にも治せない。それどころか、あいつと同じ部屋の空気を吸うだけで、げんなりして病気にならあ」

「彼の評判は伝説的で、辺鄙《へんぴ》な吠え子島にまでもとどろいているそうだ」と私は皆に言った。

「大方、歩道の掃除人として有名なんじゃないの」と誰かが叫んだ。

居並ぶ宮廷の面々が身に着けている宝石類の輝きに、私は目がくらみ、頭がふらふらしてきた。眉毛に沿って汗が出てきた。そして長い放浪の歳月、ずっと私につきまとっていた捨て鉢な気持ちが、レパラータに来て初めて蘇《よみがえ》った。

そのとき、女伯爵がすっくと立ち上がり、人々は静まり返った。「もうみんなガス抜きができたわね。では、王を救うという差し迫った問題に対処しましょう。あなたたちの誰も、もっといい案が出せない以上、私たちは皆、治療師の助言に従い、彼の治療を見届けるしかないのよ」

〈無駄ごと大臣〉が何か言おうとして口を大きく開いた。しかし、フラウチは彼のほうを見もせずに言った。「あなたの肩書の一部をなすものが、今あなたの舌先から出ようとしているけど、わたしに笑われたくなければ、それを口から出すのは差し控えたほうがいいわよ」

〈無駄ごと大臣〉はたじろいで、嘲《あざけ》りのくすくす笑いを避けるかのように、椅子の中で身をすくめた。

次の日、日の出前に治療が始まった。

お殿下は宮殿の医務室のむきだしのテーブルの上に、素裸で横たわっていた。体を左右に微《かす》かに揺らし、不可思議なうわ言をつぶやいている。治療師の傍らには、〈馬房《ばぼう》王子〉の称号をもつペスターという少年が控えていた。隅の腰掛にすわり、治療師の命令があればすぐ動けるよう待機している。私たちは〈哲学の長〉のダーストも呼んでいた。インゲスの私たちへの最後のメッセージになるかもしれないものを通訳してもらえるのでは、と期待したのだ。狂人はほかの狂人のたわ言を容易に解釈できるだろうというのが、その頃、一般に考えられていたことなのだった。治療師は一刻も早く始めたがっていたが、私たちは機先を制して、インゲスからのメッセージが臣民にとっていかに大切になりうるかを説明した。

ダーストは双子の兄弟の目には見えない重みを引きずりながらやってきた。口の両側から、同時に、ふたつの異なる主題について論ずるというありえないような芸当もやってのけていた。

「愛すべき哲学者さん」と女伯爵が呼びかけた。「あなたを見ていると、正気なんてつまらないという気がするわ」

彼は腹のでっぱりが許す限り、深々とお辞儀をしたあと、私たちの要望を、注意深く、といってもいいぐらいの熱心さで聞いた。危機に際して自分が役に立つことを彼が誇らしく思っているようすは、見るだに心温まる光景だった。彼はしゃっちょこばった物腰でインゲスが横たわっているテーブルのところまで進み、身をかがめて、熱に浮かされたような言葉の羅列《られつ》に耳を傾けた。

哲学の長が任務を果たしている間に、フラウチが私の脇腹を肘で突いた。私たちはふたりとも彼を見て笑いがこみあげてくるのを苦労して抑えこんでいた。このすべてを目にした治療師はただ、首をふり、苛立ちまじりのため息を漏らした。

ダーストがようやく私たちのほうをふり返ったので、私たちはインゲスは何と言っているかと尋ねた。

ダーストは当惑したようすで答えた。「おれには、まったくのたわ言のように聞こえます」

女伯爵と私は噴きだした。

「だけど」とダーストは言葉を続けた。「おれの兄弟はこう言ってます。お殿下は橋の下の流れを気にしていらっしゃる、と」

「すばらしい」と治療師は言い、ダーストを促《うなが》して医務室の外に出した。

戻ってきた治療師は、例の麻袋をもちあげ、テーブルの上のインゲスの頭の近くに置いた。そして麻袋の中から、眼鏡を取り出した。その眼鏡はレンズのところが、長くて黒い円柱になっていて、金属の蓋がしてあった。治療師は眼鏡のつるをインゲスの耳に掛け、それぞれの円柱が目を完全に覆うように調整した。この奇天烈な機械仕掛けが装着されたとたんに、インゲスは深い息を吐きだし、まったくぐんにゃりとなった。

「それは何だ?」私は訊いた。

治療師はバスローブの紐をほどくと、前の打ち合わせを正して、紐を結び直した。「両眼の視野が重なりあうことによって、このふたつのトンネルの先にある絵は、三次元に見えます。その絵を見るおもしろさはいつまでも続き、見ている人の頭には、ほかのことは何も浮かびません。その光景の複雑な美しさが、時間や苦痛や後悔を心から押し出すのです」

「それが見せるのはどんな光景なの?」フラウチが訊いた。

「説明できません」治療師は答えた。「複雑すぎて」

「なぜ、そんな手間が必要なのかな」私が尋ねた。

「その理由は」と治療師は説明を始めた。「これから私があなた方の君主に行なう治療は、このようにしなければ、非常な苦痛を感じさせるものであり、彼の悲鳴によって宮殿の敷地内のすべての人々が正気を失いかねないということです」治療師はそう言うと、例の麻袋に手をつっこみ、男の人差し指ほどのサイズのくねくねする緑色の生き物をひっぱりだした。

女伯爵と私は、彼がつまんでいるものをもっとよく見ようと近づいた。その生き物は翡翠《ひすい》色の体が体節に分かれたムカデのようなもので、ラベンダー色の頭に一対の小さな黒い角《つの》があった。

「シリモン」その名を口にする彼の声は外国語風の抑揚《よくよう》を帯びていた。

「芋虫みたいね」とフラウチ。

「さようですな」治療師は言った。「だが、お間違いなきよう。これはシリモンです」

「お殿下にこれを食べさせるというんじゃないだろうね？」治療師の夜食の記憶が蘇るのを押さえつけながら、私は言った。

「ばかな」治療師は言い捨てると、細心の注意を払って、インゲスの左の耳の近くに自分の手をもっていった。そして治療師が高く鋭い口笛を発すると、その微小な生き物は彼の掌を渡って、インゲスの耳の穴にはいっていった。

フラウチがそれを見てけたたましく笑ったのは、恐怖を和《やわ》らげようとしてのことだったに違いない。私は顔をそむけた。吐き気がこみあげてきそうだった。

「あとは待つだけです」と治療師が言うのが聞こえた。彼は椅子をもってきて腰をおろした。

黙って待って三時間余り経った頃、治療師は〈プリンセス・チャンの涙〉の材料と配分を殴り書きして、そのメモをペスターに渡した。「苦味酒《ビターズ》を加えるのを忘れないように、とバーテンダーに伝えてくれ」

ペスターはうなずいた。部屋を出ていこうとしている彼に、私は「二杯にしてくれ」と声をかけた。

「どんどんもってきて、と言ってちょうだい」とフラウチが叫んだ。

ペスターは三つのグラスと宮殿でもっとも大きなピッチャーが載ったトレイをもって戻ってきた。ピッチャーの中にはまさしくモンスーンの豪雨のように、液体の悲しみが降りそそいでいた。フラウチは紙巻煙草に火をつけ、治療師はグラスに酒を満たした。私たちはたわいないおしゃべりをした。

会話の流れで、治療師がごく最近診《み》た患者の話を披露した。その男は宗教的な文献をとりつかれたように熱心に読んだ末に、非常に単純で粗野になり、先祖返りを始めてサルに変容したのだという。

「彼の奥さんは毎日夕方になると、彼を木の上から下ろすために、バナナを置いて道をつくり、おびきださなくてはならなかったのです」

「あなたは彼の読書習慣を改めさせたの？」フラウチが訊いた。

「いいえ。彼の体毛を剃《そ》り、朝食と昼食と夕食のときに、木槌《きづち》で三回頭を軽く叩くという処方をしました」

私はその気の毒な患者が治ったのかどうか訊こうとしたが、口を開く前に、何か心をかき乱すような、耳障りな小さな音がしているのに気がつき、一瞬、頭が混乱した。

「あれは何だ？」よろよろと立ち上がりながら、私は訊いた。

「ええ、わたしにも聞こえるわ」とフラウチが言った。「紙をくしゃくしゃにするような音がずっとしている」

「あれはシリモンです」と治療師が言った。

私はインゲスのそばにいって耳を澄ました。その微小な音は彼の頭の中から聞こえてくるように思われた。身をかがめて、彼の耳に自分の耳をつけた。頭の骨や肉が間にあるので弱まってはいるものの、その音が、治療師がイナゴの椀をむさぼり食っていたときの音とまさしく同一であることに気づいて、私は強い不安におののいた。

「これはどういう意味なんだ？」私は大声をあげた。

治療師は老いた顔をほころばせた。「シリモンは再構築を行なっているんです。新しい通り道をつくり、憂鬱を消化して」

いつしか私は眠りこんでしまい、子ども時代の記憶にもとづく悪夢に包まれていた。やがて暗がりから手が出て、後頭部をぴしゃりとはたかれた。はっと意識が戻り、目をこすった。治療師が私の前に立って、あの悪鬼のような緑色の虫をつまんで突き出していた。虫はいまやぱんぱんにふくらんで、太い体をのたくらせている。

「シリモンが仕事を終えました」

フラウチがインゲスが横たわるテーブルの上にかがみこんでいた。粉を噴きつけた髪は型崩れして、彼女の背中の中ほどまで垂れている。フラウチはお殿下を茫然と見下ろし、むせび泣くような笑い声をたてた。視覚を操作する装置は取り外され、インゲスの両眼はひっくり返っていて白目しか見えない。口は、そこから出るには大きすぎる悲鳴をむりやり出そうとしているかのように、幅広く引き伸ばされていた。

「急いでください」と治療師が言った。「厨房へ」

ちょうどそのとき、ペスターが一団の男たちを連れてはいってきた。チン・モークス、〈高貴なる厨房大将〉のグレニス・セント＝ギードン、リングラット、ダーストという面々だった。てんやわんやの大騒ぎのうちに、私たちは治療師に指図されてお殿下をもちあげ、厨房に運んだ。厨房に着くと今度は、宴《うたげ》の際に〈厨房大将〉がブタの丸焼きをつくるのに使う巨大な回転式肉焼き器に、お殿下の体をくくりつけるように指示された。治療師は、金属製の長い焼き串にお殿下がしっかり縛りつけられるのを見届けると、ハンドルを回して患者の左耳が床を向くようにしてくれと、〈厨房大将〉に頼んだ。それから、ペスターを呼んで、大鍋をもってこさせ、お殿下の耳の真下のふつうなら火が燃えているはずの場所の灰の中に据えつけさせた。

ペスターが鍋を置くと、一瞬の間を置いて、ねばねばした白い液がお殿下の耳からしたたり、鍋の内側にあたってはねた。これを見た人々は皆、一歩さがった。やがて、一定したペースで流れ出ていたねばねばが、開いた栓からビールが出るような勢いで流れ落ち始め、鍋の中にたまっていった。

「この物質には何もしちゃいけないそうよ。これに何が起ころうと手を出してはいけないんですって」遅れて厨房にはいってきたフラウチが言った。

「いったいぜんたい、こいつは何なんだ？」とリングラット。

私は治療師にまったく同じ問いかけをしようとふり返った。だが、彼はもうそこにいなかった。

「お見事だな、フラム」とチン・モークスが言った。「あんたは王をねばねばに変えたんだ」

「あの医者はどこにいる？」〈厨房大将〉グレニス・セント＝ギードンはそう言うと、肉切り包丁をラックから引き抜いた。彼は凶悪な表情を浮かべて、厨房を出ていった。

その後、二時間で鍋はほぼ満杯になった。そしてくまなく捜されたにもかかわらず、治療師はどこにも見つからなかった。夜が明ける頃、インゲスは目を開き、あくびをした。

レパラータ宮殿はお殿下が健康を完全に回復した喜びにわいた。一週間かそこらは、身の回りのことをするのに手助けが必要だったが、この回復期が過ぎるとすぐ、自分で動き回り、王としての義務を果たした。失った髪も大方は再び生え始めていたし、肉体的な活力はほぼ完全に回復した。心のほうはどうかと言えば、深い憂《うれ》いは去ったものの、その際、彼の小さな一部分をもち去ったのだった。というのは、今では彼の顔に、細い皺《しわ》が何本か刻まれていたからだ。その皺ができたために、彼は前より成熟して見えた。もはや何時間もぶっとおしで泣くことはなかった。それどころか、あの苛酷な治療以来、私は彼がひと粒の涙をこぼすのも見なかった。だが、彼は声をたてて笑うこともしなかった。このわずかな堅苦しさは、私にとっては靴の中の小石のように気になるものだった。

ある夜、私は庭園に蝙蝠を放しに来て、王を見つけた。王は〈イルカの噴水〉の向かいのベンチにすわり、月を見上げていた。私は彼に声をかけた

「きょう、ダーストが宇宙の本質について講義をしてくれましたよ。宇宙は巨大な爆発とともに始まった、と彼は信じているそうです」私はそう言って、むやみに笑い声をはりあげた。彼に一緒に笑ってほしかったのだ。

インゲスは首をふっただけだった。「ダーストは気の毒なんだ」と彼は言った。「今まで話したことはなかったが、彼が元いた精神病院に、彼についての情報を求めたことがある。ダーストには、十歳のときに溺《おぼ》れ死んだ双子の兄弟がいたらしい。彼は兄弟を助けられたかもしれないのに、水が怖くてできなかったのだ」

「お殿下」私はインゲスの反応に苛立っていた。「どうして月をごらんになっているのですか?」

「フラム、その呼び方はやめてくれ。ぼくは王ではない。多すぎる黄金を遺産としてもらった海賊の孫に過ぎない」

「仰《おお》せのとおりに」と私は言った。

彼は私に顔を向け、無理に笑顔をつくった。「セント=ギードンに頼んで、宴の用意をさせてくれないか。みんながぼくの命を救おうとがんばってくれたことに対して、感謝の気持ちを表わしたいんだ」

同じ夜、もっと遅くなって、フラウチを捜していた私は、〈鏡の池〉が見えるテラスで彼女を見つけた。フラウチは鉢植えのミモザの陰の椅子にすわり、孔雀《くじやく》にパンくずをやっていた。

私は椅子をもって彼女のそばに行った。宴が二日後に催《もよお》されることを告げると、彼女は期待に目を輝かせた。

「着たかったドレスがあるの」とフラウチは言った。

「何もかも平常に戻ったね。気分はどうだい」と私は訊いた。

「〈王の良心〉としてのあなたは立派だったわ」とフラウチ。

「私はむしろ、あの出来事全体を忘れたいよ」と私は言った。「だが、気になっていることがひとつあるんだ」

「治療師のへんてこな眼鏡の先の絵ね？」

私は首をふった。「インゲスの耳からしたたり落ちたあのねばねばがどうなったか、だ」

フラウチは手を叩いて孔雀たちを追い払い、私のほうへ身をのりだした。「あれ以来、見ていないってこと？」

「ああ」

「行きましょう」フラウチは立ち上がった。「見るべきよ」

いくつもの廊下を通って歩いていく間、フラウチは文字通り私の手をとっていた。彼女の危険な笑いにさらされる恐れがない安全地帯に自分がいるのに気づいて、私は少々落ち着かなかった。

私たちの旅は宮殿の北のはずれの小さなチャペルで終わった。中にはいっていくと、〈眠りの女司祭〉である好人物の老女、ミセス・コフネプが献納蠟燭に火をともし終えようとしているところだった。彼女の向こう側にある祭壇の、かなり大きなサテンのクッションの上に鎮座しているのは、細くて白い毛が全表面に生えている巨大な球だった。

「ごらんなさい」とフラウチ。

「あれがそうだというのか？」私は指さして訊いた。

ミセス・コフネプは私たちに挨拶し、それから自分もその奇妙な物体に目を向けた。「あれが卵なのか、睾丸《こうがん》なのか、はたまた世界の模作《レプリカ》なのか、決めかねています」彼女は途方に暮れた笑みを浮かべて言った。

「お殿下の頭から出てきた翌日に、こういう完璧な球の形になったの」とフラウチが言った。

「ふた晩前には、この白い毛は生えていませんでした」とミセス・コプネフ。

「誰も悪さをしないように、ここに運ばせたの」

私たちはじっとそれを見つめていた。やがて〈眠りの女司祭〉は、不眠症で困っているといういつもの愚痴をこぼしながら、私たちのそばから離れた。

次の日、私は宴の準備に忙しかった。だが、寝る前に、チャペルを再訪した。あの奇妙なものをもう一度見たかったのだ。明らかな変化が起こっていた。それは増大し、真ん中がふくらんで、両端がすぼんだ形になっていた。白い毛は豊かに伸びて、それを包み、その中心でゆっくりとうごめいている何かを守りはぐくんでいるようだった。

宴は大舞踏室で催された。〈高貴なる厨房大将〉はこれまでにも増して腕をふるい、さまざまな異国風のご馳走を供した。琥珀《こはく》のような飴の薄板に鴉《からす》レバーのパテを載せたものが前菜で、主菜としては、鶏、豚、牛肉、そして鰐《わに》までが果物や野菜とともに盛りつけられ、グレービー・ソースの静かな海に浮かぶ熱帯の島のように見えた。それぞれのテーブルには〈プリンセス・チャンの涙〉のはいったパンチボウルが置かれていた。レパラータでは最近、この飲み物が大人気を博している。

リングラットが感謝の祈りを捧げ、説教をした。その中で、彼はジョゼットを失ったことを追いはぎにたとえ、インゲスを回復させるためにわれわれが一致団結したことを、神のおきての真の力にたとえた。ミセス・コフネプを別にすると、私たちのうちの誰も、さして宗教心がなかった。リングラットが語り終えたとき、私は周りを見回した。みんな頭《こうべ》を垂れ、上の空ながら宗教的な意味のある手ぶりをしていた。次にダーストが演壇に立ったので、私はほっとした。彼のたわ言が大僧正の説教のもたらした厳粛《げんしゅく》な雰囲気を蹴散らしてくれるだろう。ダーストは期待を裏切らなかった。インゲスへの彼の贈り物――彼はそのように表現した――は、時間の意味の発見だった。もつれあった考えを簡明に表わすために、彼は口の一方の端では、時間の存在理由は永遠が過ぎるペースを速めることだと考察し、口の反対側の端では、そのペースを遅くすることだと考察した。私たちは立ち上がって拍手喝采《かっさい》し、それから飲み始めた。

宴の間ずっと、お殿下は上段の席にすわり、食べも飲みもせず、機械的な笑みを浮かべて、ひとりひとりにうなずきかけていた。〈涙〉の三杯目のお替わりを飲む頃には、私は王についての心配を忘れ、女伯爵フラウチとともにダンスフロアに足を踏み出した。フラウチはその宵《よい》のために、口の上につけぼくろをしていた。私はそれに大いに心そそられた。人生のある時期に、彼女はとても美しかった。そして、クリーム色のドレスをまとい、二本の円錐形《えんすいけい》の角のように結い上げた髪にミモザの花を飾っていたその夜、彼女はかつての輝きに近い輝きを放っていた。時計が真夜中の一分前で止まったかのように。

「フラム。あなたの踊りぶりを見ていると、あとであなたの部屋までバナナの道をつくらなくてはならない気がするわ」フラウチはそう言って、私の左の耳のそばで小さなくすくす笑いをした。その笑い声は私を怖がらせず、それどころか、私の頭をくらくらさせた。まるでシリモンが私の脳の中の欲望の存在する部分へ新しい通路を掘っているかのようだった。

チン・モークスが逆立ちして手で歩いた。ペスターがイスラム神秘主義の修行者のように激しく旋回した。〈荘厳なる塵《ちり》の牧者〉が、ある巨人の報われざる愛についてのアリアを歌った。〈誉れ高き七番目〉は農場の動物の物まねを次々にして、最後には豚の丸焼きの大皿が載っているテーブルの下で意識を失った。舞踏室には善意と高揚感が嵐のように渦巻いていた。その中心にすわるインゲスは、目をあけたまま眠っているかのようだった。彼はほほえみを絶やさず、間合いよく握手したり、感謝をこめたキスを与えたりした。しかし、声をたてて笑うことは一度もなかった。

そして、チョコレート風船のデザートからかなり時間が経った頃、悲鳴のような甲高い叫び声が聞こえ、舞踏室は静まり返った。何が人々を黙らせたのかといぶかしんで、手元のグラスから顔を上げると、〈眠りの女司祭〉、ミセス・コフネプが舞踏室の北側の出入り口に立ち、荒い息をついているのが見えた。

「すぐ来てください」と彼女は叫んだ。「チャペルで何かが起こっています」彼女は踵《きびす》を返して大急ぎで戻っていき、私たちは皆、そのあとを追った。

小さなチャペルは私たち全員がなんとかはいれるぐらいの広さしかなかった。それもペスターがダーストに肩車してもらってのことだった。私たちはぎゅうぎゅう詰めになり、汗まみれで喘《あえ》いでいた。何しろ猛スピードで〈光と影の広間〉を横切り、王立美術館の円形の建物を通り抜け、それから展望台の脇の石段を駆けおりたのだ。祭壇の上に、その白い存在物があった。今や私には、それが繭《まゆ》であることがわかっていた。繭は激しく震えて揺れ、針の目も通りそうなほど細くて高い、鋭い鳴き声を発していた。

そこにいた宮廷の人々の間に畏怖《いふ》の念に満ちた沈黙が広がった。インゲスにだけは、もうすぐ生まれ出るものが恐怖をもたらす場合に備えて、短剣を引き抜くだけの豪胆さがあった。太った男のズボンが裂けるような音とともに白い繊維にひびがはいっていくのを、人々はお互いの体にしがみついて見守った。繭が開き始めると、インゲスの口から、はっきりわかる呻《うめ》き声がもれ、彼の短剣が床に落ちて音をたてた。誕生の瞬間に細かく白い粉が爆発的に噴出したが、すぐに不思議な微風によって吹き飛ばされた。粉がなくなると、祭壇の真上の空中に半透明の巨大な蛾《が》が、ベッドシーツほどもある大きな翅《はね》を動かして浮かんでいるのが見えた。献納蠟燭の光の中できらめくその姿は、幽霊とほとんど変わらないぐらい実在感が薄かった。

そいつが巨大な翅をはばたかせ、頭上を出口に向かって飛ぶのを見守る間、私たちの一団は合唱隊と化して、音をたてて息を呑み、それから一斉に吐息をもらした。驚きという表情を張りつけた仮面のような顔をしたペスターが、ダーストの肩からそいつのほうに手を伸ばした。そいつが廊下に出ていく際にペスターの人差し指がそいつの下側をかすったかと思うと、次の瞬間、焰が消えるように、その指が彼の手から消えた。少年の驚きの仮面は恐怖の仮面に変わり、彼は金切り声を発した。私たちは少年に駆け寄ろうとしたが、そのとき、蛾から降ってきた粉が私たちの目に達した。それは私の中に、五歳で母親を亡くしたときに味わった以上に深い悲しみの感情を生み出した。宮廷全体が涙にかきくれた。ひとりインゲスだけは影響を受けなかった。私は彼が床から短剣を拾い上げるのを見た。宴の間と同じ謹厳な面持ちだった。

蛾の粉の効果が薄れると、私たちはペスターの周りに集まり、彼の手がどうなっているか見た。

「痛くはなかったんだ」と彼は言った。「心の中では悲しみを感じたけど」

指が無くなったことが信じられなくて、それがあった空間に触れる者もいた。リングラットはこの時点で大僧正として何か意味深いことをしなくてはならないと自覚していたが、何をしたらいいのか見当がつかず、ただ、少年の手をとって、切り株のような断面にキスをした。チン・モークスは説明を求めて、〈哲学の長〉であるテンドン・ダーストをふり返った。しかし、〈哲学の長〉は、昆虫恐怖症と土星について何かぶつぶつとつぶやくばかりだった。チン・モークスは彼の言うことが理解できるかのようにうなずいた。フラウチのつけぼくろはさっき降ってきた奇妙な粉に隠れ、彼女の不思議な魅力はいくらか損なわれていた。誰もがカササギのようにけたたましくしゃべり、到達した結論は、強い酒を飲む必要があるということだった。私たちがチャペルを出る前に、インゲスは私たちに対して――とりわけペスターに対して詫びを言った。王たるインゲスの心が、あの蛾の誕生の原因だったからだ。

その夜は、インゲスを含めて誰もが何もかも忘れようとしたたかに飲んだ。あの蛾はどこに飛んでいったのかといぶかりはしても、捜しに行きたいと思う者はなかった。夜明け近く、私たちは悪夢をむさぼるために寝室に向かった。その姿はゾンビの行列さながらだったろう。眠りに落ちる前に最後に私の頭に浮かんだのは、フラウチのはかない美しさだった。

蛾の気配もないまま三日が過ぎて、宮廷の人々は気を緩め始め、そろそろジョゼットの死にまつわる悲劇の幕を引いてもよい頃だと考えだした。私の知るところでは、セント＝ギードンはじめ幾たりかの者が、レパラータにかつての活気を戻すための取り組みをしようという話をインゲスにもちかけた。しかし、インゲスは考えてみるよと言い、穏やかな物腰で受け流した。

三日目の晩、蝙蝠の籠《かご》を携《たずさ》えて庭園にすわっていたとき、私はあの蛾を見つけた。それは雑多な植物の茂みからなる生垣の向こうから、誰かの頭に浮かんだ精巧な釣り合いについての観念がその頭から追い出されて実体を得たものであるかのように、ふんわりと浮揚した。驚いた私はパイプを膝の上に落とした。私は逃げ出そうと思った。だが、それが生垣の緑の壁に沿って流れるように優美に動くのを見ると、まるで催眠術にかかったみたいに動けなくなった。蛾の出現の衝撃をなんとか受けとめたとき、私はシリモンがインゲスの頭の中を突き進んでいたときにたてていたのと同じ音がしているのに気づいた。一秒足らずで、かなりの幅にわたって生垣から葉がなくなり、骨組みをなす枝だけが残っていた。私はやきもきして、蝙蝠籠の掛け金をもちあげた。蝙蝠の存在を怖れて蛾がいなくなってくれないかと思ったのだ。いつものように蝙蝠たちは一斉に飛び出し、群れをなして庭を飛び回った。しかしそのうちの一匹たりとも、蛾に近づこうとしなかった。すわっていたところから立ち上がって逃れる前に、私は蛾が薔薇《ばら》の茂みを丸ごと、そしてぐねぐねと長く伸びていた蔓《つる》やジョゼットの好きだった鬼百合《おにゆり》のすべて、大きなしだれ柳の葉全体までも食い尽くすのを見た。

翌朝、蛾は再び、姿を消していた。宮廷の人々は庭園に、否《いな》、庭園の名残に集まった。庭園は徹底的に破壊され、まだ枝にしがみついている葉を両手の指で数えられるくらいだった。この特別な場所が破壊されたことについての特別な悲しみがあったのはもちろんだが、このときは、蛾の食欲のすさまじさと蛾がそれを満足させる能率のよさに対する驚きが、その悲しみをぼやかしていた。

「大きな網はあるかな?」〈無駄ごと大臣〉が誰にもともなく尋ねた。

「まさか、あいつと取っ組み合いをする気じゃないですよね?」ペスターが手を高々と上げてみんなに見せながら言った。

「でも、あれ、美しいわね」〈誉《ほま》れ高き七番目〉が言った。

「この庭園こそ美しかったのに」と大僧正が反論した。「あいつは悪だ」

インゲスが群衆の真ん中にはいり、ゆっくりと見回して、ひとりひとりの顔に目をあてた。「蛾を傷つけてはならない」と彼は言った。

「しかし、それは正義ではありません」とリングラット。

「蛾を傷つけることを禁ずる。違反した者は死刑に処す」インゲスは怒りを見せず、淡々と言った。それから体の向きを変えると、宮殿に向かって歩き去った。

宮廷の面々は何も言わず、叱られた子どものように自分の靴を見ていた。インゲスからの死刑に処すという脅迫は、レパラータの心臓を貫《つらぬ》く矢だった。その瞬間、私たちはレパラータの精神が崩れ落ちるのを感じた。

「死刑だと?」お殿下と私たちとの距離が言葉の聞きとれる範囲を越えると、チン・モークスがそう言って、悲しげに首をふった。ほかの者たちも彼と同じように首をふりながら、今はなき庭園から、行く先のあてもなくさまよい出た。

　私はフラウチに待ってくれと呼びかけた。だが、驚いたことに、彼女はそっぽを向いたままで、宮殿のほうに歩いていく足を止めなかった。

　庭園の破壊は手始めに過ぎなかったことを、私たちはほどなく知った。翌日の夕方には、この空飛ぶ大食家が宮殿の南翼のクロゼットに侵入し、部屋から部屋へと移動して、リネン類やそこに住む人々の美しい衣装を食い尽くした。衣服のうちで残っているものといえば、宮廷の面々がレパラータに到着したときに身に着けていて、この長年トランクにしまいこまれていたひと揃いの服だけだった。翌日、朝食時に〈無駄ごと大臣〉に会ったとき、彼は前半生の制服であった道化師の衣装を着ていた。ばかでかい靴に短すぎるネクタイ、棒縞のジャケットに市松模様のズボンという恰好だ。彼は大声を張り上げて事情を説明しようとした。彼の当惑はみんなに伝染した。宮廷の面々の半数が擦り切れた服でうろついているのは、見るだに気が抜ける光景だった。

　インゲスは王室財政担当官《ロイヤルアカウンタント》である伯爵《カウント》に、新しい衣装を取り寄せるための黄金をもってくるように指図した。しかし、財宝室の扉が開かれて光がさしこむと同時に、蛾が驚いて飛び立ち、財政担当官の脇をかすめて去ったのだった。どうにかこうにか蛾の粉を目から拭《ぬぐ》いとり、それがもたらす憂鬱を心から拭い去ったとき、財政担当官は、蛾が食するのは葉っぱと衣服だけではないことを知った。豊富にあった黄金のゆうに半分が消えていたのである。

〈財政担当伯爵《カウント・アカウント》〉の語った話を誰もが怪しみ、彼が黄金を盗んだのではないかと疑った。何しろ、彼は前半生に掏摸《すり》であったのだから。しかし、幾晩かのちに蛾が戻ってきたときには、そいつが宝石類を食らうのを複数の人が目撃した。そしてセント＝ギードンは、蛾が数分のうちに王室の銀食器すべてを食い尽くしたと証言した。インゲスは王冠まで食われていた。しかし、蛾を駆除させてほしいという人々の懇請《こんせい》にもかかわらず、彼は蛾を傷つけてはならぬという命令について、いささかも態度を和らげることはなかった。

　私がフラウチを訪ねたのは、蛾が宮殿内の私たちの居住区で食事をとった翌朝だった。私の衣服一切は、ほかの持ち物のほとんどすべてとともに一夜にして消えていた。女伯爵フラウチの居室のドアをノックしたとき、私は片袖のとれた古いジャケットに、何千キロもの放浪の間はいていたズボンという出で立ちだった。ズボンの両膝には大きな穴があいていて、膝から下の部分は無用の長物のように見えた。このような品々を再び身に着けるのは大変な苦痛を伴った。あの治療師のようにバスローブ一枚で出歩こうかと、ちょっと思ったぐらいだった。

　女伯爵からの応答はなかった。立ち去ろうとしたとき、ドアの向こうから何かが聞こえた。最初のうち、私はそれをシリモンのたてる音かと思った。だが、注意深く耳を傾けているうちに、フラウチが泣いているのだとわかった。矢も楯もたまらず、私はドアを開き、中に足を踏み入れた。

「女伯爵《カウンテス》」と私は叫んだ。

「帰って。フラム」

「どうしたんだ?」と私は尋ねた。何があったか見当はついていたが。

「はいってこないで」と彼女は言った。だが、私としては彼女の無事を確認しないではいられなかった。

　フラウチは部屋の真ん中に立っていた。身に着けているのは、肌の露出の多い短いドレス。十年前、ガイルの通りを歩いていたときに着ていたものだ。下ろした髪は髪粉がとれているので、本来のネズミっぽい灰褐色だ。

「夢は終わったのよ。フラム」フラウチはそう言って私を見上げた。その顔には彼女が経験したすべてのつらい瞬間が刻まれていた。

慰めたかったが、どうやって慰めたらよいか、私にはわからなかった。

「女伯爵《カウンテス》」と呼びかけ、私は一歩前に踏み出した。

「女伯爵《カウンテス》ですって」と彼女は笑った。その笑い声はシリモンよりも鋭く、私の心臓を掘り進んだ。

「一緒に散歩しよう」と私は言った。「外の空気に触れよう」

「放っておいて」と彼女は言った。

フラウチの反応に私は大いに腹を立てた。彼女をそこに残して、幾つもの廊下を歩きながら、私はダーストのようにひとり言を言った。図書室の外の大きな楕円形の鏡の前を通り過ぎたとき、私の昔のボロを着てぶつぶつしゃべり続けている、くしゃくしゃ頭の愚か者の姿がちらりと見えた。何年も前、訪れては追い出された町々の住民の目に、自分がどのように映っていたか、今更ながらに私は理解した。手元の現実にしがみつく必要があったので、宮殿の屋根裏に行って、塵払いをすることにした。仕事をすれば、きっと悩みを忘れられると自分に言い聞かせながら、重い足取りで長い階段をのぼった。

秘密の避難所であるはずの屋根裏部屋の扉を開いたとたんに、蛾がここを訪れたことがわかった。屋根裏部屋はすっかり空っぽになっていた。枝付き燭台一基もなく、五年前祝祭日のために制作された鷲《わし》の飾り物の羽毛一片すら残っていなかった。長年にわたって私が入念に手入れしてきた骨董品《こっとうひん》のすべてが消えていた。

「ばかな」と私は叫んだ。その言葉が反響し、何もない空間のすみずみまで広がった。そのとき私は、蛾が私の肩書をも食べてしまったことに、はたと気づいた。庭園はもはや蝙蝠を必要としない。屋根裏部屋の品々が塵払いを必要とすることもない。月曜日に決意表明をするのは、レパラータに来るずっと前から習慣にしていたことだが、少なくとも〈高貴にして英邁な来週閣下〉だったときには、輝かしい未来の予感が常にあり、私に使命感を与えてくれた。いまや、残されているものは過去だけだ。

宮殿の構造材の大理石そのものを蛾が食い始めたとき、リングラット、チン・モークス、〈無駄ごと大臣〉が、蛾を退治するはかりごとを企てた。ほかの者も多くが三人に協力することに同意していた。三人が私を計画に引き入れようとしたときに言った言葉を借りると、「インゲスは正気を失っている。われわれは彼をもう一度救わねばならない」のであった。蛾を打ち倒す計画を立てる任には、暗殺者としての能力を買われてセント＝ギードンが選ばれたと、私は聞かされた。賛成する以外、私に何ができただろうか。

それまで私は、殺し屋と料理長のふたつの職業はどう関係するのかと、しばしばいぶかったものだった。それはグレニス・セント＝ギードンがレパラータを居場所に選んだ際に、ほとんど一夜にしてその一方から他方へ移行したのを知っていたからである。だが、彼が今回の計画のために爆弾をつくるのを見て、私の疑問は氷解した。装置の外殻は、ラッチャと呼ばれる皮の分厚い素朴なパンでできていた。このあたりの農村で主要食品として食べられているものだ。彼はそのパンのてっぺんにあけた小さな穴から中身をほじくり出し、ハロウィーンのカボチャランタンのように空洞にした。次にさまざまな化学薬品と料理用の粉をそれぞれ厳密に計量し、奇妙な混合物をつくってそそぎこんだ。そしてさらに、数箱分の釘と尖った金属片を加えた。仕上げに使うバニラをもってきてくれと、彼はペスターに頼んだ。

「どうしてバニラを？」と私は尋ねた。

「甘味がつく」と彼は答えた。

導火線をつくるために、彼は本体に用いたのと同じ材料の一部を、長い紐にまぶして、それを弱火のフライパンで焼いた。その紐が冷めると、一端をパンに挿しこみ、パンから最初に切り取った蓋をはめ戻した。それから小花の形に切りこみを入れたラディッシュでパンの外側を飾った。私たちは拍手喝采した。それに対して彼は踵《かかと》を打ち合わせ、きびきびと一礼した。

月がこれ以上ないくらい明るく輝いていた夜、私たちは計画を実行した。急速に縮小している宮殿の構造物がこれ以上、破壊されることがないように、罠を城壁の外側に置くことが決まっていた。城門を出てすぐのところに、レパラータの外周に沿って深い濠《ほり》がある。私たちは慎重に跳ね橋を渡った。その頃は、他から侵略される恐れがほとんどなかったので、跳ね橋は常時下ろされていた。

橋から十メートル、そして周囲の森が始まる二十メートル手前のところに、私たちは残っている持ち物すべてを積み上げた。何ももっていない人たちは、まだ蛾が訪れていない部屋のカーテンを引きはがした。この物の山の中に私たちは爆弾をしかけ、長い導火線を森まで走らせて、自分たちは森の端に身を潜めた。

私たちの一団は二十人以上いた。私はインゲスにはかりごとがばれないか、計画が失敗するのではないかとぴりぴりするあまり、木の下に立つまで、女伯爵フラウチが仲間の中にいるのに気づかなかった。彼女はどこで手に入れたのか、男物の衣服ひと揃いを身に着け、髪を後ろでくくっていた。

「フラウチ」私は囁いた。「きみが加わっているとは知らなかった」

「爆弾があの忌々《いまいま》しい虫をばらばらにしてくれたらいいわ。あいつがわたしの人生を崩壊させたように」彼女の声にはそれまで聞いたことのない激しい怒りの響きがあった。

私は腕を差しのべ、彼女の肩に手を置いた。だが、彼女はそれをふりほどいて、紙巻煙草に火をつけた。どうしてそんなに私に対して苛立っているのか、彼女に訊こうとしたとき、〈哲学の長〉がふたつの声を合わせて囁いた。「気をつけろ。空飛ぶ食欲が来るぞ」

蛾はゆるやかに飛び、音もなく翅で空気を叩きながら、開いている城門を通り抜けてきた。蛾がふりまく粉が月光を反射し、蛾の周りに輝く霧のようなものをつくりだした。触角がぴくぴく動いた。カーテンの絹やドレスのモスリン、古い靴、真珠の首飾り、そしてそれらの中心にある死を招くパンの匂いに反応しているのだろう。蛾が夢の中の羽毛のような軽やかさで着地し、食事を始めると、セント＝ギードンがフラウチをふり返り、うなずいた。フラウチは紙巻煙草の灰を落とすと、三度強く吸い、よく燃えている先端を導火線の端に押しつけた。小さな火花が出て、燃えやすいよう処理された紐を燃やしながら、蛾が食い進むよりも速い速度で進んだ。

フラウチは舌なめずりをし、リングラットは両手をもみしだき、〈無駄ごと大臣〉は興奮に息を弾《はず》ませて、オレンジ色の点がシューシュー言いながら、爆発へと近づいていくのを見守った。蛾が古いコートを消滅させるのに忙しくしている物の山までの距離のちょうど半分のところにその点が到達したとき、インゲスその人が城門に姿を現した。彼は甲冑《かっちゅう》に身を固め、老いたる軍馬ドリスにまたがっていた。インゲスの姿を見ただけで、彼がようやく正気に戻り、臣民がかねてから請《こ》い願っていたように蛾を退治することを決心したのは明らかだった。彼は長剣を抜き、それを蛾に向けると、老馬の脇腹に拍車をかけた。

お殿下が跳ね橋の真ん中に達すると同時に、火花がパンに達した。私たちは世の終わりを覚悟して身構えたが、それに続いて生じたのは、シャンパンのコルクが抜けるときよりも弱々しい、ポンという間の抜けた音とひと筋の細い煙だけだった。驚いた蛾がぱたぱたと翅を動かし、舞い上がった。蛾は無傷だった。ところが、ドリスが蛾の動きに怯《おび》えて後ろ脚で立ち、インゲスはその背中から投げ出されて濠の深い水の中に落ちた。

ばかげた事の成り行きに、私は口をあけて立ち尽くした。誰もがこの不運な事故に茫然としていた。そのときフラウチが叫んだ。「あんな鎧《よろい》を着ていたら溺れてしまうわ」

彼女は私の脇を通って二歩前進した。だが、私の目には、すでにほかの誰かが濠に向かって疾走しているのが映っていた。それはダーストだった。彼のずんぐりした体があのようなスピードで動くのを見るのは、彼との長いつきあいの中で初めてのことだった。濠のふちでも彼はためらわなかった。体の前でぎこちなく両手を合わせて鏃《やじり》の形をつくり、踵を蹴りだして、水の中に飛びこんだ。それを見た私たちは皆、駆けだした。

暗い濠の底で、ダーストがどうやってインゲスを見つけたのか、私にはわからない。どうやって彼を水面にもちあげ、濠のふちまで連れてきたのかもわからない。リングラットと私は濠のふちに駆けつけ、インゲスを乾いた地面にひっぱりあげた。ペスターとチン・モークスは、ダーストに対して同じことをした。数秒後、私はインゲスの兜《かぶと》を脱がせた。弱々しいながらも息があるのがわかって、私は大いに安堵した。

「生きているぞ」とリングラットが叫び、人々がどよめいた。

鎧を脱がせるのをフラウチが手伝ってくれた。ほかの人たちはダーストを囲んで頭を掌でぽんぽん叩いたり、背中を強くはたいたりした。私は自分の手を動かしながら、ダーストをちらっと見た。彼は眼鏡を失っていた。彼の体が双子の兄弟の重みでかしいでいないのに気づいたとき、彼にはもう眼鏡は必要ないだろうと、私は感じた。

夜が来て、〈哲学の長〉が奇跡的に回復した一方で、お殿下の容体ははかばかしくなかった。甲冑を脱がせたあと、懸命に彼の体をつついたり、軽く叩いたり、マッサージしたりしたが、意識は戻らなかった。水中に沈み、息ができなかった時間が長すぎたのではないかという私の不安が当たっているように思われた。私たちは彼の体をかかえて宮殿に運びこんだ。蛾の仕業で建物はもはやがたがただった。そこで残っているベッドのうちの一台を中庭に運びだし、そこに彼を横たえた。そして、お伽噺《とぎばなし》の毒リンゴを食べたお姫様を囲む小人たちのように、彼を取り囲み、冷静に考えて予測できることをはるかに越えた希望を胸に、ひたすら待った。

不運な結果に終わった私たちのはかりごとに加わっていなかった人たちが、中庭に出てきて、蛾の通ったあとの惨状を報告した。インゲスの富はもはや完全に失われた。食べ物の貯《たくわ》えも、古鍋に残っていたカビの生えた粥《かゆ》を除き、徹底的に食われていた。

「宮殿の中はわたしの心と同じくらい空っぽよ」と〈誉れ高き七番目〉が言った。彼女は過去から取り出したぼろぼろのチュニックを着ていて、「誉れ高き」には程遠い見た目だった。

私たちはその晩の残りも次の日も中庭にとどまり、ベッドを囲んで、お殿下の弱々しい息のひとつひとつをうかがった。蛾にむさぼられて構造的にもろくなった建物の建材が崩れ落ち、地面に激しくぶつかる音が時折、遠くから聞こえた。私は東側の胸壁が崩壊するのを自分の目で見た。何トンもの大理石が傾いて落ちたのだ。打ち寄せる波に崩れる砂の城のように。

子どもたちがおなかが空いたと言い始めても、与えるものがなかった。私たちのうちには、空腹の切実さを忘れるほど長くレパラータにいた者はなかった。フラウチとほかの何人かがどこで食べ物を見つけられるか話し合っていたが、誰からもよい知恵は出なかった。そのとき、リングラットが大僧正のローブを脱ぎ、地面に投げ捨てた。彼はその下に追いはぎの黒服を着こんでいた。彼は貴婦人たちのひとりからスカーフを借り、覆面をした。

「フラム」とリングラットは言った。「夜になってもおれが戻ってこなかったら、あんたが別な手だてを考えてくれ」私たちが見守るなか、リングラットは中庭を走って横切り、小さな噴水で水を飲んでいるドリスのところに行って、ひと跳びで馬の背をまたぎ、鞍に尻を落とした。手綱《たづな》をつかむと馬の首を左方に向け、鞭をくれ、蹴りを入れた。老いた馬はそれに応え、両者は一体となって、レパラータの城門を矢のように走り抜けた。

その日が過ぎるのは、これまで体験したことがないほどのろかった。午後が長く続き、お殿下の回復についての私たちの期待は彼の息よりも弱くなった。事態がいよいよ耐え難いものになったとき、ごく幼い子どもたちが泣き始めた。すると〈無駄ごと大臣〉が子どもたちを集め、人々の中から小さなものをいくつか借り（私のパイプや誰かの懐中時計、ナイフなど）、お手玉《ジャグリング》を始めた。時折、彼は小物のひとつを頭の上に落とし、それからそれをつかんで、ジャグリングのサイクルに戻した。そのたびに、子どもたちの中から笑い声が起こった。私たち大人は、〈無駄ごと大臣〉自身が尊大な愚か者から陽気な道化に変身したことのすばらしさに打たれ、王の苦境をよそに、思わず笑みをもらした。大臣は何時間もぶっつづけで、ジャグリングをしたり、おどけた仕草をしたり、尻餅をついたりして、子どもたちを楽しませた。彼が疲労の極みに達してばたんと倒れると、子どもたちが駆け寄って彼の背中に登り、眠っている彼を舟の代わりにした。

「わたしたち、どうするの？」フラウチが私に言った。夕暮れの薄暗がりの中に並んで立ち、インゲスを見つめていたときのことだ。インゲスの容体は、一日、変化しなかった。

私は首をふった。「どうしたらいいか、わからない」

「わたしたち、これ以上、ここにはとどまれないわ」とフラウチが私に言った。彼女が宮廷全体について言っているのか、彼女と私のふたりのことを言っているのか、声の調子からは判断できなかった。

そのことを問いただす時間はなかった。というのはちょうどそのとき、ドリスに乗ったリングラットが勢いよく跳ね橋を渡ってきたからだ。片手で手綱を握り、もう一方の手は、ふくらんだ布包みの端をしっかりとつかんで肩にかついでいる。

「晩飯だ」馬から飛び降りると同時に彼は叫んだ。足元に布を広げると、そこにはあらゆる種類の食べ物があった。

「主は与えたもう、だね。大僧正」と私は彼に言った。みんなが回りに集まって、食べ物を手にしている。

「主は奪う、のほうだね、この場合。正しい強盗だ。フラム」と彼は答えた。「エンジンスタンに通じる街道は、おれの気に入りの仕事場だったんだ」

「しかし、真昼間によくやったなあ」と私は言った。

リングラットは肩をすくめた。「習慣にする気はないよ。だが、おれの悪名はまだ生きているらしくて、おれが要求しているのが食べ物だけだとわかると、喜んで出してくれた。リングラットに襲われて、しかも生き延びてその経験を話せるやつがどのくらいいるだろうか？　孫に語れるいい思い出話になるはずだ」

「あんたは心の広い男だ」私は、脱ぎ捨てた大僧正のローブを捜しているリングラットに言った。

布包みの中には、子どもたちをおとなしくさせ、大人たちを落ち着かせるのに、ちょうど十分なだけの食べ物がはいっていた。夜になる頃、最後のパンの最後のひとかけらが食べられた。蛾が動き回っているのはわかっていた。闇が下りると同時に、宮殿の建材のかけらが落ちる音が聞こえてきたからだ。私は、周囲の壁が倒れてくるのに備えてインゲスの周りに固まるように、みんなに声をかけた。寒い夜だった。私たちはインゲスを囲んで地面の上にすわり体を寄せ合った。少し前に、フラウチに尋ね損なった問いの答えは、彼女が私の隣に来て肩にもたれかかったときに、得ることができた。私が彼女の体に腕を回すと、彼女は目を閉じた。

眠る者もいたが、私は茫然と暗闇を見つめ、レパラータが破壊される音を聞いていた。南側の柱廊が〈鏡の池〉に落ちたと思ったその直後、ペスターが立ちあがった。

「こっちに来る」ペスターが悲鳴のような声で叫び、欠けている指で上方を指さした。

私は空を見上げた。最初は月かと思ったが、すぐに蛾だとわかった。それは空高くからゆっくりと下降してきた。粉が降ってくる。私はできるだけ速《すみ》やかにみんなを起こした。彼らが粉の悪い作用から逃れられるようにしたかった。疲れ果て、怯えながらも、人々はすばやくインゲスから遠のいた。

蛾はまさにインゲスの上に着地しようとしているように見えたからだ。

「彼を食べちゃうの？」フラウチが言った。私も彼女も怖れおののきながら見ているだけだった。蛾を止める力などあるわけがない。

「あいつはやすやすとペスターの指を消した。硬い大理石だって食うやつだ」と私は言った。

周りの人たちが怒鳴り声をあげたり、腕をふりあげたりし始めた。蛾を威嚇して追い払おうというのだ。しかし、風に吹かれる花びらのように繊細なその蛾は、インゲスに粉をふりかけながら下降し続けた。フラウチが顔をそむけているうちに、蛾は長々と横たわるインゲスの上に、体を重ねるようにとまった。蛾がシーツのようにうねる透き通った翅でインゲスの体を包んだとき、人々の間からどよめきが聞こえた。私は涙ながらにじっと見ていた。今にも巨大な蛾が飛び立ち、あとには何もない空っぽなベッドが残るだろうと予期しながら。ところが蛾は、悲し気な長い叫びを発すると、まるで魔法のように、私たちの目の前で消え、あとには薄いもやのようなものがインゲスの体の周りに漂っているだけだった。そのときインゲスが目覚めて大きく息を吸いこみ、肺をいっぱいにした。蛾が残したもやは、彼の口と鼻から彼の体の中にはいった。彼は目を開き、上体を起こした。そして彼がようやく息を吐きだしたとき、その息はこみ上げる笑いとして外に出た。

私が近づくと、インゲスは手を差し出した。そして私は彼の目の中に、あの悲劇が起こる前のいたずらっぽい輝きを見てとることができた。彼が私たちに言うには、意識を失っていた間、ジョゼットと一緒に庭園にいたとのことだった。悲しむのはやめてちょうだい、そうでないと自分は二度と幸せになれないから、とジョゼットは言ったそうだ。「ぼくらはもう、レパラータという繭を脱ぎ捨てないといけない」語り終えてインゲスは言った。

「それは難しくありませんぜ」とチン・モークス。「ほとんど何も残っていないんだから」

その言葉に、インゲスは再び声をたてて笑った。私に〈高貴にして英邁な来週閣下〉の称号を授与した日に笑ったのと同じ笑い声だった。私たちはインゲスを取り囲んだ。そうするのもこれが最後だ。みんな一文無しで、夜露《よつゆ》をしのぐ家もなく、不確実な未来に直面していた。

次の日、涙ながらに別れの挨拶を交わしたあと、私たちはレパラータの破壊された外殻をあとにして、一緒に孵化《ふか》した虫の子のように四方に散らばっていった。フラウチと私は、ひと言も相談しないまま、一緒に旅をすることにした。旅暮らしは大変だったが、お互いを頼りにすることができた。私たちはとりたてて理由もなく、海岸のほうへ足を進め、よりによってガイルの町で旅を終えた。私は漁師になり、フラウチは酒場で給仕をする仕事についた。不思議なことに、昔の彼女を知っていた人は誰も彼女だとわからなかった。昔の彼女を覚えているただひとりの人である酒場の主人は、彼女の素性を尋ねる客に、ほんとうは王族の身分だが、身をやつしているのだと説明した。

私はインゲスが再婚し、農業を始めたという噂を聞いていた。作物の質がよく、またそれを気前のよい安値で売ることで、彼は広く名を知られるようになった。彼の家は、困窮した人々にとっての安息の場となり、多くの人が彼に救われた。レパラータの宮廷のほかの人たちについて言えば、私は彼らのことをよく考えるものの、消息を語ることはできない。ただ、私が知っていることがひとつだけある。レパラータの崩壊から何年もあと、この地方の北部に邪悪な暴君が現れ、近隣一帯に戦争をしかけるぞと脅していたが、そいつはある朝、喉を切り裂かれた姿で発見された。死体の額には唾がたっぷりついていて、あたりにはなぜかバニラの香りが漂っていたという。

あの治療師についてはフラウチが噂を小耳に挟んだ。ある夜、酒場で旅の商人が、彼が遠いメクシャランの港の飲み屋で出会ったバスローブ姿の老人のことを話していた。「その年寄りは蚤《のみ》のサーカス団を連れてきたとのことだった。蚤のサーカスを見せれば、太守《パシャ》の類まれなる退屈の病《やまい》が癒えるだろうと確信していたのだ」と商人は語った。「そのショーを見せてもらったが、ちっぽけな黒い点が跳びはねているようにしか見えなかった。これがパシャを退屈から救い出すほど、おもしろいと思うのかと私が尋ねると、年寄りは首をふって言った。『もちろん、思わないさ。だが、こいつらがパシャの顎鬚やターバンの中で自由にふるまいだしたら、パシャはたちまち忙しくなる』」

毎日、夕暮れ時に私が舟で入江にはいっていくと、フラウチが酒場の窓際のテーブルに料理の皿と〈プリンセス・チャンの涙〉のグラスをふたつ用意して、私を待っている。夜の闇が濃くなる頃、砂丘の間にある自分たちの小屋に帰って、火を焚《た》きつけ、一緒に横たわって会話を交わし、天井に映る影がゆらゆら動くのを眺める。どんどん変わっていく影絵の中に、レパラータが、そしてインゲスとジョゼットが垣間見えることがある。あの蛾の姿もしばしばそこに現れる。しかし、翅が絶え間なくはばたいても、もう私は怖くない。この世には、決してむさぼられることがないものもあると知ったからだ。

編訳者あとがき

本書はジェフリー・フォードの五冊の既刊短篇集から独自によりすぐった十三作を訳出したものだ。日本においては、しばらくぶりのフォード作品の翻訳書、そして初めての短篇集となる。

ジェフリー・フォードは一九五五年生まれのアメリカの作家で、複数回受賞の世界幻想文学大賞、シャーリイ・ジャクスン賞に加えて、ネビュラ賞、MWA賞など多くの受賞歴をもつ。ファンタジー、SF、ミステリなどジャンルの枠を超えて、独特な不思議さをもつ幻想的作品を書いてきた。

フォードが一九九七年に上梓《じょうし》し、センセーションを巻き起こした長篇『白い果実』と、それに続く『記憶の書』（一九九九）、『緑のヴェール』（二〇〇二）からなる〈白い果実〉三部作、そして十九世紀末のニューヨークを舞台にした『シャルビューク夫人の肖像』（二〇〇二）、大恐慌の時代のアメリカ東海岸で風変わりな人々が活躍する『ガラスのなかの少女』（二〇〇五）の計五冊の長篇は、日本でも、二〇〇四年から〇八年までの間に次々と翻訳出版され、好評を博した。

一方、フォードの短篇も、二〇〇二年から〇六年にかけて、ネビュラ賞受賞の「アイスクリームの帝国」や世界幻想文学大賞受賞の「創造」を含む傑作四篇が翻訳され、「SFマガジン」誌に掲載された。

その数年間で日本におけるフォードの知名度は増し、熱心なファンも生まれた。その後も順調に作品が紹介され続けるであろうと思われたが、実際には、そうならなかった。『緑のヴェール』の邦訳が二〇〇八年に出たのを最後に、翻訳出版がとぎれた。

フォードが執筆活動をやめたわけではない。彼は書き続けている。二〇〇八年刊行の *The Shadow Year* のあと、長篇の刊行は間があいたが、一七年には、短めの長篇 *The Twilight Pariah* を、そして今年、一八年には、メルヴィルの『白鯨』をベースにした野心作 *Ahab's Return or The Last Voyage* を発表している。一方、個人短篇集は、二〇〇二年刊行の *The Fantasy Writer's Assistant and Other Stories* に始まり、一六年刊行の *A Natural History of Hell* まで、五冊を数える。収録されている短篇は全部で七十九篇。書きおろしはわずかで、もともとアンソロジーへの寄稿や雑誌やオンラインマガジンのために書かれた作品がほとんどである。ちなみに、フォードがこれまでにアンソロジーや雑誌、オンラインマガジンのために書いた短篇の数は、彼が非常勤講師を務めるオハイオ・ウェスリアン大学のウェブサイトによると、百三十を超えるという。いかに各方面から注目され、編集者たちの信頼を集めている作家であるかがうかがえる。そして現時点で最新の短篇集、*A Natural History of Hell* が、世界幻想文学大賞とシャーリイ・ジャクスン賞を受賞したという事実からも、彼がこの長い年月、作品のレベルを保ってきたということがわかる。

私事に亙《わた》って恐縮だが、私は昔からフォードの作品が大好きで、〈白い果実〉三部作の翻訳者のひとりとして全三巻の第一稿を担当したという縁もあり、フォードの作品の日本の読者への紹介がとぎれてしまったことが残念でならなかった。そして第一短篇集を読んだときから、彼が短篇作家としてもすばらしい技量と魅力をもっていることを確信していたので、彼の短篇の魅力がもっと幅広く知られないでいるのは、大きな損失だと思った。

そういうわけで、フォードの短篇が個人短篇集という形で翻訳出版されることが、私の長年の願いだった。そしてできれば、翻訳者としてその刊行にかかわりたいというのが、個人的な夢だった。このたび、その願いと夢が実現することになった。それを可能にしてくださったすべての方々に深く感謝している。あとは読者の皆さまにこの本を楽しんでいただけるよう願うばかりだ。

さて、五冊の短篇集の八十篇近い作品から、どのようにして収録作品を絞りこんだかをご説明しよう。

全作品について資料をつくり、編集部の古市怜子さんと話し合った。既訳のフォード作品のファンにとっては、フォードとの再会を喜び、旧交を温めることができるような、そして初めてフォード作品に出合う人には、その独特の魅力が十分に伝わるようなセレクションにしたいというのが、私たちの共通の思いだった。フォードの核となるのはやはり「幻想」――想像力みなぎる幻想的なイメージのほとばしりだ。ならば今回は、幻想文学中心で、ということで、SF寄りの作品は除外することになった。また、ほかの作家が書きそうにないもの、という目で見ていくと、ミステリ色やホラー色の強いものもほぼ除外された。その結果残った十三篇は、どれもインパクトのある作品で、フォードの個性の真髄を明らかに示すという意味ではよいセレクションになったのではないかと思う。

その反面、ジャンルの境界を超越して書き、多くのジャンルから注目されてきたフォード作品の多面的な魅力を明らかにするには、このセレクションだけでは不十分であることも否《いな》めない。フォードのSFには、ノスタルジックでロマンチックなもの、荒唐無稽ながら清冽な抒情をたたえたもの、鋭い批判精神に支えられたものなど素敵な作品が多数あるし、ミステリ寄りやホラー寄りのもので、忘れがたい魅力を放つ作品も枚挙にいとまがない。今後機会に恵まれれば、フォードの作品をもっと紹介したい。というわけで、私にはまた、新たな願いと夢ができてしまった。

本書の作品の配列は、古市さんが考えてくださった。名アンソロジストでもある翻訳家、中村融《なかむらとおる》氏が、アンソロジー『街角の書店』において用いられた手法に倣《なら》ったとのことで、現実的なものから幻想的なものへとグラデーションをなす配列になっている。本書の作品はすべてが幻想小説だが、読み進めていくうちに、さらなる幻想の深みにはまっていくような感じをもっていただければ幸いである。また、この配列は「創造」「ファンタジー作家の助手」というフォードの作家としてのキャリアの中で早い時期の作品に始まり、中期や近年の作品を経て、収録作品中もっとも古い作品である「レパラータ宮殿にて」で終わるという、いわば原点から始まり、原点に戻る構成にもなっている。フォードによると、「レパラータ宮殿にて」は、彼が初めて編集者から短篇を送るように依頼され、それに応えて書き送ったものだそうだ。ちなみに、その編集者はエレン・ダトロウだった。彼女はかつて「オムニ」誌のフィクション部門を長く担当した人で、現在に至るまで、SF、ファンタジー、ホラーなどの編集者、アンソロジストとして活躍している。フォードは彼女のアンソロジーにしばしば作品を寄せている。

作品論にはいる前に、ジェフリー・フォードの半生をざっとたどっておこう。彼は一九五五年、ニューヨーク州ロングアイランドのウエストアイスリップに生まれ、そこで育った。第三短篇集 *The Drowned Life* に収録されているインタビュー記事によると、兄がひとり、妹がふたりいて、母方の祖父母も同居していた。父は歯切り盤（歯車を切り出す工作機械）の熟練工だった。母は絵を描いたり、八ミリ映画を撮ったりする創造的な人だった。フォードは勉強熱心な子どもではなかった。高校でようやくやる気を出し、奨学金を得て、地元のコミュニティーカレッジに進んだものの、遊んでばかりいて、最初の学期に取った科目を全部落とし、退学を余儀なくされたという。

それからフォードはさまざまな職を転々として金を貯めて舟を買い、ロングアイランドのラグーンで貝を獲る漁師になる。当時十八歳のフォードにとって、これはとても実入りのよい仕事だったが、嵐のときには命にかかわる危険も伴なった。この頃には、フォードはすでに作家になる決意を固めていて、熱心に書いたり、読んだりしていた。二十歳の頃、仲間の漁師の水死がきっかけとなり、フォードは大学に戻る。金はだいぶん貯まっていたが、その後も働きながら学んだ。二年後、別の大学に移り、そこで作家のジョン・ガードナーの指導を受けた。やがて大学院に進んだフォードは、研究者になるのではなく、大学で文学や創作を教えながら、作家活動にいそしむという道へ踏み出していく。ニュージャージー州に長く住んで、妻とともにふたりの息子を育てあげ、そののちオハイオ州に移り住んで現在に至る。

この経歴から察するに、フォードはなかなかの苦労人のようだ。もともと優等生タイプではないし、本より重い物をもったことのない書斎の人でもない。自然の美しさと怖さに触れ、労働とは何かを身をもって知った人だ。人間の愚かさも気高さも、世間の温かさも冷たさも学んだに違いない。とくに若い時分の苦労は、彼の人間理解に大きな影響をもたらしただろう。

ところで「創造」と「〈熱帯〉の一夜」はいずれもフォードの生まれ育った土地が舞台で、少年時代の思い出にまつわるものだが、連作というわけではないので、細かい設定は異なっている。「〈熱帯〉の一夜」で「私」が再会する幼馴染の元不良少年、ボビー・レニン（Bobby Lennin）とよく似た（同じ実在の人をモデルにしたと思われる）人物の名が「創造」に出てくるが、「創造」ではBobby Lenon となっている。本書の訳文では、「創造」のほうの表記を、「〈熱帯〉の一夜」に合わせて、ボビー・レニンとしたことをお断りしておく。

さて、フォードの作品の魅力には、三つの柱があると私は考えている。第一は、何と言っても、彼の想像力が生み出す独創的なイメージ――ときには夢のように美しく、ときにはとてつもなく奇妙で、しばしばその両方であるようなイメージの奔流だ。これはほとんど、フォード作品のどこにでも見いだせる。

第二は、構造的なおもしろさ。フォードの物語には、しばしば時空のねじれ、循環《じゅんかん》、入れ子、相似形、フラクタルなどの要素が取り入れられている。円や螺旋《らせん》などの図形も、彼の好物だ。こう言えば、〈白い果実〉三部作をお読みになった方にはピンとくるだろう。この構造的なおもしろさは、本書の収録作品では、「ファンタジー作家の助手」「光の巨匠」「湖底の下で」「巨人国」などに見られる。

魅力の第三は、人の心のありようや働きへの理解、広い意味での人情への洞察の深さで、これはすべての作品に備わっている。

フォード作品のこの三つの魅力が最大限の相乗効果をあげている例を、収録作品の中からひとつあげるとすれば、それは「光の巨匠」だと思う。

構造という面から見ると、この作品には三つの世界がある。(A)新聞記者が光の巨匠ラーチクロフトにインタビューしている現実の世界、(B)ラーチクロフトが語る話の世界、(C)ラーチクロフトが語る話の中で彼が夢に見る、使者のいる世界の三つである。世界同士の間には、相似物がある。(A)の新聞記者と(C)の使者はそっくりだ。〈ウィンザー・アームズ〉は三つの世界のすべてにあり、スキャテリルは少なくとも(B)と(C)に存在する。メイは(A)と(C)の世界に存在する(もしくは存在した)ようだ。この三つの世界は互いに影響し合い、絡み合いながら、結末へとなだれこんでいく。その疾走感がすばらしい。

イメージの点から言うと、光と闇の話なので、たとえば「湖底の下で」に登場する極彩色の鳥や薔《ば》薇《ら》色の硝子玉《ガラス》のような華やかさはないが、チェロの調べがシャンデリアの真ん中で濾過《ろか》され、光の粒子となって拡散していくという美しいイメージと、首だけのラーチクロフトという、ぎょっとするシーンに始まる導入部に続いて、ラーチクロフトが「内なる光」を思いつくきっかけになる夢の中で、糸や紐のように粘度がある血が女教師の死体を網のように包んでいた、という不思議なイメージが呈示される。そしてラーチクロフトの眉間の穴のエメラルドと、それに対応する夢の中の緑の扉、後半ではそれぞれ人の形をとった光と闇の格闘など、皆、明確な映像として脳裏に浮かび、読後にも光と闇の対比がくっきりと心に残る。このような細かい作りこみ方はフォードならではのものだ。

そして第三の、人の心の理解という点から見ると、誰もが心の中に光と闇をもっているということが、私たちがこの物語に共感するようすがとなっていて、フォードはそのことを知っている。ラーチクロフトは、前述の夢の中で女教師を殺した疑いをかけられて、何もしていないのに、根拠のない深い罪悪感を抱いたと語る。そしてこの物語の終わり近く、新聞記者も根拠のない罪悪感を抱く。このふたつの記述をどう解釈するかは読む人次第だろうが、いずれにせよ、私たちが、ああそうか、なるほどと、何となく腑に落ちて納得するとしたら、それは自分の心の中の闇を自覚しているからにほかならない。

フォードの作品はいかに奇妙に見えても、人生の実感を伴っている。だからこそ、単におもしろいだけでなく、読む人の心の琴線に触れ、いつまでも心に残るのだろう。

本書を読んでくださった皆さま、ジェフリー・フォードの短篇作品十三篇、いかがでしたか？　ご感想を聞かせていただけたら嬉しいです。

フォードの作品をもっと読みたいと思っていただけることを祈念しつつ、筆をおきます。

谷垣　暁美

二〇一八年十一月

本書収録作品一覧　※（　）内は収録短編集

創造　Creation
初出　Fantasy & Science Fiction, March 2002（1）
ファンタジー作家の助手　The Fantasy Writer's Assistant
初出　Fantasy & Science Fiction, February 2000（1）
〈熱帯〉の一夜　A Night in the Tropics
初出　Argosy Magazine #1, 2004（2）
光の巨匠　A Man of Light
初出　SciFiction Magazine（online）, 2005（2）
湖底の下で　Under the Bottom of the Lake
初出　Subterranean Magazine #7, 2007（3）
私の分身の分身は私の分身ではありません　The Double of My Double Is Not My Double
初出　ジョナサン・ストラーン編 *Eclipse #4*, May 2011（4）
言葉人形　Word Doll
初出　エレン・ダトロウ編 *The Doll Collection*, 2015（5）

理性の夢　The Dream of Reason

初出　ニック・ジェバーズ編 *Extraordinary Engines*, 2008（4）

夢見る風　The Dreaming Wind

初出　エレン・ダトロウ&テリ・ウィンドリング編 *Coyote Road: Trickster Tales*, 2007（3）

珊瑚《コーラル》の心臓《ハート》　The Coral Heart

初出　ジョナサン・ストラーン編 *Eclipse* #3, 2009（4）

マンティコアの魔法　The Manticore Spell

初出　ジャック・ダン&ガードナー・ドゾワ編 *Wizards*, 2007（3）

巨人国　Giant Land

初出　Journal of Pulse Pounding Narratives Magazine #2, 2004（2）

レパラータ宮殿にて　At Reparata

初出　Event Horizon（online）, 1999（1）

ジェフリー・フォード著作リスト

長編

Vanitas 1988
The Physiognomy 1997　※一九九八年世界幻想文学大賞（長編部門）受賞
『白い果実』山尾悠子、金原瑞人、谷垣暁美訳　国書刊行会（二〇〇四）
Memoranda 1999
『記憶の書』貞奴、金原瑞人、谷垣暁美訳　国書刊行会（二〇〇七）
The Beyond 2001
『緑のヴェール』貞奴、金原瑞人、谷垣暁美訳　国書刊行会（二〇〇八）
The Portrait of Ms. Charbuque 2002
『シャルビューク夫人の肖像』田中一江訳　ランダムハウス講談社（二〇〇六）、同社文庫（二〇〇八年）
The Cosmology of the Wider World 2005
The Girl in the Glass 2005　※二〇〇六年アメリカ探偵作家クラブ賞（ペーパーバック部門）受賞
『ガラスのなかの少女』田中一江訳　ハヤカワ文庫（二〇〇七）

The Shadow Year 2008　※二〇〇八年シャーリイ・ジャクスン賞（長編部門）受賞、二〇〇九年世界幻想文学大賞（長編部門）受賞
The Twilight Pariah 2017
Ahab's Return, or The Last Voyage 2018

短編集

（1）*The Fantasy Writer's Assistant and Other Stories* 2002　※二〇〇三年世界幻想文学大賞（短編集部門）受賞
Creation ※二〇〇三年世界幻想文学大賞（短編部門）受賞
「創造」 ＳＦマガジン二〇〇四年三月号（井上知 訳）
The Fantasy Writer's Assistant
「ファンタジイ作家のアシスタント」 ＳＦマガジン二〇〇二年十二月号（中野善夫 訳）
Exo-Skeleton Town ※二〇〇五年イマジネール大賞（外国短編部門）受賞
（2）*The Empire of Ice Cream* 2006　※〈パブリッシャーズ・ウィークリー〉年間ベスト10（ファンタジー及びＳＦ部門）選出
The Empire of Ice Cream ※二〇〇三年ネビュラ賞（ノヴェレット部門）受賞
「アイスクリームの帝国」 ＳＦマガジン二〇〇五年三月号（中野善夫 訳）
The Annals of Eelin-Ok ※二〇〇四年ファウンテン賞受賞
「イーリン・オク伝」 ＳＦマガジン二〇〇六年十二月号（中野善夫 訳）

Botch Town　※二〇〇七年世界幻想文学大賞（中編部門）受賞

（3）*The Drowned Life* 2008　※二〇〇九年世界幻想文学大賞（短編集部門）受賞

（4）*Cracked Palace* 2012　※二〇一二年シャーリイ・ジャクスン賞（短編集部門）受賞

（5）*A Natural History of Hell* 2016　※二〇一六年シャーリイ・ジャクスン賞（短編集部門）受賞、
二〇一七年世界幻想文学大賞（短編集部門）受賞

A Natural History of Autumn　※二〇一二年シャーリイ・ジャクスン賞（短編部門）受賞

訳者紹介
翻訳家。1955年生まれ。ニューヨーク市立大学ハンターカレッジ大学院修士課程修了。主な訳書に、アーシュラ・K・ル＝グウィン『なつかしく謎めいて』、『ラウィーニア』、〈西のはての年代記〉（全三巻）、ウィリアム・トレヴァー『恋と夏』、共訳書にジェフリー・フォード〈白い果実〉（全三巻）などがある。

[海外文学セレクション]

言葉人形　ジェフリー・フォード短篇傑作選

2018年12月21日　初版
2024年 8 月30日　再版

著者――ジェフリー・フォード
編訳者――谷垣暁美（たにがき・あけみ）
発行者――渋谷健太郎
発行所――（株）東京創元社
162-0814 東京都新宿区新小川町1-5
電話　03-3268-8201（代）
URL https://www.tsogen.co.jp
装画――浅野信二
装丁――柳川貴代
DTP――キャップス
印刷――理想社
製本――加藤製本

ISBN 978-4-488-01667-8 C 0097